이사나, 두 개의 세계에서

이사나,
두 개의 세계에서

전혜진 연작소설

목 차

지켜보고 있겠습니다	009
다시 한 번 크리스마스	042
진흙피리새	096
홍등의 골목	151
언젠가 먼 훗날에	233
I LOVE YOU	247
작가의 말	287

그날 밤, 하늘이 갑자기 밝아졌다.

갑자기 밝아졌지만, 사람들의 발밑에는 그림자가 드리워지지 않았다. 마치 무영등을 켠 수술실처럼, 수많은 광원들이 쏟아내는 빛줄기에 그림자들은 녹아 사라졌다. 지구 반대편, 아직 낮이었던 지역도 마찬가지였다. 아직 해가 중천에 뜬 푸른 하늘에도, 저물어가는 석양 위에도, 태양이나 달, 어쩌면 유리구슬이나 무지갯빛 알사탕을 닮은 수많은 구체들이 빛을 발하며 둥실둥실 떠 있었다.

슈슬리사가 마침내 지구에 도착한 그날, 하늘은 빛으로 뒤덮여 있었다. 살면서 본 적 없었던 이 진기한 풍경을 보고 어떤 사람들은 핸드폰으로 사진을 찍어 인터넷으로 공유하기 바빴다. 사랑하는 사람의 어깨를 끌어안고 앞으로 무슨 일이 일어날지를 걱정하는 이들도 있었지만, 이 사태가 투자에 어떤 식으로든 영향을 끼칠 거라는 전망에만 신경을 곤두세우며 테마주를 찾는 데만 급급하는 이들도 있었다. 또 어떤 사람들은 일단 미사일을 발사하거나, 공군을 출동시켜 상황을 수습해야 한다, 지구가 약하지 않다는 것을 보여 줘야 한다며, 어째서 진작 우주군을 만들지 않았느냐고 언성을 높였다.

그리고 어떤 사람들은 아주 오래된 이야기를 떠올렸다.

그 어떤 이야기의 시작에, 찬란한 빛이 있었다는 이야기를.

1. 지켜보고 있겠습니다

"저긴 터가 안 좋은 건가. 예전에는 총독부가 들어오더니, 이제는 외계인이 다 들어오고."

은조가 때 이른 아이스 아메리카노를 마시다 말고 중얼거렸다. 나는 은조의 옆구리를 쿡 찌르며 속삭였다.

"조선 총독부는 자리는 여기 아니야. 저기 경복궁 앞마당 쪽."

"그랬나?"

"어, 지금 거기 전각들 들어오기 전에 박물관 있었잖아. 그게 총독부 건물이었어."

"아, 맞다."

나와 은조는 경복궁 북쪽, 신무문 근처에 서서 길 건너를 바라보았다. 원래대로라면 청와대의 상징 같은, 푸른 기와를 얹은 본관이 보였어야 할 위치에는, 본관 건물을 다 가리고도 남을 거대한 은빛 구가 놓여 있었다.

그 은빛 구는, 다름 아닌 하늘에서 내려온 것이었다.

정확히는 우주에서 왔다. 사람들의 머리 위를 마치 달걀판 위의 달걀들처럼 가득 메운, 저 둥그런 은빛 구체들과 함께. 북악의 바로 위쪽, 달걀판에서 달걀을 딱 한 알만 뽑아낸 듯 비어 있는 공간을 올려다보았다. 그리고 다시 청와대 자리에 내려앉은 은빛 구형의 외계인 함선을 바라보며 중얼거렸다.

"그런데도 관람객 예약한 건 취소를 안 하는 걸 보면, 외계인이 생각만큼 위험한 건 아닌가 봐."

"에? 저기 관람객이 들어간다고? 외계인이 있는데?"

"어, 인스타에 외계인 우주선 찍은 게시물들 잔뜩 올라오는 거 못 봤어?"

"와, 사람들 진짜."

어릴 때는 가끔 생각했다. 외계인이 지구에 나타나면 대체 무슨 일이 벌어질까, 하고. 내가 어렸을 때 우리 엄마가 열심히 보던 미국 드라마 주인공은 외계인에 집착하는 FBI 요원이었다. 내가 직접 본 건 아니지만 외계인이 지구를 침략하자 미국 대통령이 직접 물리치는 영화도 있었다. 예전에 나왔던 유명한 드라마의 리메이크라고, 애나라는 외계인 지도자가 수많은 외계인들을 이끌고 지구를 침략하자, FBI와 신부님이 가세한 레지스탕스가 맞서는 드라마를 엄마와 함께 본 적도 있다. 사실 나는 비교적 외계인 유행이 끝물이던 시기에 태어났지만, 그럼에도 외계인들이 이 지구를 차지하기 위해 침략해 온다는 이야기는, 만화와 소설, 애니메이션, 파워레인저 같은 특촬 드라마까지, 손으로 다 꼽을 수 없을 만큼 많이 보고 들었던 것 같다.

그랬는데….

"아, 이 망할 외계인들 진짜 분위기 파악을 못 하네."

사무실에 돌아오자, 영업부 김 부장이 창문 앞에서 하늘을 향해 삿대질을 하고 있었다.

"외계인은 유행이 다 지났는데 이제 와서 우리보고 뭘 어쩌라고!"

파란 하늘을 배경으로, 둥글둥글 알사탕 같은 외계인 함대가 하늘을 가득 뒤덮은 것이 한 달 전 일이었다. 사람들은 처음에는 폰을 들어 올리고 인증샷을 찍었다. 하늘에 둥그런 우주선들이 잔뜩 떠 있는, 마치 택배 포장할 때 쓰던 뽁뽁이 비닐처럼 보이는 사진을 올리며 #뽁뽁이인증샷이라고 해시태그를 붙이는 게 며칠간 유행했다. 물론 모든 유행이 그렇듯 외계인에 대한 관심도 대략 일주일 만에 식어 버렸고, 세상은 언제나처럼 평화롭게 돌아갔다. 정확히 말하면 외계인이 지구를 박살내거나, 인간을 모두 노예로 삼거나, 인간을 식량자원으로 활용한다거나, 전쟁이 일어나거나, 아니면 외계 바이러스로 인해 걸리는 신종 전염병으로 인류가 몰살당할지도 모른다고 걱정하는 것 대신, 평소처럼 주식 같은 것을 걱정할 수 있을 만큼은 평화롭다고 말해야 할 것이다.

"저것들이 빨리 어디로든 가야, 내 주식이 회복이 될 거 아니야. 아, 저 새끼들. 내 주식이!"

그리고 김 부장의 주식은 반토막이 났다. 사실 김 부장은 자신의 작고 소중한 주식들만 안녕하시다면야 외계인 출몰 정도가 아니라 외계인이 아예 지구를 식민지로 삼았어도 크게 불만을 갖지 않을 위인이었지만, 외계인 출몰 이후로 주가지수는 곤두박질을 쳤다. 아니, 주가지수도 주가지수지만, 작년에 무슨 주식 정보방에서 분명히 대박이 난다고 했다며 부장이 목돈을 밀어넣은 방산기술 테마주는 그야말로 그림 같은 대폭락을 이루었다.

"어쩔 수 없죠. 방산주식이야 화력 승부잖아요. 아무리 봐도 우리보다 잘 싸울 것 같은 외계인들이 지구를 둘러싸는데 무슨 수로 상대를 해요."

"그러니까 말이야! 가서 뭐라도 한 방 쏘고 와야 할 것 아니야!"

주가 방어를 위해 우주 전쟁이라도 하자는 소리인지. 부장의 말 같지도 않은 소리가 이어졌다.

그때 스마트폰이 짧게 울렸다. 나는 화면에 떠오른 문자 내용을 보고 혀를 찼다. 외계인 관련 테마주를 알려 준다는 유료 주식 정보방 문자였다.

**

 흔하고 뻔한 이야기들 중에 그런 이야기가 있다. 달의 뒷면에서, 금성에서, 화성에서, 목성에서, 혹은 인간이 알지 못할 만큼 머나먼 우주 저편에서 온 외계인들에게, 물과 공기와 생명이 가득한 행성 지구는 그들이 잃어버린 낙원처럼 탐스러운 곳이었고, 이 지구를 차지하기 위해 우주 전쟁이 벌어질 거라고. 이런 이야기들은 아름다운 지구를 소중히 여겨야 한다는 교훈과 함께, 어린이 만화나 교실에 꽂혀 있는 학급문고 속에서 용감하게 외계인과 맞서 싸우거나 개중 착한 외계인과 대화를 시도하여 평화를 되찾았다는 내용이 되곤 했다. 때로는 영화관을 가득 채운 블록버스터 영화 속에서 건장한 백인 남자가 세상을 구하는 이야기가 되기도 했다.

 뻔뻔한 우리 지구인들은 그런 이야기들을 참 많이도 쓰고 그리고 만들었지만, 그런 인간 중심적 망상은 전부 틀렸다. 사람들은 외계인들이 나타나자 제일 먼저 하늘을 향해 손을 들었다. 다른 지성체를 향한 환영의 인사도, 새로운 지배자를 향한 저항의 주먹질도 아닌, 인증샷을 찍기 위한 본능적인 행동이었다. 한강에 괴물이 나타났는데 사진부터 찍던 영화 속 사람들처럼, 현실의 사람들도 유행에 늦을세라 우선 사진을 찍어 SNS에 올렸다.

그다음에는 마트를 털었다. 사흘째 되던 날부터 홈쇼핑에서는 헬멧과 방사능 보호복까지 포함된 몇 십 만 원짜리 생존 배낭 세트를 "지금 전화주시면 KF94 마스크 10장 추가!"를 외치며 불티나게 팔아 댔다. 돈이 있는 사람들은 가족 수만큼 배낭을 주문했고, 택배 기사들은 하늘에 외계인이 떠 있든 말든 아침부터 밤늦게까지 그것들을 실어날랐다. 아마도 더 돈이 많은 사람들은 패닉 룸에다가 반년치 식량이라도 쌓아 두었을지도 모른다. 어쨌든 목구멍이 포도청인 우리는 출근을 했다.

그렇게 한 주가 지났다. 종말이 왔다며 회개하라는 사이비 목사들과 외계인이야말로 우리의 창조주라는 사이비 교주들이 여의도 한복판에서 치고 받았다. 두 주가 지났다. 외계인들이 UN과 접촉하고 있다는 소문은 들렸지만, 세상은 묘하게 평화로웠다. 주가들이 곤두박질치며 편집팀장이 돌아 버리려고 하는 것 말고는, 이전과 크게 다를 게 없는 일상이 계속되고 있었다. 외계인들은 우리를 사료나 숙주로, 혹은 반려동물이나 노예로 쓸 생각도 없는 것 같았고, 인간을 싹 몰아낸 뒤 지구를 자기들이 차지하거나, 초광속 고속도로를 만드는 데 걸리적거린다고 지구를 철거해 버리려는 것도 아닌 것 같았다.

그리고 당연하게도 대부분의 인간들은 대체로 잠잠했다. 인터넷에서는 외계인이 지구를 정복했는데 맞서 싸우는 놈 하나 없다고 타박하는 사람들이 수두룩했지만, 수많은 이야기 속에서 외계인이 침략해 오자 용감하게 맞서 싸우던 '백인' '남자'들은, 막상 외계인이 하늘을 뒤덮은 상황에서 다들 침착하고 양순하게 행동했다. 드물게 몇몇 무모한 이들이 하늘을 향해 돌팔매질을 하거나 요란하게 총을 쏘았고, 영웅 행세를 하고 싶어하는 어떤 셀럽은 동영상 촬영팀까지 데리고 와서 청와대 주차장에 얌전히 주차해 있는 외계인의 모선에 슬레지해머를 휘둘러 대기도 했지만, 그뿐이었다. 그냥 남들 보라고, 내가 이렇게 용감하다고, 보란 듯이 동영상으로 찍어서 인터넷에 과시하며 '좋아요'를 긁어모으는 것 말고는 아무 의미도 없는 짓들이었다.

"그렇게 저항 세력이 고프면 안전한 집에서 키보드만 두드리는 것 말고도 할 일이 많을 텐데."

은조가 치킨이 든 상자를 식탁에 내려놓으며 낄낄거렸다. 나는 냉장고에서 맥주캔을 꺼냈다. 방에서 교정지를 보던 윤희가 기지개를 켜며 나와, 치킨을 한 점 집어 입에 물며 중얼거렸다.

"원래 영웅은 술집에는 수두룩한데, 하다못해 치과에만 가도 하나도 없는 거잖아. 남자들 좀 봐. 외계인과 맞서 싸우겠으니 총을 달라며, 예비군복 인증샷 같은 거 올리면서, 손가락으로만 용사 놀이 하는 거."

"아, 근데 지난주에 보니까 광화문에 가스통 영감님들 나왔어."

"가스통 영감님? 빨간 모자 쓰고 성조기 들고 다니는?"

"어, 한 50명 넘게 있더라?"

"그분들이 왜?"

"엊그제 백악관 앞마당에 외계인 함선이 내려왔잖아. 종북좌파 외계인은 물러나라고, 난리도 아니었어."

"아니, 청와대 앞마당에 외계인들이 내려와도 가만히 계시던 양반들이 대체 왜?"

"내가 어떻게 알아."

그래, 이쯤 되면 외계인도 난감할 것이다. 종북도 아니고, 좌파도 아니며, 무엇보다도 지구인도 아닌 외계인들에게 저게 무슨 소리람.

어쨌든 열혈 어르신들의 시위도 오래가지는 못했다. 우선 외계인들의 나이가 문제였다. 장유유서라는 아름다운 전통을 신조로 삼아, 너는 애미애비도 없느냐, 너 몇 살이냐, 얼마나 살았느냐는 말을 입에 달던 가스통 영감님들은 평균 수명만 지구 나이로 500살 이상, 여기 온 대원들의 평균 연령이 300살 이상이라는 외계인들을 앞에 두고 한없이 작아졌다.

그리고 그다음으로, 북한이 문제였다. 이 어르신들이 누굴 욕할 때는 꼭 종북이나, 좌파냐, 북한 공산당이냐

하고 시비를 걸곤 했는데, 걸핏하면 자기들 아직 안 죽었다고 과시하기 위해 동해에 미사일을 쏘아 대던 북한이, 이번에는 그만 용맹하게도 외계인들에게 미사일을 쏘아 버린 것이다. 다행히도 북한이 기세 좋게 발사한 미사일은 외계인들의 함대 근처까지도 못 가고 요격되었고, 지구 대 외계인의 우주 전쟁이 발발하지도 않았다. 이쯤 되니 어르신들도 외계인이 종북좌파라는 주장만은 할 수 없게 되었나 했더니, 그날 오후 한국 정부는 "우리는 외계인들을 환영하며 평화를 염원한다."는 성명을 발표했다. 그게 엊그제의 일이었다.

"정말 다이내믹 코리아야."

"그러게. 누가 그 슬로건 만들었는지 상 주고 싶다."

그리고 이제 우리는 어떻게 될까. 누군가는 옛날에는 나라를 팔아먹던 놈들이 이제는 지구를 팔아먹는다고 말했고, 누군가는 이왕 외계인에게 굴복할 거라면 제일 먼저 협력의 제스처를 보내서 다른 나라들보다 유리한 고지를 선점하는 게 좋은 거라고 했다. 한국이 성명을 발표하고 고작 이삼일 사이에, 서른 몇 개국이 줄줄이 따라서 외계인을 환영한다고 성명을 발표하는 것을 보면, 나라들끼리도 서로 눈치만 보고 있었던 게 틀림없었다. 이게 제일 먼저 물에 뛰어든다는 퍼스트 펭귄일지, 아니면 이상행동을 보이다가 제일 먼저 벼랑에서 뛰어

내리더라는 퍼스트 레밍일지는 모를 일이었지만.

"외계인이 나타나면 어떻게 될까 생각해 본 적 있어?"

"솔직히 외계인은 우리보다 좀 윗세대에 유행했고. 우린 좀비에 쫓기는 이야기를 더 많이 상상했잖아."

"그건 그렇지."

"좀비물만큼 욕망에 충실한 게 어디 있냐. 남들은 다 죽어도 나는 살아서 도망쳐야 하고, 도망치다가 모아 놓은 식량이 없으면 마트나 편의점에서 들고 나오고, 가끔은 남의 빈집도 털지 모르지. 주인들은 어차피 좀비가 되었을 테니까 상관없다, 그런 식으로."

"음, 좀 지질하지."

"영웅이 못 되고 지질하게 살아남는 거. 화면 너머 안전한 곳에서 우리가 보면서 민폐라고 하는 그런 게, 사실은 우리 모습이 되는 거잖아. 지금도 뭐, 외계인이 나타나니까 생존 배낭 몇 십 만 원씩 붙여서 팔고, 그걸 또 사람들이 열광적으로 사고."

"나도 샀어."

윤희가 중얼거렸다. 나와 은조는 맥주를 마시다 말고 윤희를 쳐다보았다.

"언제?"

"우리 엄마 집에 갖다 놨어. 만에 하나 무슨 문제라도 생겼을 때, 여기 사람들이 우리 엄마 챙겨 줄 것 같지 않아서."

"아, 정말 잘했다."

"네가 보기에도 그렇지? 피란이라도 가게 되면 정말 물 한 모금 안 나눠 줄 것 같지?"

"미안."

"네가 미안할 건 아니지. 근데 뭐, 대비할 건 대비해야지. 전기 충격기도 하나 살까 그러고 있었어. 한국 사람들 이악스러워서."

윤희의 어머니는 베트남 출신이었다. 엄마를 닮은 윤희는 초등학교 다니는 내내 베트남, 베트콩으로 불렸다. 개기름만 흘러서는 머리에 생각이라고는 없는 것 같았던 중학교 때 학년부장 새끼는 윤희를 미스 사이공이라 불렀다. 조금 더 자랐을 무렵에는 한국 남성들이 동남아시아에서 돈을 주고 신붓감을 구해 오고, 그렇게 결혼한 상대 여성을 마치 자기가 돈을 주고 사 온 노예처럼 대하더라는 얘기들이 나왔다. 자기 어머니는 물론 자신도 한국 사회에서 차별을 받고 있다는 생각을 늘 하던 윤희는 대학교 인권 소모임에 들어가 베트남 이주 여성에 대한 이야기를 공유했는데, 바로 그 사람들이 자신의 가족을 문제 가족으로, 윤희의 아버지는 비열한 노예 매매꾼, 어머니는 가족을 위해 팔려 온 여자, 윤희는 불행한 매매혼의 결과물로 태어난 가엾은 아이 취급을 하는 기막힌 꼴을 보아야 했다. 누군가가 윤희의 표정을 보고, 다시 윤희의 이야기를 듣고 여러 이야기를 나눈 끝에 윤희에게 그 문제에 대해 사과해 주었지만, 그때 윤희는 또 한 번 절감했다고 한다. 이 나라에서 무슨 일이 생겼을 때, 우리 엄마를 지켜 줄 사람은 아무도 없겠구나, 하고.

"솔직히 난 가끔 그런 생각한다. 외계인들 온 김에 그냥 지구를 확 날려 버렸으면 좋겠어. 그래, 뭐 나나 엄마보다 더 힘든 사람들도 많긴 한데, 그런데 말이야 국제도시 서울이라면서 되게 선택적 국제도시야. 그런 게 정말 싫어."

"알아. 그래도 우리 미로도 있으니까 멸망까지는 좀 그렇고. 혹시 무슨 일이 생기면, 우리가 있잖아."

"그래, 그래. 수아가 여의치 않으면 나라도 너희 엄마 챙겨 드리러 갈게."

"말이라도 고맙다, 야."

울 것 같은 얼굴을 하고 있던 윤희는 애써 과장되게 웃으며 낄낄거렸다. 윤희는 고등학교 때 수능 모의고사 언어영역 1등급을 놓치는 적이 없었고, 우리와 마찬가지로 국어교육과를 졸업했지만, 학교는 물론 학원이나 학습지 회사에서도 윤희를 국어 선생으로 써 주지 않았다. 나와 은조는 꽤 큰 출판사에 들어갔고, 지금은 제법 경력이 쌓여 과장님 소리를 듣고 있었지만, 윤희는 그럴 수 없었다. 교사가 되려고 해도, 편집자가 되려고 해도, 토종 한국인처럼 생기지 않은 윤희는 면접에서 번번이 떨어졌다. 엄마가 베트남 사람인데 우리말은 제대로 하겠느냐, 뭐 그런 거겠지. 차별하지 말라고 백날 말해 봤자 귓구멍에 들어가지도 않는 한국 사람들보다는 내가 한국말은 더 잘할 텐데. 윤희는 면접에서 떨어질 때마다 자조하듯 중얼거리곤 했다.

어쨌든 지금의 우리는 외계인이나 사람들 인간성 문제나 세상 돌아가는 일보다는 우리 앞날을 더 걱정해야 했다. 외계인들이 나타난 지 한 달, 회사는 인력 감축을 예고했다. 하루종일 자기 주식 걱정이나 하는 김 부장새끼나, 출판사 직원인데 이메일 하나를 써도 오타가 한 바가지씩 나오는 주제에 부장의 비위를 맞추는 게 주 업무인 듯 구는 놈들보다, 아마도 우리가 먼저 잘려 나갈 것이다. 그나마 우리는 실업 급여라도 있지, 외주 편집자인 윤희는 그나마도 없이 일거리를 잃게 될 수도 있었다. 우리 셋은 서로가 서로를 돌보는 작은 공동체가 되어 한 집에 살았지만, 이렇게 셋이 나란히 돈벌이가 끊어질 위기에 처하니 막막한 기분이 들었다.

"계란을 한 바구니에 담지 말라고, 우리도 몽땅 이 출판 쪽 일에 목을 맬 게 아니라 조금씩 다른 걸 찾아봐야 했어."

"외계인이 우리를 어떻게 한다고 치면, 우리처럼 잔병만 많은 출판 노동자들은 어떻게 될까. 지질하게라도 살아남을 수는 있을까."

"야, 온 지구를 뽁뽁이로 싸듯이 자기들 우주선단으로 뒤덮을 정도의 외계인이야. 쟤들이 인류를 싹 쓸어 버리기로 작정하면, 뭐 우리가 환영을 하든 저항을 하든 도망을 치든, 외계인과 미국 대통령이 사귀는 이야기를 쓰든 아무 상관도 없지 않겠냐? 그건 그냥 천재지변이야. 애들이 개미집에 물 붓는 거랑 똑같다고."

"난 개미집에 물 부은 적 없어."

"말이 그렇다고. 그러니까 내 말은… 식량 사재기를 하든, 어디 으리으리한 집구석에 방사능까지 차폐되는 패닉룸을 짓든, 아마 의미는 없을 거라고. 내버려 두려고 하면 그런 건 필요 없을 거고, 걔들이 우리를 치워 버리겠다고 마음먹으면 정말 아무짝에도 쓸모없을 테니까."

그리고 사실은, 지질하게 살아남고 싶어도 바로 그 지질한 놈들이 우리부터 죽이고 식량을 빼앗을 것이다. 장애인들, 이민자들, 어린이들, 여자들이나 성소수자들, 노인들, 심지어는 외계인까지, 자신과 조금이라도 다른 사람들을 공공연히 차별하고 싫어하고, 그들에게 아주 작은 배려라도 주어지면 그 꼴을 두고 보지 못해 몸부림치는 놈들은 얼마든지 있으니까. 외계인과 맞서 싸우겠다,

내게 총을 주면 외계인 대갈통을 날려 버리겠다며 인터넷 게시판에서 허세를 부리며 용사 놀이를 하는 놈들 중 상당수는, 막상 외계인들이 우리를 공격할 때 최후의 지구인으로서 맞서 싸우기는커녕, 저만 살겠다고 도망치거나 자기보다 약한 사람을 약탈하고 살해하려 들 것이다. 그러고는 '약육강식'이라며 변명하겠지.

우리는 그렇게까지 살아남을 능력도 없고, 그렇게까지 살고 싶지도 않았다. 그래, 뭐 인생 그따위로 살다가 가지 않는 것만 해도 다행인 거지.

"무슨 일 있으면, 하던 일 놓고 그냥 집으로 뛰어 와."

꾸벅꾸벅 졸고 있는데, 윤희의 취한 듯한 목소리가 들렸다.

비록 아무 일도 없는 것처럼 보이지만, 외계인이 하늘에 계시고 세상은 의외로 평화롭다고 해도 이 상황을 '아무 일도 없다'고 순진하게 표현할 수는 없다. 이제 지구는 어떻게 될지, 우리의 앞날에 무슨 일이 벌어질지, 솔직히 나는 상상도 가지 않았다. 하지만 설령 무슨 일이 있어도 윤희와 은조와 나, 그리고 고양이 미로까지, 그 마지막 순간에 우리 넷이 함께 있을 수 있으면, 그만하면 아주 나쁜 건 아닐지도 모르겠다. 무척 감상적인 생각일지도 모르지만, 그런 생각이 들었다.

다음 날 우리가 눈을 떴을 때, 세상은 바뀌어 있었다.

"안녕하십니까, 지구에서 나고 자란 자매 여러분. 내 이름은 피랄리나투시나 프라파릴리오스입니다. 슈슬리사에서 당신들을 만나기 위해 여기까지 왔습니다."

우리가 확인할 수 있는 모든 방송국 채널에서, 또렷한 푸른 피부와 만년필 잉크처럼 검푸른 머리카락, 여기에 붉은 눈동자를 한 자그마한 체구의 외계인이 청와대 본관 앞에 서서 연설을 하고 있었다. 저들이 자신들의 말을 우리말로 번역하는 과정에서 생긴 오류인지, 아니면 저 외계인 지도자가 정말로 여성인지, 받아 적기도 힘든 이름을 지닌 그는 우리를 자매라고 부르고 있었다.

"우리는 이곳에서, 달이라고 불리는 지구의 위성이 지구를 한 바퀴를 도는 동안 이 행성을 관찰하고 있었습니다. 그렇습니다, 문명을 가진 많은 행성에서는, 위성의 순환을 역법의 기초로 삼는 경우가 대부분이니까요. 이곳 역시 그러하더군요."

그는 웃었다. 나는 등골에 소름이 돋았다.

"예, 달이 지구를 한 바퀴 도는 동안 우리는 확인했습니다. 다른 수많은 지성체들이 겪었던 과도기의 갈등들을, 당신들도 겪고 있다는 것을요."

뭔가가 아주 근본적으로 바뀔 것 같았다. 아니, 근본이라는 게 있다면 그 근본마저 박살날 것 같았다. 대통령 선거에 투표했더니 정말 얼토당토않은 인간이 당선되었을 때 느끼는, 이러다가 나라가 아주 망할 것 같은 감각과는 비교도 안 되는 느낌이었다.

"복지와 성장, 이념 대립, 양극화, 분배, 환경 문제. 여러분을 괴롭히는 수많은 사안들은, 이미 우리도 알고 있는 것들입니다. 우리는 이미 지구의 시간으로 천 년도 전에 이런 상황들을 겪었고, 또한 행성들과 접촉하며 대부분의 지성체들이 문명 발달 과정에서 이와 같은 고통을 겪어 왔음을 알게 되었습니다. 예, 그런 것들은 미래로 나아가기 위한 과도기의 부산물이지요. 그리고 우리는 그에 대한 해결책을 갖고 왔습니다."

이제 대체 우리는 어떻게 될까. 나는 서둘러 은조와 윤희를 깨웠다. 숙취와 두통으로 머리를 감싸 쥐며 일어난 은조는 곧 심각한 얼굴로 TV를 노려보았다.

"사실 많은 지구인 여러분들이 걱정하시는 것을 잘 압니다. 우리가 지구를 침략하고, 지구인을 모두 살해하거나, 아름다운 지구를 빼앗을지도 모른다고 생각하시지요. 하지만 우리의 대사 체계는 지구인과는 다릅니다. 물과 공기와 지구에서 진화한 생물들이 가득하다고 해서, 꼭 지구가 우리에게도 살기 좋은 땅인 것은 아닙니다. 우리가 지구에 공장을 짓고, 지구인들을 착취하기 위해 여기 온 게 아니냐는 우려도 있더군요. 하지만 지구의 기술은, 우리가 쓰는 가장 간단한 일용품을 생산하는 데도 아직 부족함이 있습니다. 물론 그건 부끄러운 일이 아닙니다. 태어난 지 얼마 안 되는 어린아이가 어른이 하는 일을 능숙하게 해내지 못한다고 부끄러워할 이유는 없겠지요. 다만 우리는, 과도기의 갈등에 발이 묶여 고통받는 당신들이 빨리 성숙해질 수 있도록 이끌고 돕기 위해 여기까지 왔습니다."

"그래, 뭐, 모처럼 나타난 외계인이 금발에 백인 아닌 게 어디야."

윤희는 그의 푸른 피부를 바라보며 중얼거렸다. 우리의 자매일지, 친구일지, 원수일지, 정복자일지, 아직은 확실치 않은 그가, 마치 윤희의 말에 답하듯이, 어쩌면 위로하듯이 속삭였다.

"수많은 약자들이, 차별받고 굶주리고 폭력에 시달리고, 때로는 살 권리조차 보호받지 못한 채로 어렵게 살아가고 있는 모습을 보았습니다. 지구의 여러 나라 수장들은 가장 화려하고 강한 모습들을 보여 주려 노력했습니다만, 실상은 그렇지 않았지요. 지금, 나의 이 이야기를 어떤 형태로든 디바이스로 볼 수 없는 이들도 엄연히 존재합니다. 우리는 이곳에서, 지구인들의 의식을 고양시키고 문명을 발전시켜, 지구의 인간들이 우주의 여러 자매들과 어깨를 나란히 할 수 있도록 도우려 합니다. 가장 억압받던 사람들이 자유로워지고, 가장 소외되었던 사람들이 자신의 의지로 발전할 수 있도록, 그렇게 하여 지구인 전체의 의식이 이 작은 행성 위에 머무르지 않고 우주로 나아갈 수 있도록, 우리 슈슬리사는 당신들을 돕겠습니다."

윤희가 입을 반쯤 벌린 채, 화면을 뚫어져라 노려보고 있었다. 그리고 나는 윤희가, 아마도 태양계를 너머 우리가 상상할 수 없을 만큼 멀고 먼 세계에서 왔을 그들의 말에 마음을 빼앗겼다는 것을 알 수 있었다. 그들은 우리가 갖고 있는 벽 위에, 자신들의 이상을 구현한 세계를 새로 지어 올리려는 것 같았다. 나와 은조도 알고 있고 맞닥뜨렸던 벽, 윤희에게는 특히나 아득하도록 높고 견고했던 그런 벽. 그때 그가, 투표로 선출한 적 없이 하늘에서 내려온 우리들의 새 지도자가, 우리를 향해 말했다.

"우리는 우리에게 가장 먼저 손을 내밀어 온 대한민국에, 지구에서의 업무를 원활하게 처리하기 위한 기구를 설치하겠습니다. 여러분의 문명과 의식, 그리고 유전자 레벨까지, 일찍이 경험하지 못했던 변화를 겪게 될 것입니다."

그리고 그들은 곧 제일 먼저 항복을, 아니 평화 성명

을 발표했던 여기, 대한민국에 지구에서의 업무를 원활하게 처리하기 위한 기구를 설치했다. 각국의 행정부는 이 기구의 하위 기관으로 편성되어, 필라투사는 지구의 어떤 왕이나 대통령, 그리고 국제기구보다도 강력한 권한을 갖고 지구를 개혁해 나갔다.

"우리는 당신들이 우주의 다른 지성체들과 어깨를 나란히 할 수 있도록 돕겠습니다. 우리는 당신들이 약속을 지키고, 우리가 정한 규칙들을 지키는 한, 우리의 공약을 완벽하게 이행할 것입니다. 다시 소개하죠. 제 이름은 피랄리나투시나 프라파릴리오스. 지구 개발 책임자로서 이곳에 왔습니다. 지구의 여러분들이 부르기에는 조금 불편한 이름일 테니, 앞으로는 저를 필라투사, 진화가속연구소장 필라투사라고 불러 주세요."

공식적으로 이 기구의 이름은 진화가속연구소였으나, 그 이름을 제대로 부르는 사람은 드물었다. 대신 사람들은 말했다. 청와대 자리에 들어선 외계인의 총독부라고. 우리들의 새 총독 필라투사라고.

**

"대체 쟤들은 뭐하러 여기 온 걸까."

미로의 먹이 캔을 따 주다 말고, 윤희가 중얼거렸다.

"우리들 캔따개 노릇하러 온 것도 아닐 테고."

"우린 누가 와서 캔을 따 주고 싶을 만큼 그렇게 귀엽지 않아."

은조는 세탁한 커튼을 바로 봉에 걸어 넣으며 대꾸했다. 나는 고개를 끄덕였다.

"솔직히 고양이 취급까지도 안 바라고, 우리를 치킨 취급하지 않은 것만 해도 다행이지."

"하긴, 닭들 입장에서는 한국인이야말로 자기네 종족의 적이겠구나. 그럼 대체 쟤들은 여기 왜 온 거야?"

"미개하고 오만한 지구인들이 이대로 우주로 진출했다간 온 우주에 민폐를 끼치고 다닐 텐데, 그전에 좀 최소한의 문명인 노릇은 하게 만들려는 것 아니야? 필라투사도 여기서나 총독이지, 사실은 유치원 선생님이나 동물원 사육사 비슷한 거겠지."

"아니면 생물 실험실 포닥이든가."

"아, 우리는 그 실험실의 대학원생이 아니라…."

"물론 걔들이 연구하는 생물인 거지. 총독부 이름만 해도 그렇잖아. 진화가속연구소라니."

처음에는 한심한 이야기라고 생각했다. 각 나라의 수도에 외계인의 우주선이 내려앉은 것까지야 천재지변이지만, 제일 먼저 두 팔 벌려 환영하며 숙이고 들어가다니. 제일 먼저 항복했다고 여기다 총독부를 세우는 외계인들도, 이제 서울은 국제도시를 넘어 우주적 도시로 거듭났다고 헛소리를 하고 있는 서울시장도, 그 덕분에 주식 시장에 외인 매수가 쏟아지며 코스피 지수가 쭉쭉 올라가는 것까지 전부 다 한심했다. 처음에는 필라투사가 말하는 "의식을 고양시키고 문명을 발전시키겠"다는 말에 기대하던 세 사람은, 지구를 차지하고 앉은 외계인을 왕처럼 숭배하는 '평범한' 사람들을 보며 그냥 다 허탈해졌다.

"SNS 봤냐? 외계인보고 '성군'이 되시래. 대선 총선 지선 다 지지고 볶으며 민주공화국에서 살던 사람들이라는 걸 믿을 수가 없어. 성군은 무슨 성군."

"야, 21세기에 자기들 손으로 대통령을 뽑아 놓고도 나랏님이라고 성군이 되시라고 용비어천가를 부르는 사람들이야. 하물며 하늘에서 지도자가 떨어졌는데 그런 소리 안 나오겠냐."

"어이구, 잘하면 구지가도 부르겠다."

"그런 사람들이야 뭐, 외계인이 자기들에게 손만 흔들어 줘도 '역군은(亦君恩)이샷다'겠지."

그렇지 않아도 가만히 있으면, 사람을 무슨 노비 취급 하는 놈, 뭐라도 하나 서열을 정해서 자기가 애들보다 윗길이라고 주장하고는, 자기보다 서열 낮은 사람에게는 빵부스러기도 안 남겨 주고 전부 제 몫으로 쓸어가는 놈까지, 온갖 놈들이 설치고 다니는 세상이었다. 그런 놈들은 제 비슷한 놈들끼리 밀어주고 끌어 주며, 뭐라도 다른 사람들은 적극적으로 그 울타리 밖으로 밀어냈다. 언제나 그 울타리 밖에서 까치발을 하고 안을 들여다보는 기분으로 살았는데, 이제는 지구인도 아니고 무려 외계인까지, 그 안에 울타리를 한 겹 더 치는 것만 같았다.

그나마 다행인 것은 그들 외계인들이, 지구인들보다는 확실히 생각이라는 게 있는 것 같았다는 점이다. 그들은 지구인들의 열광과 아첨 같은 것에 딱 의례적일 정도의 반응만 보여 주고, 자기들이 할 일을 했다.

지구인을 귀여워해 자발적으로 캔따개 노릇을 하러 온 것도, 지구인을 식량으로 쓰러 온 것도, 지구를 식민지나 생산 기지로 이용하러 온 것도 아닌 그들은, 부지런히 지구의 문명을 발전시켜 나갔다. 그들은 우선적으로 과학기술인력과 조기 퇴직한 공학도들을 모아들여 지구인들이 이해할 수 있는 선에서 그들의 발달된 테크놀로지를 조금씩 전수하기 시작했다. 지구인의 기술 위에 그들의 지식과 노하우가 더해지자, 기술을 가진 사람들이 존경받기 시작했다.

슈슬리사는 기술을 전수하는 한편으로, 지구의 문화와 문명과 사상과 철학을 존중하고, 예술을 발전시키며 문화예술에 지원과 투자를 아끼지 않았다. 오래지 않아 사람들은 변화하기 시작했다. 사람들은 시대의 변화에 발맞추기 위해 자발적으로 공부하기 시작했고, 생활고에 쫓겨 오랫동안 자신의 연구나 창작에 손대지 못했던 사람들은 슈슬리사의 지원을 받아 다시 새로운 무언가를 세상에 내놓기 위해 절차탁마했다. 슈슬리사는 이들의 노력에 적극적으로 응답했다. 고용을 보장하고 일자리를 확충하며, 사람이 사람다운 삶와 여가를 누릴 수 있을 만큼의 급여를 제공하고, 노동 시간을 줄이는 한편, 아이나 가족을 돌보거나 무언가를 연구할 수 있도록 충분한 탄력성을 부여했다. 공부할 마음이 있다면 누구라도 공부를 계속할 수 있었고, 일할 의지가 있는 사람은 누구라도 일자리를 찾을 수 있도록 지원해 주었다. 안정되고 좋은 일자리가 충분히 만들어졌다. 젊어서 열심히 일한 사람이 늙고 쇠약해진 뒤에도 고된 노동으로 아슬아슬하게 생계를 이어나가는 일이 없도록 충분한 복지 정책도 제공했다. 노인들을 보호하고 어린이들을 지원했다. 의무 교육도 전 지구적인 사업이 되었다. 점진적으로 세금을 조정했고, 부의 재분배라는 오랜 이상이 마침내 이루어질 수 있다는 희망을 보여 주었다.

우리도 그 덕을 조금은 보게 되었다. 작년에 만든 책이 베스트셀러가 되어 몇 쇄를 더 찍은 덕에 은조는 회사에 남았지만, 나는 회사에서 쫓겨나듯 권고사직을 당했다. 외계인들의 새로운 정책에 따라 공무원들은 회사를 조사했고, 복지 담당자는 내게는 실업 급여 외에도 공부를 하거나 창업을 준비할 수 있도록 지원금을 주겠다고 했다. 윤희도 마찬가지였다. 일감이 줄었지만, 일도 줄어든 김에 야간 대학원에 진학해서 공부나 더 하기로 결심하자, 학비와 별도로 생활비, 즉 면학 지원금이 지급되었다. 낙제 없이 일정 기간 안에 수료하고, 지정된 기한까지 졸업 논문이 통과되는 것을 전제로 지급되는 액수는 윤희가 평소에 외주로 벌던 금액과 비슷했다.

"가만히 생각해 봤는데 애들은 우리에게 대대적으로 공부를 시키고 싶은 것 같아."

우리는 둘러앉아, 외계인들이 나타난 이후로 우리가 받게 된 것들에 대해 이야기를 나누었다. TV 프로그램이나 인터넷 방송에서 혐오 발언을 먹이 삼아 시청률을 끌어올리던 이들은 대부분 퇴출되었다. 그 자리에는 높은 도덕성을 갖추고 고민하는 사람들의 이야기가 채워졌다. 사람들은 매스미디어의 자극을 통해 얼마든지 천박해질 수도, 또 얼마든지 품위를 갖춘 인간이 될 수도 있음을 증명하듯, 효과는 신속했다. 큰 소리로 욕을 하는 것이 "우아하지 못한" 짓으로 여겨지자, 아무데서나 욕을 하며 자신들이 분노조절장애라고 주장하던 사람들은 조용해졌다. 표현할 수 있는 감정이 오직 '좋아요'와 '비추'만 남은 듯이, 한정된 단어로 쾌와 불쾌밖에는 표현하지 못하던 사람들은 그런 표현이 "부족함의 상징"이 되고서야 자기 감정을 구체적으로 살펴보기 위해 노력하게 되었다. 누군가가 어려운 단어를 쓰거나 자기가 잘 알지 못하는 개념을 이야기하면 무조건 꼰대짓이라고 화를 내고 악을 쓰며, 누가 나한테 가르치려 드는 게 싫다고, 아무것도 배울 생각이 없는 듯 굴던 사람들이, 외계인의 권위가 더해진 가르침 앞에 꼬리를 흔들고 배를 보이며 드러눕는 강아지처럼 순종했다. 사람들은 표면적으로라도 외계인이 말하는 이상적인 인간상을 닮으려 했다. 품위가 일종의 유행처럼 번져갔다.

"나쁘진 않아."

그리고 원래부터가 책을 읽고, 무례한 짓에는 눈살을 찌푸리고, 인간의 품위라는 것을 지키며 조금은 나은 인간이 되고 싶어 하다 못해, 출판업계에 발을 걸치며 살아가던 우리 세 사람은 이렇게 변화한 현실이 조금은 마음에 들었다. 사실은 행복하다고 말해야 옳을 것이다.

"나쁘지 않지. 하지만 이것만으로 괜찮은 거 맞아? 생각 없이 껍데기만 점잖은 척해 봤자, 외계인들이 떠나면 다시 원래대로 돌아갈 텐데?"

"위선이라도 계속 실천하면 선이 된다고 했어. 인간이 아주 나아지진 않겠지만, 전체적인 수준이라는 것은 바뀌지 않을까."

우리는 늘 좋은 책이 잘 팔리고, 사람들이 자기 감정을 배설하는 것이 아닌 제대로 된 언어로 말하는 세계에 살고 싶었다. 말과 글을 만지는 사람들이란 그런 것이다. 그러니 지금의 현실이란, 우리가 늘 소망했지만 결코 오지 않을 것 같던 이상향과 같았다. 불만 따위가 끼어들 여지도 없을 만큼 완벽했다. 하지만 우리 셋 모두, 불안했다.

"사실은 이 시대야말로, 우리가 바라던 걸지도 몰라. 저들이 온지 반년밖에 안 되었는데, 적어도 기회의 평등이라는 것에 대해서는 사람들이 인식을 하기 시작했어. 그런 데다 난 자꾸 신경이 쓰여. 인류의 미래라는 거."

"그렇지. 그리고 사실 지금 같아서야, 저 외계인들에게 불만을 갖는 건 마치 기득권층 같잖아."

"아, 그래. 평생 데모 같은 거 안 할 것 같던 사람들이 요즘 데모한댄다. 아주 최상류층은 아니고 어중간하게 중상류층인 사람들 말야."

"그 사람들이 뭐가 불만이라서?"

"뭐, 주장하는 거야 중구난방이지만 결론만 말하면 그거지. 예전처럼 특권 좀 누리게 해 달라는 거."

"누가 들으면 외계인이 하루아침에 법을 싹 뜯어고친 줄 알겠네. 일단은 있는 법들을 수정하면서 발전하는 중인데."

"자기들이 특권 누리는 게 공정한 거랜다. 씨발놈들."

"그러지 마, 정수아. 사람의 마음이 쿠키라면 사람의 말은 그 마음을 찍어 내는 쿠키 틀 같은 거야. 나는 너라는 사람이, 그렇게 찌그러진 쿠키 틀로 마구잡이로 찍어 낸 모습으로 보이는 게 싫어."

윤희가 정색을 하며, 요즘 가장 인기 있는 드라마의 주인공 대사를 따라 읊었다. 그리고 우리 셋은 이마를 맞대고 낄낄 웃었다.

눈물이 나도록 웃어대면서도, 문득 생각했다. 우리는 앞으로 어떻게 될까. 인류의 미래는 어떻게 될까. 누군가가 들으면 비웃을지도 모른다. 일개 평범한, 출판사 직원과 백수와 프리랜서가 머리를 맞댄다고 해서 세상이 변하지는 않을 것이다. 하지만 그렇다고 해서, 아무 걱정도 하지 않고 이 '태평성대'를, 태평천하를 누리고만 살 수는 없었다.

**

외계인이 나타나면 어떻게 될까. 과거의 인간들은 외계인이 지구를 식민지로 삼으려 하는 이야기들을 정말 많이도 쓰고 그리고 만들었다. 수많은 이야기 속에서 지구는 속수무책으로 침략당했고, 최후의 희망인 수퍼 로봇이, 다섯 빛깔 옷을 입은 특촬물의 영웅들이, 혹은 미국 대통령이 맞서 싸웠다.

외계인이 나오는 이야기는 아니지만, 우리가 어렸을 때 보던 일본 애니메이션 중에는 일본이 어느 대제국의 식민지가 되었는데, 제국 황제의 몇 번째 부인인가가 낳은 왕자가 일본 독립운동에 나서는 이야기도 있었다. 어릴 때는 그 애니메이션을 꽤 좋아했지만, 어느 순간 그런 생각이 들었다. 왜 식민지가 되어 보기는커녕 다른 나라들을 식민지로 삼고 다녔던 나라들에서, 자신들이 외계인에게 침략당하거나 대제국의 식민지가 되는 이야기들을 그렇게 좋아했던 걸까.

"가해자들이 자기들이 피해자인 척하는 이야기는, 아무리 재미있어도 역겨운 구석이 있어. 자기들이 뭐라고 식민지를 동경하는데?"

"그건 그냥 식민지를 동경해서 그러는 건 아니야."

은조가 고개를 저었다.

"그런 이야기들 봐. 제국군에게 맞서 독립운동을 하던 아름다운 공주는 흉악한 외계인에게 납치당해 노예가 되어 황금 비키니나 입고 있지. 금발 미녀인 데다 과학자이기까지 한 레지스탕스 지도자도 외계인에게 납치당해서, 알몸처럼 보이는 피부색 전신 타이즈를 입고 고문을 당한다고. 그런 이야기들은 남의 식민지가 되고 싶어서도 아니고, 압제자에 맞서 싸우는 게 좋아서도 아닐걸. 식민지의 지배자인 악당에게 젊은 여자가 홀딱 벗고 고문당하는 걸 좋아하는 거겠지."

"그러게, 눈요기 실컷 하고 그 악의 무리는 꼭 백인 남자가 무찌르고."

"뻔뻔하네."

응, 뻔뻔한 일이다. 누군가의 식민지가 되는 이야기가 즐거울 수 있는 사람은, 현실에서 그럴 일이 없다고 믿는 사람들이다. 과거 일본이 한국을 식민지로 삼으려 할 때 앞장섰던 이들, 미국의 51번째 주가 되고 싶다는 듯 걸치던 저 빨간 모자 쓴 가스통 영감님들은, 제일 먼저 외계인에게 화해의 제스처를 보인 정치가들은, 어떻게 세상이 뒤집혀도 그 제일 밑바닥에 깔리는 쪽은 아니기 때문에 그럴 수 있는 것이다. 아니, 자신들이 제일 밑바닥으로 추락하는 것을 상상할 수 없으니까 안심하고 그런 상상을 하고, 그런 주장을 하는 것이다.

하지만 우리는 그런 것을 상상할 수 있는데.

"있잖아."

"응."

"외계인들은 역시, 우리 캔따개가 되려고 온 걸까?"

지금 외계인들이 하려는 일들, 우리에게 해 주고 있는

일들은, 사실 우리 모두에게는 좋은 일일지도 모른다. 그들에게 모든 판단을 맡기고, 우리는 그저 따르는 것만으로도 평등과 평화가 이루어진다면, 구조적인 차별이 반강제적으로 사라지고 적어도 기회만이라도 평등하게 가져갈 수 있게 된다면, 세상에 굶주리는 사람이 없어지고, 모든 아이들이 학교에 갈 수 있게 된다면, 그것도 나름 나쁘지 않다.

하지만 정말 그것만으로 충분한 걸까.

"우리는 총독이 따 주는 캔을 받아먹으면서, 안전하고 행복하게 보호받으면 되는 걸까? 우리 미로처럼?"

"그건 아니지…. 하지만 지금 외계인들이 약자를 위하고 차별받는 사람을 위하다 보니까, 반기를 들기도 애매한 구석이 있어. 꼭 자기 특권 내놓으라고 드러눕는 기득권층처럼 보일 것 같고."

"그럴 수 있지. 그렇긴 한데."

그때 미로가 거실로 나왔다. 미로는 우리들 사이에 몸을 웅크리고 앉아 꼬리를 살랑거렸다. 너는 엉덩이를 두드리고, 너는 털을 쓰다듬고, 너는 캔을 따라는 듯이. 미로는 우리가 가족이듯이 우리의 가족이고, 우리는 미로를 사랑하고, 미로는 우리와 함께 살면서 야생 고양이었다면 갈 수 없었을 먼 곳까지 함께 다녔지만, 그럼에도 불구하고 그 순간 나는 떠올렸다. 아주 먼 옛날, 사막을 걸었을 미로의 조상을, 들판을 달리며 새를 잡았을 미로의 조상을.

그리고 인간은, 먼 훗날 어떻게 될까.

외계인들이 꾸며 놓은 테라리움 안에서 야생성을 완전히 잃어버리고, 홀로 사막을 걷지 못하고, 들판을 달리며 새를 잡지 못한 채, 집사가 캔을 따 주기를 기다리는 고양이처럼 되어 버리는 것이 정말 행복일까.

그들이 우리에게 해 주는 일은 옳다. 인간들이 이루지 못한 발전과 평화를 가져오고 있으니 고맙다고 해야 할 것이다. 하지만 그럼에도, 우리는 주는 대로 받아먹지만은 않을 것이라고, 이것이 옳은지 그른지를 생각하는 것만은 멈추지는 않겠다고, 나는 생각했다.

여름에서 가을로 넘어가던 어느 날, 나는 주말 아침에 일찍 일어나 운동화 끈을 바짝 맸다. 날은 예년보다 조금 서늘했으므로, 가방에 물병과 함께 바람막이를 챙겨 넣었다. 아무리 외계인들이라도 하루아침에 지구온난화를 어떻게 할 수는 없었을 테니, 아마도 하늘에 떠 있는 우주선단 때문이겠지. 보조 배터리도 챙겼다. 할인점에서 캠핑용 의자와 까만 쓰레기봉투도 샀다. 그리고 광화문역을 지나, 몇 달 전까지만 해도 회사에 가느라 늘 지나다니던 경복궁 뒤쪽, 신무문으로 향했다.

처음에는 혼자라도 좋다고 생각했다. 한번 시작하면,

어쩌면 아주 오래 이 일을 계속해야 할지도 모른다고 생각했다. 그런 결심에 은조와 윤희가 함께 해 주어서 다행이었다. 우리는 거창한 팻말 같은 것은 만들지 않았다. 우리는 외계인들을 거부하는 것이 아니었다. 모든 인간에게 평등한 기회가 주어져야 한다는 말에 반발하는 것도, 다른 사람들을 차별할 권리를 달라거나, 원래 특권을 누리던 이들에게 계속 특권을 인정해 주는 것이 공정하다는 헛소리를 하고 싶은 것도 아니었다. 다만 우리는, 우리가 애완의 대상이 아니라 반려의 대상이어야 한다고 생각했다. 일방적인 사랑과 지도와 애착 관계가 아닌, 쌍방의 관계, 상호호혜적인 관계여야 했다. 설령 그 시작은 외계인들이 주도권을 잡고 끌고 간다 하더라도, 언젠가는 우리가 선택할 여지를 남겨 놓아야 한다고 생각했다.

우리는 청와대 앞마당을 가득 메우고 있는, 총독이 타고 온 사령선을 바라보며 꽃을 들었다. 가정용 프린터로 A4 용지에 출력한 종이도 한 장씩 들었다. 그 종이에는 "지구인들은 당신들을 지켜보고 있습니다."라고, 평범하기 그지없는 나눔고딕 엑스트라볼드 72포인트로 적혀 있었다.

2. 다시 한 번 크리스마스

 부름 앞에 예, 여기 있습니다, 하고 대답했다. 검은 수단 위에 백의를 입고, 이제 마흔을 바라보는 나는 눈에 띄게 쇠약해지신 주교님께 머리 숙여 절했다. 3년간의 봉사활동, 7년간의 신학교 생활. 서른이 다 되어 신학교에 들어온 내게, 마침내 다가온 서품의 날이었다.
 "존경하는 주교님, 거룩한 어머니이신 교회는 주교님께서 여기 있는 이 부제들을 사제로 서품하여 주시기를 바라옵니다."
 낭랑한 목소리가 성당 안에 울려 퍼지고, 우리는 한 사람 한 사람 앞으로 나아가 주교님의 손안에 모은 손을 얹고 머리를 숙였다.
 10년 전 나는, 바로 내 눈앞에서 벌어진 참혹한 죽음을 막을 수 없었다. 처음에는 공포, 그다음은 도피였다. 인간의 힘으로 어찌할 수 없었던 그 일에서 도망치기 위해, 답을 찾기 위해, 나는 의사의 백의를 벗고, 사제의 검은 옷을 입었다.

"하느님께서 그대 안에서 좋은 일을 시작하셨으니 친히 그 일을 이루어 주실 것입니다."

눈을 감자, 아기들이 떠올랐다. 그래, 아기들. 갓 태어나, 엄마와 연결되어 있던 탯줄을 끊고 이제 막 첫 울음을 터뜨렸던 아기들. 큰 길을 사이에 끼고 마주 보는, 증권사 건물과 병원 건물 사이, 줄줄이 매달려 있던 신생아들. 그중에는 내가 받은 아기들도 있었다.

더 이상 사람들이 신을 믿지 않는 시대, 어쩌면 더 이상 신앙 같은 것에는 의미가 없는 이 시대에, 나는 흰 천 위에 엎드리며 눈을 감았다. 인간인 나를 버리고 사제로 다시 태어나기 위해. 주님, 자비를 베푸소서. 저희의 기도를 들어주소서. 나 자신을 포기하고 가장 낮은 모습을 하느님께 봉헌하는 이 신성한 순간, 나는 그 아기들이 천국으로 갔을 것을, 태어나자마자 그리 죽임당한 생명들이 이제는 주님의 품 안에서 안식을 찾았기만을 간절히 기도했다. 그것만이, 온전한 믿음만은 한없이 부족하였을 내가 나의 사제로서의 소명을 받아들일 수 있는 유일한 이유였다.

**

슈슬리사가 이 땅에 내려온 것은, 내가 서품을 받기 15년 전의 일이었다.

국민성이라는 것인지, 아니면 휴전선을 사이에 두고 50년이 넘게 지내면서 웬만한 일에는 눈 하나 깜짝하지 않을 만큼 무뎌진 것인지 모르지만, 슈슬리사의 우주선들이 하늘을 뒤덮었을 때의 사람들의 반응은 꼭 영화 속 한 장면 같았다. 한강에 괴물이 나타났는데 사진이나 찍고 있던 영화 속 인물들처럼, 현실의 사람들도 우주선 사진을 SNS에 올리느라 바빴다. 하지만 그 무렵 나는 본과 4학년이었고, 국시를 앞두고 있었다. 머리 위의 외계인 군단보다는 곧 닥칠 시험이 더 큰일이었다.

그래도 세상 돌아가는 일을 아주 모르지는 않았다. 버스를 타고 광화문 근처를 지나다 보면 서울시청 앞에 "진화가속연구소 유치를 축하합니다." 같은 현수막이 걸려 있었다.

"지랄한다, 누가 보면 서울시에서 나서서 총독부를 유치한 줄 알겠네. 외계인들이 그냥 청와대 터에 내려와 앉은 것까지 자기들 덕이라고."

"총독부가 뭐냐, 진화가속연구소지. 어차피 지금은 대통령도 없는 빈터인데, 괜찮네."

"그런데 외계인 총독부 같은 게 서울에 들어서도 되는 거야? 뉴욕이나 런던이나 뭐 그런 데 있어야 하는 거 아냐?"

"안 될 게 뭐 있어. 한국이 세계의 중심인가 보지."

그리고 서울 한복판을 차지하고 앉아 대한민국과 전 세계, 그야말로 우르비 에트 오르비(Urbi et Orbi)를 다스리기 시작한 것은, 바로 강력한 힘과 의지를 가진 외계인 총독 필라투사였다. 전쟁에 반대하고 평화를 사랑한다는 필라투사와 그를 따르는 외계인들은 지구를 침략하겠다며 공연히 소모적인 전쟁을 일으키지도, 총이나 전차로 무익한 피를 흘리며 싸우지도 않았다. 그들은 군복을 입고 무기를 든 사람들 한 사람 한 사람의 심층심리를 파고들어 싸우고자 하는 의지 자체를 날려 버리고, 국가의 경계를 빠르게 해체했다. 정치가들과 군 장성들, 사회 지도층들은 평화롭게 실각했다.

하지만 권력을 잃은 인물들이 감옥에 끌려가거나 고초를 겪은 것은 아니었다. 특별히 죄 지은 게 없는 이상, 물러난 권력자들은 권력욕을 어느 정도 제어할 수 있도록 '치료'를 받고 존경받는 사회의 일원으로 돌아왔다. 옛 권력자가 근처 마트에서 짐을 나르는 모습, 5선을 한 국회의원이 고향에 돌아가 농사를 짓고, 은퇴한 4성장군이 손주를 유치원에 데려다주는 모습은 더 이상 뉴스거리도 되지 않았다. 그리고 그런 모든 모습들이, 나와 주변 사람들에게는 불만이었다.

"저 외계인 놈들, 그냥 공산당 같은 놈들이잖아."

인턴을 마치고 군의관으로 입대했을 무렵, 레지던트까지 마치고 입대했다가 그야말로 애매하게 낀 세대가 되어 여기서 말년을 보내고 있는 박 대위는 나를 붙잡고 불만을 토로했다.

"군대를 그냥 남녀 공히 소집해서 훈련만 받고, 반년 동안 행정지원이나 사회봉사 하고 끝내 버리니 이게 무슨 군대야? 훈련소에서 무릎 까지면 빨간약 발라 주는 거 말고는 할 일이 없으니, 군의관들이 갈 곳이 없잖아!"

박 대위가 딱 군의관으로 입대해 훈련을 받고 있을 때, 슈슬리사들이 지구에 왔다. 그리고 슈슬리사들 중 한국의 행정을 개선하는 일을 맡은 이들은, 우리처럼 남아도는 군의관들을 자원 삼아 낙도 오지와 시골의 의료 환경을 개선해 나갔다.

"사회 통합이니 뭐니 하면서. 야, 너도 그렇겠지만 나도 의사가 되겠다고 유치원 초등학교 때부터 토탈 20년 넘게 뺑이를 쳤는데. 이제와서 이 시골 구석에서 예방접종이나 놓고, 남는 시간에는 여기 동네 일손 모자란다고 농사 짓는 데 끌려다니고 있으니. 이거 그 옛날에 중국 공산당이 지식인들 하방시키던 거잖아! 외계인 새끼들, 아주 그냥."

"다른 나라들은 어떻게 한대요? 우리만 군대 없애는

것도 아닐 텐데."

"모병제 국가들은 장교들은 공무원으로 채용해서 고용 승계한다더라. 별 단 사람들은 내보내고. 우리나라 같은 징병제 국가는 행정 지원으로 바꾸고 있고. 아, 이러다가 사회 나가면, 또 이번에는 의사도 쓸모없다고 그러는 거 아냐?"

"설마 의사가 쓸모없을 일이 있겠습니까. 사람 살리는 직업인데."

"병원에는 돌아갈 수 있겠냐? 저 외계인 새끼들 기술이면 죽은 시체도 되살리겠는데."

사실은 나도 그 걱정을 하고 있었다.

"솔직히 저놈들 보기에 우린, 거 있잖아. 중세에 흑사병 돌 때 악취가 병을 옮긴다면서 새 부리 같은 마스크에다가 꽃 채우고, 향수 뿌리고 다니던 그런 놈들. 우리도 그런 이야기 들으면 비웃잖아. 의사가 아니라 완전 사기꾼이나 무당 아니냐고. 근데 외계인들 보기에는 우리가 딱 그짝일 것 같지 않아?"

솔직히 본전 생각이 났다. 남들 놀 때 잠 한숨 못 자고 죽도록 공부해서 의사가 되었더니, 말도 안 되는 하이테크놀로지로 중무장한 외계인들이 짠 하고 나타나 버렸다. 슈슬리사의 기술에 비하면 새 발의 피도 못 될 실력으로 의사입네 하고 평생을 살 생각을 하니 그것도 불안했다. 이럴 줄 알았으면 고등학교 때부터 연애질이라도 열심히 하던 놈들 비웃지나 말고, 장래가 유망하다는 걸 내세워서 여자친구라도 사귀고 그럴걸. 대체 뭘 위해서 공부만 하고 살아왔는지, 생각할수록 엿 같았다.

"차라리 이 외계인 놈들, 기껏 쳐들어왔으면 좀 악착같이 착취자 노릇이라도 했으면 좋겠는데. 웬 선비 같은 것들이 우리를 지배한다고 머리 위에 앉아 있으니, 갑갑해 죽겠다. 아, 우리만 미개해? 우리만 개새끼냐?"

박 대위가 기지개를 켰다. 그의 말에 전부 동의하는 것은 아니지만, 공감이 가는 부분도 있었다. 그들이 좀 더 악랄한 자들이었다면, 적어도 우리의 불만이 정당해질 수는 있을 테니.

그들은 지구를 더 나은 세상으로 만들기 위한 역사적 사명을 띠고 이 땅에 온 존재들처럼 굴었다. 그들은 평화를 사랑했고, 지구인들의 사상과 신체의 자유를 존중했으며, 모든 지구인은 평등하니 차별해선 안 된다고 거듭해서 강조했다. 이 상냥한 천사들의 세계에서는 오직 평등하게 노력할 권리를 저해하는 특권 의식만이 반역으로 규정될 뿐이었다.

좋은 말이다. 꿈같은 이야기다. 누구나 잘 살 수 있는 사회라니, 그걸 두고 뭐라고 할 수는 없었다. 하지만 이뤄야 할 목표 하나만을 바라보며 잠 한 숨 제대로 못 자고 좋은 세월 다 보낸 사람에게는 그게 썩 좋기만 한 일도 아니었다. 남들 내려다보며 유세하고 떵떵거리고 싶은 것까진 아니어도, 의사가 되어서 잘 먹고 잘살고 남들에게 존경받고 싶고, 이 노력을 보상받고 싶은 마음이 왜 없었을까. 정말 남들에게 봉사하겠다는 마음으로 의사가 된 녀석은 다섯에 한 명, 아니, 열에 한 명이라도 많을 거다.

그리고 그런 이야기를 대놓고 입밖에 내면, 이제 반역자가 되는 거겠지.

"지구인을 존중한다며. 그러면 지구인의 노력도 좀 존중해 줘야 할 거 아니야. 들로 산으로 천둥벌거숭이처럼 뛰어놀던 놈들이랑, 유치원도 가기 전부터 빡세게 공부한 우리들이랑, 어떻게 같이 놓겠다고 말을 해. 이 시발놈들, 빨갱이 같은 새끼들."

박 대위가 술에 취한 채 울먹였다. 사실은 나도 울고 싶었다.

**

개인적인 불만과 상관없이, 슈슬리사가 지구인들에게 좋은 일들을 해 준 것은 많았다. 그들은 인간의 역사 속에 등장하는 어떤 정복자보다도 관대했고, 어떤 지배자보다도 더 인간을 존중했으며, 어떤 독재자보다도 더 인간의 미래를 걱정하였다. 사람을 살리는 것이 의사의 본분이라면, 슈슬리사는 전쟁을 멈추고 기아를 해소하고 지구 온난화에 대한 해결책을 내놓았으며 병든 어린이들을 살려 내며 역사상 어떤 의사들도 해내지 못할 만큼 많은 생명들을 구했다.

그렇게 인류가 새롭게 봄을 맞고, 세상이 살 만해지자 사람들은 다시 아이를 낳기 시작했다. 출생율이 올라가기 시작했다. 제대를 하자마자 나는 의대 졸업생들에게 슈슬리사의 신기술 중 핵심적인 부분들을 속성으로 가르치는 코스에 등록했고. 코스를 마치자마자 산부인과 전문의 과정에 지원했다. 지금 당장이야 어떨지 몰라도, 슈슬리사들의 계획대로 사람들의 살림살이가 나아지면, 내가 레지던트를 마칠 무렵에는 베이비붐이 돌아올 것이고, 적어도 사람들은 아이 낳는 일에 대해서만은 외계인보다는 인간 의사를 선호할 것 같았다. 계획대로 되기만 한다면 모든 일은 순조로울 터였다.

그 무렵 나는 딱 한 번, 이 지구를 다스리는 총독 필라투사를 직접 본 적이 있었다. 그가 한반도 북쪽의 낙후 구역을 순시하고 돌아오던 날의 일이었다. 광화문 근처에서 차에서 내려, 소탈한 태도로 총독부까지 걸어가던 그의 앞에 한 사내가 나타났다.

"저는 알고 싶습니다."

계절에 맞지 않은 검고 긴 옷을 입은 사내였다. 목 한가운데 선명한 하얀색, 사제의 로만 칼라가 눈에 들어왔다. 나도 모르게 그를 보고 성호를 그었던 것 같다. 사제인 그는 로사리오를 손에 꼭 쥔 채, 필라투사를 똑바로 쳐다보았다.

"세금을 거두거나 자원을 약탈하는 것도 아니고. 그저 지구인을 발전시키기 위해 온 겁니까. 저는, 대체 당신들이 무엇을 위해 여기 와 있는지 모르겠습니다."

"우리들이 그렇게 하기를 바라나요?"

필라투사는, 푸른 얼굴에 자비로운 미소를 띠고 대답했다.

"우리들은 충분한 자원을 갖고 있고, 당신들에게서 무언가를 앗을 생각은 없습니다. 다만 우리가 바라는 것은, 당신들 역시 우리와 마찬가지로 진화하는 것뿐입니다."

"진화라고요?"

"당신들 지구인뿐 아니라, 이 우주의 모든 지적 생명체들이 함께 진화하고 도약을 이루어 내는 것."

"그러니까 우리를, 소위 '문명 개화'하기 위해 왔다는 말입니까?"

남자의 목소리에 삐딱한 반감이 실려 있었다. 필라투사는 차분하게 대답했다.

"당신의 반감은 이해합니다. 동북아시아 지역에서 백 년 전에 겪었던 일본 열도의 강점 기간 동안 그 비슷한 정책이 있었고, 당시 저항이 심했던 이곳 한반도 지역에서는 지금도 그 영향 때문에 오해할 가능성이 높다는 것도요."

"그럼, 오해가 아닙니까? 당신들이 우리를….".

"당신들은 아직 거칠고 미숙해요. 지구 밖의 세계에 대해서도 아직 이해하지 못하고 있고. 지금 다른 지성체들과 만난다 한들, 무의미한 분쟁의 불씨만을 만들겠지요. 하지만 지구인들이 충분히 성숙해져 다른 지성체들만큼의 도약을 이룬 뒤에는, 전쟁도, 침략도, 다른 이들을 괴롭히는 것도 무의미하다는 것을 알게 될 겁니다. 지성체들이 서로를 이웃이나 자매로 여기며 서로 사랑하는 평화로운 세상을 위해, 다른 지성체들과 어깨를 나란히 할 수 있도록 진화 가속을 지원하는 것, 그것이 우리 슈슬리사의 사명이라고 우리는 생각합니다."

"진화 가속….".

"어떤가요? 당신의 신이 말하던 가르침도 그게 아니었나요? '서로 사랑하라'는?"

필라투사의 대답에 질문을 한 남자가 과연 만족했는지는 모르겠다.

하지만 어쩐지 불쾌했다. 그건 본질적으로 우리가 그

들보다 뒤떨어졌다는 것을 전제로 하는 말이었다. 분명한 사실이라는 것을 머리로는 알고 있었지만, 가슴 한구석에서는 반감이 일었다.

그 일이 계기가 된 것인지, 처음부터 그런 것을 의도했던 것인지는 모르지만, 그 질문과 답변을 미처 다 곱씹기도 전에 슈슬리사들은 곧 전 지구적인 발전 계획을 내놓았다.

"우리는 지구 외에도, 800여 개 행성에서 서로 독자적으로 진화해 온 지성체들을 경험해 왔습니다."

슈슬리사의 총독 필라투사의 발표는, 동시에 전 세계로 퍼져 나갔다.

"우리의 판단으로, 지구인은 우리가 경험한 지성체의 평균에 비교해 볼 때, 그 평균 수준에 도달하는 데 약 8천 년 정도가 필요합니다. 그러나 우리는 진화를 가속하고 변인을 통제하여, 수천 년의 진화를 단기간에 이룩하여 300년 안에 지구인들이 다른 지성체들과 어깨를 나란히 하도록 도울 것입니다."

진화 자궁을 통한 변인통제. 지금 살아가는 우리가 아닌, 그다음 세대를 난세포 단계에서 진화를 촉진시켜 인간이라는 종 자체를 진화시킨다는 거대한 프로젝트가 발표되었다. 그리고 한 달도 지나지 않아 전 세계 곳곳의 산부인과마다 그들의 1단계 진화 자궁이 설치되었다. 병원이 없는 오지에는 슈슬리사 의사들이 직접 파견되어 출산을 지원하게 되었다. 이 발전 계획으로 인하여 비인기 과목이었던 산부인과는 전에 없던 전성기를 누리게 되었다.

"단순한 기술 발전만으로는 모든 진보를 따라잡을 수 없습니다. 종 자체의 진화가 함께 이루어져야만, 여러분들은 이 문명의 과실을 제대로 맛볼 수 있을 것입니다."

그리고 내가 일하던 병원에도 슈슬리사 의사 한 명이 배치되었다. 얼굴에 난 노란 흉터 자국이 마치 호랑이 줄무늬 같다며 자신을 호돌이라고 불러달라는 그는, 슈슬리사 중에서도 엘리트라는 소문 그대로 유능했지만, 지구인 산모들의 마음을 이해하고 따뜻하게 위로해 줄 만한 의사는 아니었다.

"수정란을 왜 굳이 인체에 착상하겠다는 겁니까? 진화 자궁을 쓰는 편이 통계적으로 더 나은 상황인데도."

"하지만 산모와 가족들이 원합니다. 아무리 그래도 아이는 엄마가 낳는 거라고요."

"또 그겁니까? 고통이 모성애를 부여하는 줄 아는?"

그는 한심한 풍습과 미개한 의술에 희생되는 산모들이 안쓰럽다는 듯, 우리에게 안전하고 산모의 고통도 없는 진화 자궁 사용법을 서둘러 가르쳤다.

"처음 여기 왔을 때 얼마나 놀랐는지 아십니까. 무통

분만도 거부하고, 처음부터 제왕 절개를 하면 간단했을 일을 굳이 질식 분만을 하겠다고 우기다가, 50시간 넘게 진통한 뒤 수술실로 실려가고. 고통은 성스러운 게 아닙니다. 없앨 수 있으면 없애는 게 나아요."

그는 체외수정란을 여성의 자궁에 착상시키는 행위 자체를 이해하지 못했다. 아니, 자연 임신이 된 수정란도 가급적 진화 자궁으로 옮겨서 낳게 하고 싶어했다. 산모가 '자연 분만'을 원한다고 말하면 그는 빈정거렸다.

"정말로 '자연적'인 분만을 원한다면, 병원에 누워서 온갖 센서들을 배에 달고 있을 필요도 없잖습니까?"

호돌이는 겉보기에는 젊어 보였지만, 지구 시간으로 이미 170년 이상 살아왔다고 했다. 그는 여러 행성에서 진화 연구를 해 왔으며, 지구 역시 300년 안에 다른 행성계의 지적 생명체들과 동등한 수준으로 발전할 수 있으리라고 설명했다.

"지구인들의 경우에는, 시간을 단축하기 위해 수정란 단계에서부터 개입하는 진화 프로그램을 적용할 겁니다. 당연히 모체가 아니라 진화 자궁을 통해서 아이를 낳아야 하고요."

"그렇게 진화 프로그램이 적용된 아이들은 우리와 같은 지구인이 맞습니까?"

"2천 년 전 지구인들이 당신과 같은 지구인이라고 생

각한다면, 진화 프로그램이 적용된 아이들도 마찬가지일 겁니다."

호돌이는 명쾌하게 대답하며 웃었다.

"걱정할 것 없어요. 이미 이런 일에는 정규화된 절차가 있습니다. 우리는 이미 수백 개의 행성에서 진화를 제어해 왔어요."

제어라는 그 말을 머리로는 변인통제라는 뜻으로 이해했지만, 마음에는 거리낌이 있었다. 하지만 그 껄끄러움을 깊이 생각할 시간조차 없었다. 그들의 역량은 현재의 의학기술에 비추어 보면 기적과도 같았다. 그 엄격한 매뉴얼 중 현재 우리에게 도입된 1단계 진화 자궁에 대한 논문들이 의사들에게 공개되었고, 이후 열 세대에 걸쳐 유전자 레벨에서부터 비약적으로 인류를 발전시켜 나가겠다는 청사진이 발표되었다. 우리는 도표 하나, 해석 한 줄, 논문 행간까지 놓치지 않겠다는 기세로 따라붙으며 그 위대한 첫 걸음에 동참하기 시작했다.

**

"자칭 사회 지도층이라는 자들이 자신들의 손자들에게 우선적으로 진화 프로그램을 적용할 것을 요구하더군요."

호돌이는 검푸른 안색이 더 어두워진 채, 얼굴의 누런 흉터 자국을 실룩거리며 돌아왔다.

인간 진화에 대한 구체적인 계획은 아직 발표되지 않았지만 먼저 욕심을 부리는 이들은 어디에나 있었고, 그저 레지던트에 불과한 우리들에게도 어린 손자들은 물론 자녀들과 본인에게까지 진화 프로그램을 우선적으로 적용시켜 달라는 요구가 공공연히 들어왔다. 그러니 모르긴 몰라도 호돌이에게 청탁을 넣은 이들은 정말로 거물급이었을 것이다. 물론 우리에게는 그런 요구를 들어줄 능력이 없었고, 슈슬리사들은 그런 요구를 일종의 모욕으로 받아들였다.

"저 사람들, 그냥 돈만 많은 사람들이 아니에요. 뭔가 우리에게 편의를 봐줄 테니, 우리도 그쪽의 편의를 봐주면 좋겠다고 제안하는 겁니다."

"그들이 뭘 가졌든, 우리에게는 의미가 없어요. 이곳 사람들에게도 의미가 없어질 겁니다. 여러분도 신경 쓸 것 없어요."

그리고 얼마 지나지 않아, 총독부는 부당한 청탁을 넣은 사회 지도층 인사들에게 법무관을 파견했다. 사회 지도층이라 불리던 이들은 곧 얼마 전 성층권에 새로 지어진 감옥으로 보내졌다. 그곳에서 그들은 강도 높은 '교육'을 받게 될 것이라고 했다. 욕망을 내려놓고, 야심을 버리고, 평범한 삶에 만족하는, 그런 것이 그 사람의 본질일까. 그의 탐욕스러운 본성을 지워 버리고, 사회에 필요한 부분만을 남겨 두는 것이 과연 인간을 인간으로 대하는 것일까. 하지만 호돌이는 간단히 대답했다.

"그건 반역이니까요."

평등, 그리고 평등하게 노력할 기회를 가질 수 있는 사회에 대한 반역. 평등한 세상이라는 그 말에 너무나 이질적인 그 단어를 들으며, 나는 입안이 바싹 말라붙는 듯했다. 그 말에서는 어쩐지 내가 알고 살아왔던 그 시대보다도 한참 더 오래된, '지배자'나 '절대 권력' 같은 껄끄러운 단어들을 동반하는 구시대의 냄새가 났다.

"난… 내 생각에는 그건…."

"아닌 것 같습니까?"

"뭔가가 달라요. 어떻게 설명해야 할지 모르겠지만. 그건…."

뭔가를 빼앗겼다는 느낌을 지울 수기 없었다.

그들이 아무리 우리들에게 친절해도, 그 친절에는 중요한 것이 결여되어 있었다. 우리의 선택이라는 것이. 물론 슈슬리사는 우리에게 프로메테우스의 불처럼 새로운 기술을 가져다주었고, 모든 사람들에게 평등한 기회와 어떤 정부도 해내지 못한 훌륭한 복지를 제공했다. 어떤 이유로든 특권층에 대한 불만과 분노가 가득했던 사람들은 지금의 세상에 만족하며, 이전으로는 되돌아갈 수 없다고 말할 것이다.

하지만 내 생각은 달랐다. 지금 지구를 다스리는 것은 지구인이 아닌 저들이었다. 평등하게 노력할 기회가 주어졌다고 해도, 나는 우리들 지구인과 능력치 자체가 다른 슈슬리사와 경쟁해서 이길 자신이 없었다. 어떤 미사여구를 가져다 붙여도, 그들은 침략자이자 지배자들이었고, 우리들은 그 피지배자들에 불과했다. 내가 그런 생각들을 더듬거리며 말하자 호돌이는 무슨 말인지 알겠다는 듯 고개를 끄덕였다.

"사실 당신 반응이 놀라울 건 아닙니다. 많은 문화권에서 의사들은 사람들에게 존경받아 왔고, 그러다 보니 모든 이들이 평등하다는 개념을 쉽게 받아들이지 못하고 민감한 반응을 보이곤 하죠. 당신만의 문제가 아니에요. 이곳뿐 아니라 어느 곳에서도 흔한 정서 반응이죠."

"난 지금 박탈감에 대해 말하는 게 아니에요."

"지구인들은 지금까지 한 번도 온전한 평등을, 완벽한 기회의 평등을 누려 본 적이 없기 때문에, 그 자체를 낯설게 여기는 겁니다. 시간만이 해결해 줄 문제죠."

나는 호돌이를 두고 일어섰다. 그리고 도망치듯 신생아실로 행했다. 언제 어떤 응급상황이 일어날지 모르는 곳이었지만, 갓 태어난 아기들이 가득한 그 방은 그래도 사람이, 평화라든가 사랑이라든가 생명과 같은 말들을 떠올릴 수 있는 어떤 성스러움을 늘 간직하고 있었다. 의사로서 감상주의에 빠지지 않으려 노력했지만, 내 손으로 받은 아기가 새근새근 자고 있는 것을 들여다보고 있노라면 부성애와 비슷한 어떤 감정이 느껴지기도 했다. 나는 그날 새벽 태어난 어린 아기의, 잘못 붙잡으면 부서질 것처럼 작고 말랑거리는 손바닥을 만져 보며 한숨을 쉬었다.

그들의 말이 맞는지도 모른다. 슈슬리사는 우리가 살아온 인생과 목적하던 가치들을 하루아침에 부인해 버리지도 않았고, 우리가 지구를 잘못 사용해 왔다고 해서 모든 것을 전부 초기화하고 지구인이라는 종을 삭제해 버리려 들지도 않았다. 그들은 우리가 과도기를 겪고 있다는 것을 알았고, 모든 문명을 이루고 사는 종들이 그 나름대로의 진통 같은 진화를 겪고 있음도 잘 알았다. 그리고 그들은 자신들이 발견해 낸 모든 행성에 대해, 그 진화를 가속시켜 자신들의 이웃으로 만드는 역할을 기꺼이 맡아 감당하였다.

그래, 그런 것은 우리의 친구가 아니지.

우리와 같은 지성체가 아니라, 너그러운 신이라고 불러야 하는 거겠지.

하지만 자꾸만 머릿속에서 무언가가 속삭인다. 무언

가 근본적으로 잘못되어 있다고. 신이 머나먼 하늘이 아니라, 푸른 피부를 하고 우리와 함께 머무르며 우리의 인생을 쥐락펴락하는 것이 아주 뒤틀리고 어긋난 일처럼 느껴졌다. 하지만 나는 곧, 생각하기를 그만두고 자리에서 일어났다. 어느 쪽이라 해도 지금 같은 과도기에 진화 자궁을 다룰 수 있는 산부인과 의사가 된다는 것은, 누구보다도 앞서갈 수 있다는 뜻이었다. 이런 사소한 언쟁으로 호돌이의 눈 밖에 나느니, 내 머릿속의 잡음들을 지워 버리는 쪽이 나았다.

**

스스로가 신적인 존재들이라 달리 신앙의 대상이 필요하진 않았는지, 슈슬리사에게는 종교가 없었다. 대신 그들은 혼자서, 때로는 명상 지도자를 모시고 여럿이 앉아 명상을 했다.

얼마 전 총독과 그 부하들이 매일 아침 시간을 내어 명상을 한다는 소식이 전해지자, 지구인들은 너도나도 명상을 시작했고, 각종 명상 서적이며 명상 음악이 불티나게 팔렸다. 스티브 잡스가 죽은 이후로 이렇게 전 세계적으로 명상 관련 서적이 잘 팔려나간 일은 처음이었을 거다. 오, 마이, 갓.

슈슬리사를 본받고 싶어하는 지구인들이 종교에 대한 관심을 잃어갔지만, 호돌이는 지구인들의 종교에 지대한 관심을 보였다. 휴일이면 그는 혼자서 절이며 교회며 성당을 돌아다녔고, 크리스마스 제외하면 성당 근처에도 안 가 보았던 주제에 때때로 묵주반지를 만지작거리는 나를 꽤 신기하게 쳐다보기도 했다.

"원시 부족의 주술사를 구경하는 느낌일까요? 슈슬리사는 종교 같은 건 믿지 않잖아요."

"어느 정도 진화를 이룩한 지성체라면 영적인 성장을 위한 노력을 하게 되는 법이죠. 종교라는 것도 어느 단계까지는 그 성장을 돕는 방편이 되는 법이고요. 우리도 수천 년 전까지는 종교를 믿는 이들이 적지 않았답니다."

"그리고 민속학자라는 당신 동생에게 줄 기념품도 챙기고요?"

"아무래도 그런 셈이죠."

목에 주렁주렁, 염주와 묵주와 십자고상을 섞어서 걸고 타로 카드 같은 것을 잔뜩 쇼핑백에 사 들고 돌아온 호돌이를 보며, 나는 남몰래 웃음 지었다. 우리가 부두교 주술사를 신기하게 여기며 부두인형 같은 것을 기념품으로 구입하는 것이나, 그가 이곳의 종교 성물들을 지구 기념품이라며 사 모으는 것이나, 결국은 똑같은 일일 테지.

이제 사람들은 외계인을 두려워하지 않는다. 대신 그

들이 보고 듣는 것이라면 무엇이라도 따라하고 싶어했다. 슈슬리사는 외면의 아름다움보다 영적 성숙도, 이곳 식으로 말하면 오라(aura) 비슷한 어떤 파장의 아름다움에 감탄한다는 말이 나오자, 이제 성형외과 의사들은 내면의 아름다움은 어떻게 뜯어고쳐야 하는지 고민하기 시작했다. 일요일마다 십자가 아래 "하나님 아버지 믿습니다!"를 외쳐 대던 신앙인들은 어느새 슈슬리사의 명상원에 떼 지어 모여 있었다. 우리 지구인들에게 꼭 맞는 명상을 지도한다는 몇몇 사람들은 어째 명상 자체보다는 발복에 의미를 두고 예전 종교들이 벌이던 우스꽝스러운 일들을 이름만 바꿔 반복하기 시작했다. 종교에 대한 환멸이 유행병처럼 번졌고, 사회에 영향 좀 끼치는 인사들은 너도나도 경쟁하듯 명상에 대한 예찬을 늘어놓았다.

슈슬리사들과 그들이 교류하는 다른 행성의 지성체들. 그들을 따라가려면 한참 멀었을 지구의 사람들은 다들 그들을 동경했다. 정상적인 진화 프로세스를 따른다면 8천 년이 지나야 따라잡을 수 있다는 그들의 세계에 어떤 수를 써서라도 꼭 한 번 가 보고 싶다고 생각하며, 슈슬리사와 교류하는 것만으로도 자신이 특별해질 수 있으리라 믿었다. 하지만 동경은 기본적으로 이해와는 거리가 먼 일이었다.

"개가 사람과 한집에 산다고 사람의 일을 다 이해하는 게 아닐 텐데."

호돌이는 그런 부적절한 소망들에 대해 한탄하다가, 때로는 지구인들을 반려동물과 비교하는 말실수를 저지르곤 했지만, 나는 냉정하고 모욕적인 표현처럼 들리는 그의 말이 사실이라는 것을 알고 있었다. 호돌이는 매일, 인류를 인위적으로 진화시키기 위한 각종 프로세스를 우리에게 설명하고, 우리로서는 그 구조를 뜯어보는 것조차 불가능해 보이는 기계들을 들여오고, 사용자 매뉴얼을 번역하여 넘겨주었다. 원리 자체를 이해하는 것은 불가능했다. 사용 방법을 익히는 것이 고작이었다. 고3 때나 국시 준비할 때와는 비교할 수도 없는 '공부하는 고통'이 이어지는 가운데, 우리로서는 이해할 수 없는 일을 간단히 해치우는 그 손재주를 보며, 인간들이 풀어내지 못하는 수많은 수학적 난문들에 대해 그들이 제시했다는 답에 대해 들으며, 나는 그들이 우리보다 우월한 존재라는 사실을, 우리가 그들과 결코 동등해질 수 없다는 사실을 절실히 이해했다. 현실에서 슈슬리사들과 직접 마주칠 일이 별로 없는 보통 사람들은, 이렇게 슈슬리사와 함께 진화 연구를 하고 있는 의사들을 마치 인류의 최첨단에 선 이들인 양 부러워하기도 했지만, 그건 부러움을 살 일이 아니었다.

나는 슈슬리사들의 세계에는 가고 싶지도, 그곳에서 살고 싶지도 않았다. 이 큰 병원에, 그저 한 사람의 슈슬리사가 파견된 것만으로도 수많은, 한때는 수재니 영재니 소리를 듣던 사람들은 졸지에 자신이 먼 어느 별나라의 초등학생만도 못한 것이 아닌가 고뇌하고, 일을 그만두거나 옥상에서 몸을 던지거나 목을 매었다. 이곳의 산부인과 레지던트 팀은 호돌이가 오기 전의 절반으로 줄어 있었다. 다행히도 나는 그 경쟁에서, 그 싸움에서 아주 밀려나지는 않았다. 내가 특출한 학생이었다고 말하고 싶은 것은 아니다. 어쩌면 내가 그 스트레스를 견뎌낼 수 있을 만큼 두꺼운 신경줄을 가졌는지는 모르겠다.

하지만 그런 슈슬리사가 드글드글한 세계라니. 나 혼자서 개미들만도 못한 열등한 존재가 되는 것은 상상하고 싶지도 않았다. 호돌이는 때때로 내 감정을 다 알고 이해한다는 듯한 표정으로 나를 바라보았지만 다 알고 있다는 듯한 눈빛이 그 시선이 나를 더욱 비참하게 만들곤 했다.

새로운 세대의 아이들을 만들어 내기 위한 1년은 그렇게 지나갔다. 모든 인류에게 동등한 기회를 줄 것이라는 총독 필라투사의 말대로, 그들은 빈곤이 일상사가 된 아프리카의 오지나, 전쟁이 끊이지 않았던 탈레반의 본거지에조차 의사를 파견하고 진화 자궁을 갖추었다. 진화아기와 보통 아기가 함께 태어나는, 자연임신이 허락된 마지막 해가 시작되던 그해 1월 2일 새벽, 마침내 진화자궁에서 태어나는 첫 번째 아이가 울음을 터뜨리며 세상으로 나왔다. 이 아기들은 보통의 신생아들과 똑같은 모습을 하고 있었지만, 태어나자마자 어떤 의지를 가진 듯 눈빛으로 무언가를 전달하려 했고, 고작 백일 만에 말문이 틔었다. 말을 시작하자마자 그들은 자신의 전생이라 불릴 만한 어떤 인물의 삶을 이야기하기도 하고, 간혹 부모조차 알지 못했던 어떤 비밀들을 알아맞히기도 했다. 부모들은 창조적이고 의지가 강한 그 아이들을 다룰 방법을 찾지 못했지만, 아이들은 아이들끼리 교감했고, 슈슬리사의 의사 역시 아이들과 교감할 수 있었다.

처음에는 남들보다 진화된 아기라고 기뻐했던 부모들이 조금씩 두려움을 갖기 시작했다.

"내 자식인데도 내 자식 같지 않아요. 아이가 영리하다지만 너무… 너무 낯설어서…."

출산의 고통은 사라졌지만 아이가 낯설다며 아이 어머니들이 울음을 터뜨렸다. 아이 아버지들은 더욱 예민하게 굴며, 아이를 안아 보는 것조차 거부했다.

"이게 내 자식이라는 보장이 있습니까? 외계인의 씨가 아니냐고요!"

나는 지금도 기억하고 있다. 갓난아기들이 가득한 신

생아실 한가운데, 그 많은 까만 눈동자들이 나를 응시하는 것을 느꼈던 그 순간의 공포를. 어디선가 까르르 하는 웃음 소리가 나고, 모두가 일제히 내가 알아들을 수 없는 소리로 속살거리기 시작한 순간, 나는 신생아실을 박차고 나왔다. 비명을 지르지 않도록 입을 틀어막은 채. 그것은 틀림없이 슈슐리사들이 가득한 한가운데에 혼자 떨어진 지구인이 느낄 법한 것이었다. 분노, 공포, 혐오. 자신의 속을 읽힌 사람들이 응당 느낄 법한 그런 감정을, 아기들이 가득한 신생아실에서 느끼게 될 것이라고는 꿈에도 생각하지 못했다. 성스러움은 사라졌다. 그 자리에는 새로운 아이들에 대한 공포만 남았다. 우리와 함께 아기를 디자인하던 부부들 중 대부분이, 전통적인 임신을 통해 아이를 낳겠다며 마음을 바꾸었다. 유예기간 1년이란 실수로 아이가 생긴 경우들을 위한 구제 기간일 뿐이라고, 이 일에 대해서는 누구도 책임질 수 없다고 걱정스레 중얼거리던 호돌이의 말을 못 들은 체하며, 나는 예전처럼 산모의 둥근 배를 초음파로 들여다보며 엄마 뱃속에서 평온하게 노는 아이의 모습에 기뻐했다.

  그리고 마침내 그 일이 일어났다.

**

그 참혹한 날의 일은 대체 어디에서부터 이야기해야 좋은 것일까. 그날 불타던 산부인과 병동과 허공으로 떠올라 버린 아이들은 어렸을 때 종말론을 외치던 사람들이 번번이 외치던 휴거와도 닮아 있었다. 티 없이 순결하고 죄 없는 아기들이 그렇게 중력을 무시하고 허공으로 떠올라, 활짝 열린 창문을 통해 하늘로 날아오르던 그 모습은.

"우리는 분명히 경고했습니다."

슈슬리사들이 예고한 유예 기간, 최초의 진화 아기가 태어나고 석 달, 다시 반년, 다시 10개월이 넘어섰는데도 여전히 '자연스러운 임신과 출산'을 위해 병원에 찾아드는 산모들에게, 이건 협정을 어긴 것이라고 몇 번이나 경고하던 호돌이는 냉정하게 말했다.

"그동안 본인의 자궁으로 임신한 산모들을 보호하기 위해 1년간의 유예도 주었습니다. 약속을 어긴 것은 당신들이 아닙니까."

"하지만 이건 자연스럽지 않아요."

"아이가 생기지 않는다고 인공 수정이나 시험관 시술을 하고, 위험하니까 수술을 하고, 진통제를 쓰고, 센서를 달고, 병원에서 아이를 낳는 동안 벌어지는 대부분의 일들은 '자연스럽지' 않아요."

"시간이 더 필요할 겁니다. 처음에는… 시험관 아이는

영혼이 없다는 말도 했어요. 다들 새로운 기술에는 거부감을 가졌다고요."

"예, 저도 그렇게 생각합니다. 그리고 지구인들에게는 가끔 충격 요법이라는 것도 필요한 것 같고요."

그리고 그 1년이라는 유예가 끝나고 얼마 지나지 않아 그 일이 일어났다.

그 일은 불과 한 명의 슈슬리사, 우리들과 함께 먹고 자고 하며 우리에게 지식을 전수해 주던 그 노란 흉터자국 난 연구원이 벌인 것이었다. 같이 생활하던 우리는 미처 알지 못했던, 지구 진화 특임관이라는 거창한 직함과 필라투사 총독을 독대할 수 있는 지위를 걸고.

"우리 슈슬리사는 지구인들에게 많은 것을 제공해 주었습니다. 어떤 사람들은 우리를 침략자라고 불렀지만, 우리는 그저 당신들을 이끌어 발전시킬 뿐, 문명을 파괴하지도. 언어를 빼앗거나 자유를 구속하지도 않았습니다. 우리들은 당신들 지구인들이 다른 우주의 여러 종과 더불어 살아가기를 바랐을 뿐이고, 먼저 조약을 요구한 것도, 우리의 조건을 수락한 것도 당신들 지구인이었습니다. 그리고 약속을 어긴 것도 당신들, 지구인들이었습니다."

아니, 늘 겸손하고 잘 웃던 그의 권한이, 실험실뿐 아니라 병원 밖에서도 여전히 유효하며 초법적인 것임을 그때 알았다고 하는 것이 정확하겠다. 무엇이라도 상관없었다. 그는 우리의 지배자 중 한 명으로서, 약속을 어긴 불공정한 이들을 징치하기로 결심한 상태였다.

"약속을 지키는 이들에게는 이런 일을 할 필요가 없지요. 하지만 너그럽게 대할수록 약속을 어기려 드는 이들에게는, 한번쯤 제대로 가르쳐 주어야 할 필요가 있습니다."

말이 끝나기가 무섭게, 허공으로 떠오른 아이들의 등에 흰 날개가 돋아났다. 자연 출산한 아이들이 어떻게 그럴 수 있었을까. 지금 생각해 보면 아마도 그 최악의 기적을 위해, 미리 신생아실을 돌며 특정 조건과 시간이 맞았을 때 등의 일부가 날개로 변하도록, 세포를 새로 프로그래밍하는 인자를 어떤 식으로든 주입한 것이 아닐까 싶었지만, 그때로서는 마법, 기적, 그 어떤 말로도 그 사건을 설명할 수가 없었다. 갓 태어난, 아직 태지도 벗겨지지 않은 붉은 얼굴을 한 아이들의 등에 난 흰 날개는 눈이 시리도록 선명했다. 아기 천사라는 게 있다면 저런 것일까. 제 날개로 파닥거리는 아이들을 보며 생각하는데, 철근 같은 것이 날아와 건물과 건물 사이에, 종합병원의 두 건물 사이에 차례로 걸쳐졌다.

그리고 뭔가 굵은 끈 같은 것이, 아기의 손목 두께만 한 끈이 아이들을 그 철근에 차례로 매달았다. 등에 돋아 있던 날개가 찢겨 떨어졌다. 날개가 떨어져 나간 자리와, 오른쪽 옆구리에서 끈 같은 것이 튀어나온 자리에서는 피가 흘렀다. 대체 무슨 일이 벌어지고 있는 것인지 상황 파악도 못 하고 있는 가운데, 전날 아이를 낳은 산모 하나가 소스라치는 비명을 질렀다.

아기들을 철근에 매단 것은 끈이 아니라 그 아이들의 창자엿다. 아기들은 혈관이 튀어나온, 아직 먹은 것이 없어 투명하게까지 보이는 자신의 분홍빛 창자에 몸이 묶인 채 요동을 치다가, 결국 그 창자에 목이 졸려 축 늘어졌다. 누군가가 먹은 것을 토하는 소리가 들렸다. 수술실에서도, 양수를 뒤집어 썼을 때에도 느낀 적 없는 피비린내가, 수많은 생목숨이 몸부림치며 단말마의 비명을 지르는 듯한 죽음의 냄새가 코를 찔렀다.

어디선가, 비둘기 떼가 날아왔다.

사람의 손이 닿지 않은 높은 곳에 걸쳐진 철근, 그 철근에 옹기종기 모여 앉아 비둘기들이 죽은 아이들의 살점을 뜯어먹는다. 평화의 상징은 무슨. 문득 인천 쪽의 국철 구간 끝자락 어디엔가에 놓인 도원역의 굴다리가 떠올랐다. 뭘 잘못 먹었는지, 환경 호르몬 때문인지, 그 안에 둥지를 틀고 무리짓고 살고 있던 그 영악하고 간덩이 부은 새떼들은, 아침마다 전철을 기다리는 사람들을 게으르고 오만하게 내려다보곤 했다. 나는 그때의 그 반들반들하고 새카만 새 눈알을 떠올렸다. 척추를 타고 무언가가 간질이듯이, 혀 끝으로 핥듯이 미끄러져 내려갔다. 비둘기의 날개가 퍼덕였다. 제대로 뜨지도 못한 채 부옇게 떠오른 갓난아이의 눈에 새부리가 퍽 하고 박혔다. 아기의 뺨에 흐르는 검붉은 핏물을 보며, 나는 무언가가 터지는 소리를 들은 것도 같았다. 가운을 벗어던지고 도망치듯 병원을 나섰다. 택시를 잡아타고 발바닥이나 겨우 붙일 만한 작은 원룸으로 기어들어가 문을 잠갔다. 휴대폰의 배터리를 분리해 놓고 컴퓨터도 켜지 않았다. 누가 문을 두드려도 열지 않았다. 찜통 속 같은 더위와 내 몸에서 풍기는 악취와 그리고 절망. 내 몸에서 배어나온 썩은 땀내에도 둔감해질 무렵 텔레비전을 켰다. 우리나라뿐이 아니었다. 내가 근무한 병원만이 아니었다. 내가 보았던 그런 일은, 형태만 달랐을 뿐 전 세계 여러 곳에서 일어나고 있었다.

왜 아무도 저항하지 않는 거지?

냉장고를 열 생각도 하지 못한 채 수돗물을 벌컥벌컥 들이키고, 나는 차가운 바닥에 등을 대고 누웠다. 숨이 막혔다. 그 아기들은 모두 살아 있었다. 그중 몇은 내 손으로 받았고, 그중 또 몇은 그 엄마의 기대와 소망을 들으며 함께 초음파로 들여다보았다. 세상에 악마가 있다면, 지옥이 있다면 그런 모습을 하고 있겠지. 하지만 슈슬리사는 악일까. 그들이 한 일은 잔인하다는 말만으로 설명할 수 없는 것이었다. 하지만 그들이 정말 잔인한 지배자였을까.

저항할 수 있을 리 없지.

대부분의 사람들은 나보다 강한 이 앞에서 몸을 숙이기 마련이다. 총칼을 든 권력자는 사람들을 지배하기 위해 굳이 계엄령까지 내릴 필요도 없다. 보통 사람들은 그저 작은 불이익을 줄지도 모른다는 소문만으로도 알아서 몸을 낮추기 마련이니까. 나 역시 그랬다. 정색하고 화낼 용기는 없이 누군가가 대신 항의하기를 기대하며, 나는 그 결과물만 같이 누리고 싶었다.

드물게, 불의에 항거하고 부당한 일에 목소리를 내며 앞으로 나서는 이들도 있었다지만, 이들이 맞서 싸운 상대는 아무리 강해도 인간이었다.

지금은 달랐다. 그들은 슈슬리사도 지구인도 모두 평등하고 독립적인 인격을 가진 지성체라고 말하고 있지만, 그들이 과연 우리와 같은 인간일까. 그들은 300년에 걸친 열 번의 진화 가속을 이야기하며 그리 먼 훗날이 아니라고 말했지만, 그것은 우리가 그들의 발뒤꿈치라도 따라잡으려면 열 번의 폭발적이고도 혁명적인 진화가 필요하다는 이야기였다. 그런 그들이 우리와 같은 인간일 리 없었다. 남태평양의 수평선에 처음으로 흰 돛을

단 범선이 나타났을 때, 그곳의 원주민들이 침략자 백인들을 신이라고 여겼다면, 지금 우리 앞에 내려온 슈슬리사 역시 우리에게는 신과 다르지 않았다. 그들의 힘뿐 아니라 그들이 우리에게 해 준 것 또한 외계의 지성체가 아닌 신의 선물에 가까웠다. 겨우 불을 손에 넣고 무리지어 사는 법을 익혔을 뿐인 나약한 인간이, 감히 신에게 대적해 싸울 수 있을 리 없었다. 저항이란 시작될 단초조차 보이지 않았다.

슈슬리사, 그들은 지금까지 인류의 역사가 낳은 어떤 정복자나 독재자보다도 관대했다. 그들은 아낌없이 선물을 풀어 주는 산타클로스와 같았다. 그들과의 약속을 지킨다면, 그들은 종으로서의 인류를 이끌어 발전시켜 줄 수 있는 그런 존재들이었다. 마치 불을 우리에게 건네준 프로메테우스와 같이.

그들에게 있어 우리가 얼마나 어리석고 답답했을지는 호돌이만 보아도 알 수 있었다. 우리를 어린아이 대하듯 하면서도, 가끔은 우리의 견고한 아집에 스트레스를 받고 있던 그를 생각하면. 그전까지 다큐멘터리 프로그램에 나오는 오지 원주민들의 풍습을 보며 어리석다고 신기해하던 우리들의 모습과 뭐가 달랐을까. 아니, TV 동물농장을 틀어놓고 원숭이들이 사육사의 말을 듣지 않는 것을 보며 낄낄거리던 것과는 또 무엇이 다를까. 그럼에도 불구하고 그들은 우리에게 관대했다. 선물 보따리와 같은 기술들을 가져다가 풀어 놓고, 우리들은 상상도 할 수 없었던 풍요를 가져다주었다.

알고 있다. 인정하고 싶지 않지만, 약속을 먼저 어긴 것은 우리였다.

우리는 그들의 정책에 두 팔 벌려 환호했고, 서로 먼저 자신의 아이에게 그 특별한 혜택을 누리게 하려 눈치를 보고 줄을 서기도 했다. 그래 놓고 우리는, 그들과의 약속을 먼저 어기고 도망쳤다. 특혜를 요구하던 사회 지도층들이 어떻게 몰락하였는지 보았으면서도, 우리는 그들이 냉엄한 심판자라는 것을 쉽게 잊었다.

그리고 그 어리석음과 방자한 오만 속에서, 우리는 경고를 받았으면서도 듣지 않았다. 1년간의 유예는 이미 임신한, 혹은 임신 가능성이 높은 여성들을 위한 최후의 유예였다는 것을 우리는 납득하지 않았다. 너무나 영리한 진화 아기들, 그 신세대의 아이들에게 공포를 느낀 사람들이 다시 자연 출산의 길을 택할 때, 우리는 분명히 그에 대한 최후 통첩을 받았다.

그랬음에도 불구하고 우리는 아무도 그 말을 듣지 않았다. 그들은 산타클로스가 아니고, 우리의 신조차도 때로는 인간에게 벌을 내리고 복수를 하는데도. 처박아 두었던 성경을 집어 아무 곳이나 펼쳐 보았다. 방주를 띄우고 유전자들만을 남긴 채 지상을 몰살시킨 신보다 그들이 더 잔인했던가. 그건 아니었다. 나는 성경을 덮어놓고 천장을 올려다보았다. 불을 켜지 않은 방, 햇살은 들어오지만 밝다고는 할 수 없는 그 방의 천장 무늬를 세며, 나는 텔레비전에서 들려오는 총독 필라투사가 추모사를, 그리고 부모들에 대한 경고의 메시지를 낭독하는 목소리를 들었다.

"자연 출산으로 태어난 아이들은 당신들에게 익숙할 것입니다. 편안함을 느낄 수는 있겠지요. 하지만 그 아이들이 살아갈 세상도 그럴까요. 지금, 당신들 자신의 행복과 평화를 위해 이기적인 선택을 하지 마십시오. 인간은 언젠가 우주로 나갈 것이고, 나가야만 합니다."

그래, 그렇겠지. 신세대와 같은 시대를 살아가야 할 아이들에게, 구세대와 같은 뇌 용적과 생활양식을 제공하는 것은 어쩌면 학대겠지. 머리 하나는 좋다고 자부하며 의사가 되었는데도, 공부 하나는 피똥을 싸도록 했는데도, 호돌이가 하는 말의 반의 반도 알아듣지 못했던 날들이 떠올랐다. 필라투사는 저 아이들이 도태되었다고 대놓고 말하지는 않았지만, 나는 그 말을 '반드시 도태될 아이들'이라는 뜻으로 이해했다.

"이번의 비극은, 지구인 여러분에게 지구인의 방식으로 설득하기 위한 과정에서 빚어진 일이었습니다. 지구인 여러분, 여러분은 미래로 가야 합니다. 일부의 진화만으로는, 지금의 진화 가속은 성공할 수 없습니다."

마치 식물들 종자 개량하는 것 같지. 똑같이 화분 위에서 싹이 터도, 시들시들한 것들은 미리 뽑아 버리고 실한 것만 키우는 것처럼.

문득 등줄기가 서늘해졌다. 그건 내게 더없이 익숙한 방식이었다. 시험을 보고, 우열을 가리고, 대학 입시로 신분이 결정되듯 굴면서도 그 안에서도 차등을 나눠, 같은 대학 같은 과에 다녀도 지방 출신이나 비 명문고 출신들, 가난한 집 출신들은 대놓고 무시하고. 같은 대학이라도 서울캠퍼스에 다니는 애들이 지방캠퍼스에 다니는 애들을 멸시하고, 지방 거점 국립대학들을 멸시하고. 좋은 대학 나오고 시험 잘 본 사람은 의사가 되고, 변호사가 되고, 전문직이 되고, 정규직이 되고. 그렇지 못한 놈들은 평생 '그 모양 그 꼴'로 사는 것이 정당하다고, 그렇게 살아오던 내게는.

하지만, 하지만 그래도.

하지만 그래도 말이지.

나는 눈물을 쏟았다. 나의 상식이, 나의 세계가 박살나고 있었다. 그 와중에도 슈슬리사들은 이미 임신한 여성들을 병원으로 보냈다. 배가 분화되는 수정란을 자궁에서 거두어들여 진화를 촉진하는 조치를 받게 하고, 아직 태어날 시기가 되지 않은 태아들을 꺼내 같은 세대의 아이들을 따라잡을 수 있도록 온갖 노력을 기울였다. 어른들로서는 감당할 수 없는 총명한 아이들이 태어났고, 사람들은 지금까지의 상식으로 감당할 수 없는 총명한 아기들을 품에 안으며 슈슬리사의 오버 테크놀로지를 자신들의 생활 속으로 받아들였다.

그리고 사람들은 곧 익숙해졌다. 어머니의 배를 빌어 낳은 것이 아닌, 진화 자궁에서 태어나는 아이들의 존재에도.

**

나는 병원으로 돌아가지 않았다. 이미 그때쯤에는 돌아갈 자리도 남아 있지 않았을 거다. 다른 레지던트들이 사라졌을 때와 마찬가지로, 나의 공백도 신속히 다른 이들로 메워졌으리라. 나는 고향으로 돌아가지 않았다. 집에서 몇 번인가 연락이 오고, 아버지가 찾아와 꾸짖고 가시기도 했지만 나는 마음을 돌리지 않았다.

나는 곧 의사 선생님이 아닌 나 자신에게 익숙해졌다. 너덜거리는 성경을 몇 번이나 읽고, 오랜 냉담을 깨고 몇 년 만에 성당에 가 보기도 했다. 신도는 줄어들었지만 성당은 여전히 평화로웠다.

"스물아홉 살이면 사제가 되기엔 늦었을까요?"

"예비 과정부터 좀 들으면서 생각해 보게나. 서른하나까지는 입학할 수 있으니 불가능한 일은 아니지만…."

신부님은 말씀을 멈추시고 나를 바라보셨다.

"자네는 왜 사제가 되겠다는 건가."

글쎄, 무어라고 대답했는지는 사실 기억나지 않는다. 되는 대로 중얼거리다가, 내가 병원을 나온 그날 일을 이야기했고 울음을 터뜨렸다. 그 일이 있고 처음 울어 본 것이라 그런지 눈물은 찐득거리도록 진했다. 몇 번을 씻어 내어도 눈물 자국이 손끝에 걸릴 만큼.

하지만 나는, 망설이지 않았다.

**

신학교에 입학하고 3년쯤 지났을 무렵, 교황 성하께서 선종하셨다. 그 뒤로 지금까지 로마에서는 몇 번의 선종과, 그에 뒤이은 몇 번의 콘클라베가 열렸다. 그때마다 사람들은 말라키 주교의 예언을 떠들어대며 가톨릭과 이 세상의 종말이 머지않았다고 수군거렸지만, 아무려면 어떠랴. 지금 상황으로 봐서는 웬만하면 세상의 종말은 물론 사람들이 말하는 환란도 올 기미가 보이지 않았다. 그들이 오기 전까지 이런 식으로 살다간 지구의 종말까지 얼마 남지 않았다며 사람들에게 경각심을 주던 종말 시계는, 슈슬리사들의 기술과 정책이 도입되며 그 쓸모를 잃었다. 환경 문제나 국제 분쟁들이 해결되고 사람들의 인식 역시 바뀌어 갔다. 살갗에 와 닿는 것은 종말이 아닌 평화였다.

열 세대에 걸쳐 모든 아이들이 진화 가속을 거친다는 것은, 앞으로 300년 동안 기성세대들은 자신이 다음 세대에 비해 도태되었음을 뼈저리게 느끼며 살아가야 한다는 뜻이다. 슈슬리사가 도착하기 전, 진화 가속 직전에 태어난 어린이들 역시 평생 그런 좌절감을 겪을 수도 있었다. 그런 사회적 갈등을 해결하기 위해 슈슬리사들은 자신들의 기술력으로, 진화 아기가 첫 울음을 터뜨리기 10년 전까지 태어난 어린아이들을, 100퍼센트는 아니더라도 어느 정도 신세대 아이들과 걸음을 맞출 수 있도록 보정시켜 주었다. 완벽하지는 않더라도 반 세대 정도의 공백은 어느 정도 메울 수 있을 터였다. 그렇게 사람들은 슈슬리사들이 갓 태어난 어린아이들을 목 매달았던 그 충격적인 날을 잊어갔다. 오히려 어떤 이유로든 자연 임신과 자연 출산을 통해 아이를 낳으려는 이가 있다면, 사람들은 경악하며 그를 뜯어말렸으리라. 변화에 발맞추지 않는 것은 악덕이었다.

그 새로운 시대를, 수천 년의 전통을 이어가는 가톨릭

사제의 몸으로 살아간다는 것은 어쩌면 어리석은 일 중에서도 가장 어리석은 선택이었을지 모른다. 물론 사제라고 하여 박해를 받거나 탄압을 받지는 않았다. 슈슬리사는 영적 성장을 중요시했고, 특히 교황부터 평신도까지 그 자체로 하나의 커다란 조직을 이루고 격렬하지 않지만 꾸준한 신앙을 이어 나가는 가톨릭의 문화적 가치에 흥미를 느꼈다. 모르긴 몰라도 저 남의 문화유산 좋아하는 슈슬리사들은, 신앙으로서의 가톨릭이 완전히 사라져 버린 뒤에도 이 모든 것을 지구인들의 종교 양식이라는 이름으로 이 가톨릭 자체를 문화유산으로 보존해 줄지도 모르지. 쓴웃음을 지으며 나는 십자고상을, 손바닥을 파고들도록 꽉 쥐었다 놓았다.

그렇게 모든 것이 잘 돌아갈 것처럼 보였지만, 내 또래들의 현실은 참담했다. 과거 주판알을 튀기던 중년들 앞에 처음으로 컴퓨터가 도입되고, 인터넷과 엑셀과 토익 점수가 기본이 된 세대가 처음으로 들어왔을 때 벌어졌던 신구 세대의 갈등과는 비교할 수도 없는 갈등과 배제가 일어나는 모양이었다. 엄마 뱃속에서부터 진화 프로세스를 거치지는 않았지만 이미 슈슬리사들이 편성한 교육을 받고 자란 신세대들은, 아직도 그들이 오기 전의 사고방식을 뼛속 깊이 갖고 있던 구세대들을 무시했다. 구세대와 진화 1세대들 사이의 낀세대인 그들은 수십 년 전 엑셀 하나 못 다루던 과장이나 부장을 대놓고 무시하던 신입 사원들처럼 그 이전 세대들을 무시했지만 기성세대들에게는 이제 무기 비슷한 것도 남아 있지 않았다. 타고난 능력과 개인의 노력이 선택의 기준이 된 시대에서, 많은 기성세대들은 보장된 재교육과 재취업을 선택하는 대신 은퇴하거나 현실에서 도망치는 길을 택했다. 어차피 실업 수당도, 노인 연금도, 그런 온갖 복지 정책도 슈슬리사들이 지원하고 재원을 마련하고 있었지만, 젊은이들은 그렇게 도망친 구세대들을 쓰레기 취급했다. 과거에 나와 내 세대가 복지 혜택을 받는 노인이나 약자들, 가난한 사람들을 기생충처럼 여겼듯이, 우리가 태어날 때부터 갖고 있었던 것들의 효용을 무시하고, 그저 실적만을 기준으로 공정을 외치는 어리석음을 범했듯이.

급진적인 변화가 낳을 세대간 단절이라는 것을, 인류는 이미 경험하였으면서도 전혀 방비하지 못하고 있었다. 그 대가로 지금 세계 곳곳에서 일어나는 무시무시한 도태와 세대교체는, 앞으로 300년간 급속한 진화를 거치며 계속될 싸움이자, 인류가 진화를 위해 바쳐야 할 대가였다.

그렇게 사람들이 만인의 만인에 대한 투쟁, 혹은 세대의 세대에 대한 투쟁에 나서는 동안에도, 나는 그 일을 잊지 않고 있었다. 내가 받은 아이들이, 날개를 달고 날아오르던 천사 같은 갓난아이들이 제 창자에 목이 졸려 매달려 죽어가던 참혹한 모습을. 나는 계속 회의하고, 생각하고 또 생각했다. 만약에 신이 있다면 어째서 그런 참혹한 일을 내버려 두셨나이까. 동시에 생각했다. 그들이 신이기 때문에, 우리는 그들을 거역한 대가를 치른 것이었습니까. 어느 쪽이라 해도, 그것은 그 아이들이 치러야 할 대가가 아니었다. 죄 없이 태어났으나 원죄만은 남아 있을 그 아이들이, 나의 기도로 조금이나마 그 고통을 덜 수 있도록 그저 끝없이 기도하고 또 기도할 뿐이었다.

나는 이곳 신학교 기숙사에 남아서 계속 그 답을 갈구했지만, 그 답은 끝내 내 손에 들어오지 않았다. 마침내 서품의 순간이 왔다. 인간으로서의 나를 버리고, 엎드렸다 다시 일어나는 순간 사제로서의 나만을 남기는 것이라고 몇 번이나 내 자신에게 중얼거렸지만, 나는 나를 버리지 못했다. 내가 찾지 못한 답이 올가미처럼 나의 발목을 감아 종아리와 넓적다리를 타고 기어올랐다. 하지만 나는, 내가 사제로서 부적격이라는 생각은 하지 않았다. 아무도 나의 이야기 따위 들어 주지 않아도 좋았다. 그저 그때 죽은 그 아이들의 혼을 위해 기도할 수 있다면, 사제로서의 나의 소명은 충분하다고 믿었다.

이 땅을 떠나기를 소망한 결과, 나는 예전에 가자 지구라 불렸던 옛 성지의 땅이자, 전쟁과 학살의 상흔이 남아 있는 지역으로 갈 수 있도록 허락을 받았다. 슈슬리사들도 처음에는 만류했지만, 성직자라는 내 신분을 확인하고 안락한 여행을 위해 이런저런 편의를 보아주었다.

10년, 그 답을 얻기 위한 시간은 결코 짧지 않았지만 그 답은 아직도 내 손안에 들어오지 않았다. 손 내밀면 닿을 듯, 눈앞에 보일 듯하면서도 결코 잡히지 않는 그 답을 생각하며 나는 내 새로운 부임지로 향했다. 슈슬리사들이 오기 전에는 학교와 병원에도 미사일이 날아들고, 한 살도 안 된 아기들까지 학살을 당했던 이곳은 이제 전쟁의 기억을 조금씩 이겨내며 되살아나고 있었다. 나는 이곳에 바람만 불어도 쓸려나갈 것 같은 내 연약한 뿌리를 내리고 머무르기로 마음먹었다. 그동안의 일을 적기 시작한 것도 이곳에 와서부터였다. 신학교에서도 얻지 못했던 마음의 평화를, 글을 쓰는 것으로 조금씩 되찾을 수 있다는 것은 놀라운 일이었다.

성직에 있고 한때 의사였다는 사실은, 아무래도 슈슬리사들에게 익숙해지지 못하는 이들에게는 꽤 위로가 되었던 모양이다. 한때 기독교와 유대교, 이슬람교의 성지라는 이유로 피가 흐르던 이곳에서, 수단을 입은 신부인 내가 의사 노릇까지 하고 있게 될 줄 누가 알았을까. 가끔은 어쩌다가 내가 이곳까지 오게 되었을까 생각했지만, 어쩌면 여기에 온 것이야말로 신의 뜻이자 내 진정한 소명일지도 모른다.

슈슬리사들은 이곳에서도 사람들을 지도했고, 새로운 지식을 전달했다. 학교 교사의 반 이상이 슈슬리사였고, 병원의 의사들도 마찬가지였다. 내가 신학교에 들어가기 전까지만 해도 한번 만나 보기 힘들었던 그 이종족들은 어느새 보통 사람들의 삶 깊숙이 파고들어 친근한 이웃 노릇을 하고 있었다.

병원에서 근무하는 슈슬리사들은, 건너편 낡은 성당에 웬 신부가 의사 노릇을 하고 있더라는 소문을 듣고 몇 번인가 찾아왔다. 아마도 위생 상태나 내 진료 능력을 알아보러 온 것 같았다. 하지만 내가 원래 의사였고, 처음으로 진화 아기를 만들 때 프로젝트에 참여하다가 어떤 이유로 신의 뜻을 이해하기 위해 성직에 몸담게 되었다고 솔직하게 설명하자 그들은 모든 것을 이해했다는 듯 고개를 끄덕였다. 어차피 그들도 다른 행성에서의 경험을 통해 알고 있었던 일이지만, 아무리 슈슬리사의 관점에서 어린애 장난 같은 의술이라 해도 고집 센 노인들 중에는 슈슬리사 의사를 거부하고 바로 그 평범하고 해묵은 기술을 지닌 의사들을 찾는 사람이 적지 않았다.

"필요한 약품이 있으시면 언제든 연락해 주십시오, 신부님."

슈슬리사 의사는 친절한 미소마저 지으며 내게 연락처를 내밀었다.

"아시겠지만 이곳의 노인분들이나 여자분들은 저희들의 병원에 오는 것을 꺼리십니다. 신부님께서 진료를 도와주시겠다니 저희로서도 감사할 일입니다."

그래도 중병을 앓는 이를 보면 바로 병원으로 연락을 달라 신신당부를 하고, 슈슬리사들은 이 낡고 작은 성당에서 순순히 물러갔다.

그렇게 겨울이 오고, 봄이 오고, 또다시 겨울이 왔다. 네 번의 봄을 그리 맞이하고, 나는 이곳에서 다섯 번째의 크리스마스를 맞게 되었다. 한때 전쟁터였던 이곳에서 나는 죽어가는 노인들의 마음을 위로해 주고 그들에게 진통제를 처방해 주며 하루하루를 보냈다. 이곳은 성당이자 병원이라기보다는 어느새 동네 영감님들이 모여서 이런저런 이야기를 나누는 곳이 되어 버렸다. 아침 일찍 홀로 미사를 올리고, 낮 내내 이곳에 앉아 있으면 온 동네의 이야기들이 들려왔다.

"아흐메드의 딸이 집을 나간 것 알고 있어?"
"그게 언제 적 일인데 지금 이야기하고 그래?"

뒷집 딸이, 지난여름 무렵 갑자기 집을 나가 돌아오지

않더라는 이야기를 누군가 꺼냈다. 사람들은 다들 맞장구를 치고 비난하며 그 아이에 대해 이야기했다. 그 아이가 저 외계인 놈들이 만들어 낸 애였지? 똑똑하다고 아흐메드가 얼마나 자랑을 했었는데. 누군가가 혀를 차며 대꾸했다. 외계인들이 만들어 낸 애 중에 안 똑똑한 애가 어디 있어서.

"그래도 그 애가 말이야, 태어나서 백일 좀 지났는데 꾸란을 외우더라는 말 못 들었어?"

"그랬으면 뭐 해? 계집아이가 까져서는, 예전 같으면 계집아이가 그렇게 나대는 건…."

"세상이 바뀐 것을 어떻게 해?"

예전 같으면 서로 상종도 아니 하고 서로 다른 세 종교를 내세우며 죽고 죽이며 싸웠을 노인들이 하는 이야기를 들으며, 나는 지금의 현실이 마음에 들지 않는 것은 사실이지만 그래도 이런 평화가 아주 나쁘지는 않을 것이라고 생각했다. 살아오며 한 번도 저항하지 못했고 한 번도 투쟁한 적 없이 그저 도망치기만 했던 나는, 아마도 앞으로도 이렇게 주어진 평화 속에 안온하게 녹아든 채 살아갈 테지.

하지만 다른 사람들은 몰라도, 사제인 나마저 그래도 되는 걸까. 정말 외계인일 뿐인지, 아니면 신인지도 알 수 없는 그들의 안배에 의지한 채로. 그들이 신이라면

불경한 생각이고, 신이 아니라면 마땅히 의심해야 할 것을 의심하지 않은 죄를 짓는 것이 아닐까. 나는 복잡한 심경으로 그럼에도 불구하고 이 밤, 이곳에서 더는 사람이 죽지 않아서 다행이라고 생각했다.

"근데 그 애 말이야. 근처에 왔다 갔다 하더라는데. 우리 아들이 봤어."

"봤으면 좀 붙잡아 놓기나 할 것이지. 그 신출귀몰한 것을. 이봐, 그쪽 영감들은 그 애 혹시 보지 못했어? 아흐메드가 애가 다 닳아서 비쩍 말랐던데."

"남자라도 생긴 모양이지. 되바라진 애들이 흔히 저지르는 짓 아닌가. 그 애가 올해 몇 살이라고?"

"열다섯."

"거, 별일은 없어야 할 텐데."

내가 고민하는 사이, 노인들은 이발소 집 아흐메드 씨의 집 나간 딸 이야기를 한참 동안 이어가고 있었다. 전쟁은 끝났어도 여전히 이런저런 문제들이 발생하는 곳인데 어린 여자아이가 무슨 짓인가 싶었지만, 사제로서 한마디 거들었다. 그래도 연말인데, 그 아이에게 주님의 가호가 있기를 빈다고.

"돌팔이 의사 양반이 안 어울리게 신부 행세를 하네."

아랫 골목의 세탁소 주인인 딸기코 영감님이 낄낄거렸다. 크리스마스니까요, 하고 나는 대답하며 미소지었다. 밤이 깊어가고 둘러앉아 카드를 치거나 시시한 이야기들을 늘어놓던 노인들도 하나하나 제 집으로 돌아가려 자리에서 일어섰다. 얼마 전 쐐기에 발등이 찍혔으면서도 슈슬리사 의사들은 못 미덥다며 병원에도 안 가고 버티던 유대인 노인은 상처를 돌봐 준 사례라며 작은 하누카 촛대를 내 창가에 놓아 주었다. 늘 구석에 앉아 무슨 말을 해도 퉁명스럽게 대꾸하던 팔레스타인 노인이 예언자 이사 알 마시의 생일을 축하한다며 두고 간 음식을 감사히 먹으며, 나는 텅 빈 방에서 홀로 미사를 올렸다. 슈슬리사들이 내려오고 벌써 20년, 크리스마스는 노인들이나 의미를 새길 뿐, 젊은 아이들에게는 평범한 축제 중 하나가 되어 있었다. 예전 같으면 성직자들에게 꽤나 분주했을 날이었지만, 이미 반은 의사로 돌아온 나에게도 크리스마스는 평화로운 휴일처럼 느껴졌다. 예전에 갖고 있었던, 지금은 잃어버렸던 것들을 가만히 추억하게 하는, 조금은 쓸쓸하고 달콤한 휴일.

"의사 선생님 계세요?"

그랬기에, 솔직히 말해 그 평화로운 밤 갑작스레 찾아온 손님이 그다지 달갑지만은 않았지만 나는 그래도 크리스마스인데 음식이 좀 남아 있으니 들고 가겠느냐고 물어볼까 생각하며 문을 열었다. 문 앞에는 아직 앳되어 보이는 10대 소녀가 서 있었다.

"마리얌이 죽을 것 같아요."

아이는 속삭였다.

"마리얌을 숨겨 주고 있었어요. 도와주세요."

집을 나갔다는 그 아이를 다른 아이들이 힘 합쳐 숨겨 준 모양이었다. 나는 분명히 진화 아기로 태어났을 이 아이의 유난히 풀 죽은 표정을 보며 이 아이들도 겁에 질릴 때가 있다는 것을 새삼스럽게 생각했다.

"어디가 어떻게 아픈데?"

왕진 가방을 챙기며 몇 번이나 물었지만, 아이는 끝까지 입을 열지 않았다. 아이를 따라 바삐 달려간 곳은 허름한 마을 창고였다. 쓰다 고장난 농기구나 망가진 바퀴 사이로 모아 놓은 마른 풀 위에, 여자아이들이 숨죽이고 있었다. 아이들은 내 모습을 보고 깜짝 놀랐다가, 다시 아이의 설명을 듣고 비켜 주었다. 익숙한 피비린내가 코를 찔렀다. 나는 숨이 멎을 것 같았다. 고개를 들었다. 깨진 지붕 아래 한 뼘 정도 난 틈으로, 커다란 별이 빛나고 있었다.

"병원에는 갈 수 없었어요."

피를 흘리며 누워 있던 여자아이, 마리얌이라는 이름의 어린 산모가 힘겹게 말했다.

"병원에 가면 이 아기를 낳을 수 없으니까요. 의사 선생님, 선생님은 원래 신부님이라고 하셨죠?"

"…그래."

"저도 이사 알 마시를 존경해요. 그러니까 병원에는 갈 수 없어요. 선생님은 성모님의 무염시태를 믿으시죠?"

나는 대답할 수 없었다. 마리얌은 웃었다. 나는 그렇게 만들어 낸 아이, 그 진화 아기가 벌써 아이를 가질 수 있는 나이가 되었다는 것에 한 번 놀라고, 그 진화 아기들에게 자연 임신이 가능하다는 것에 다시 한 번 놀랐으며, 지금 진통하는 이 아이가 한 말에 기가 막혔다. 마리얌, 무염시태, 이사 알 마시. 대체 이 녀석, 크리스마스이브라고 명색이 신부님에게 그런 농담을 해도 되는 줄 아는 거냐. 세월이 지나도 보수적일 것만 같았던 이슬람의 그 세로운 세대의 영악한 여자아이는, 아마도 누군가와 불장난을 저질렀겠지만 그 사실을 부모에게 고할 수도, 그렇다고 슈슬리사 의사에게 보일 수도 없었을 거다. 그저 쩔쩔 매며 시간이 흐르다가, 더는 어찌 할 수도 없게 되었겠지. 나는 아이가 한 말에는 신경 쓰지 않겠다고 생각했다. 다 큰 어른들 중에도 갑자기 생긴 아비 없는 자식에 대해 하느님이 주셨나 보다고, 마리아님 모르냐고 큰소리를 치는 일도 없지 않았으니까, 하물며 이런 나이의 여자아이가 갑자기 임신이라는 큰 사건을 겪고, 그렇게라도 자신을 납득시키지 말라는 법은 없었다.

"정신 차려라. 산모가 정신을 차려야지."

"어쩌다가 임신한 거냐고는 안 물어보세요?"

"…하느님이 주신 모양이지."

"맞아요."

고통을 견디다 말고 아이는 웃었다.

"그래서 병원에 가지 말고 낳아야겠다고 생각했어요."

"나는, 너희같이 진화를 거친 아이들의 아기는 어떻게 태어날지 사실 잘 모르겠다."

"다르지 않을 거예요."

또다시 진통이 오는지, 아이는 숨을 할딱였다.

"왜 어른들은 아무도 싸우지 않는지 궁금했어요."

"무슨 소리냐."

"난 봤어요. 나도, 여기 애들도요. 엄마 뱃속에서 나온 아기들이 날개를 달고 올라가다가 다들 죽었잖아요."

마리얌의 말에, 나는 가슴이 에이는 것 같았다. 갓 태어난 아기들이 날개를 달고 날아오르고, 그 아기들의 주검을 비둘기가 쪼아 대던 그 기억들이 여전히 고통스럽게 떠올랐다. 욕지기가 치밀어오를 것 같아 나는 이를 악물었다.

"아기들을 빼앗겼는데, 아무도 싸우지 않았잖아요."

"그건 우리가 약속을 어겼기 때문이야."

"그 약속을 누가 했나요?"

나는 대답할 수 없었다.

"우리들은 약속하지 않았어요. 그 약속을 대체 누가 했나요?"

"그건…."

"어른들이 약속했고, 죽은 것은 아이들이었지요. 저는 그렇게 하지 않을 거예요."

그만큼의 세월이 흘렀어도 여전히 젊고 활기찬 총독과, 너무나 달라진 이 세상과, 무턱대고 슈슬리사를 동경하던 사람들과, 그리고 누군가 이런 일에 항의해 주면 좋겠다고 생각만 할 뿐, 그저 침묵했던 어리석었던 나와. 나는 내가, 그리고 우리들이 그때 무엇이라도 했어야 한다고 생각은 했지만 그뿐이었다. 아무도, 그 누구도 행동하지 않았다.

"제가 아기 때 꾸란을 외웠다고, 어른들은 지금까지도 그 이야기를 해요. 하지만 그 꾸란은 어른들을 놀라게 하려고 외운 게 아니에요. 죽은 아기들을 위한 것이었어요."

"얘야."

"아무도 싸우지 않았어요. 그냥 슬퍼하고 무서워하기만 했어요. 난 그때 아기였지만, 그때 분명히 알았어요, 내가 커서 무언가를 할 수 있을 거라고요. 무염시태라는 말을 배웠을 때, 그때 확신했어요. 내가 이 아기를 낳게 될 거라고요."

이 자리에 증인처럼 모인 아이들이 나를 바라보고 있

었다.

 그 신생아실 한가운데에서 느꼈던, 수많은 시선들이 나를 쳐다보는 듯한 그 감각이 문득 떠올랐다. 이 아이들은 분명 우리들과 달랐다. 더 많은 것을 보고 듣고, 우리보다 더 많은 것을 생각하고 있었다. 무염시태 같은 말은 농담이라손 쳐도, 이런 시대에 직접 아이를 낳는 것은 지금의 어른들은 상상조차 할 수 없는 일이다. 이 소녀와 태어날 아기가 감당할 시련을 생각하니 마음이 무거웠지만, 동시에 나는 보았다. 마리암이라는 소녀의 이마 위에, 그리고 마리암의 주위에 빙 둘러앉은, 마찬가지로 진화를 거쳐 태어난 이곳 아이들의 표정에 떠오른 어떤 희열을. 무력한 어른들의 표정에서 결코 찾을 수 없었던 별빛 같은 의지를.

 갓난아기가 이제 갓 어머니가 되려고 하는 소녀의 몸을 빠져나오려 했다. 그 마지막 진통을 견디는 아이의 이마를 닦아 주며, 나는 구멍난 지붕 틈 커다란 별을 올려다보았다. 오늘이 크리스마스이고 그 아이의 이름이 마리암이라는 이유 때문만은 아니었다. 나는 가슴이 두근거렸다. 그 커다란 별을 두고도 누군가는 슈슬리사들의 우주선이 먼 여행을 떠나는 빛이라고, 혹자는 어디선가 우리가 알 수 없는 별이 첫 울음을 터뜨리듯 대폭발을 일으켰을 것이라고 말하겠지만. 그렇게 합리적인 설명만으로 고개를 끄덕이기에 나는 너무 나이가 들어 있었다. 너무나 나이가 들어, 이렇게 누군가의 혁명을 바라보며 걱정하고, 그러면서도 미소 지을 수밖에 없을 만큼.

나는 피 냄새 가득한 그곳, 마른 풀과 헌 옷가지만이 포근함을 만들어 내는 그 초라한 창고에서 수천 년 전부터 산파들과 의사들이 그리하였듯이, 맨손으로 아이를 받았다. 첫 울음을 터뜨리는 그 빨갛고 작은 아기를 용감한 어린 어머니의 가슴에 얹어 놓으며, 나는 속삭였다. 안녕, 아가야. 메리 크리스마스.

3. 진흙피리새

 말하자면 그곳은 교생 실습지 같은 곳이었다. 아직 학위를 받은 것도 아닌 내가, 장차 상급 과정을 이수하고 교사가 되기에 앞서 반드시 거쳐야 하는 1년간의 봉사활동으로 그 지역을 택했을 뿐이다. 그곳에 도착하고 우리의 시간으로는 한 해, 그러나 그들의 시간으로는 조금 더 긴 시간을 보내는 내내 나는 그들이 나를, 그들이 생각하는 신이나 선지자나 깨달은 어떤 특별한 존재로 여기는 것에 익숙해지지 않기 위해 노력해야만 했다. 나는, 그런 존재가 아니었으므로.
 "뭐, 어쩔 수 없지. 이해해 줘야 해."
 지역 연구소에 책임자로 와 있던 자이납 역시 이런 문제에 시달렸다. 자이납은 이곳의 선량하고 어리석은 사람들이 그를 신처럼 떠받들 때마다 아니라고, 자비로운 미소를 보이며 고개를 가로저었지만, 사무실에 돌아와서는 늘 고개를 흔들곤 했다. 그러다가는 늘 내게 어쩔 수 없다는 듯 웃어보였다.

"여기의 지성체들은 특하나 신에게 맹목적으로 의지하는 경향이 큰 편이니까."

"그런 것 같네요."

"솔직히 고생이 많지? 아직 이런 일에 익숙하지도 않을 텐데."

"괜찮아요, 자그로프라나 아일레스틸로사스 소장님. 저는 여기 있는 게 좋아요."

나는 어렸고, 내 상관이자 그곳의 책임자였던 자이납을 동경하고 있었다. 이곳 지성체들의 열등한 발성기관으로는 흉내내지도 못할 만큼 길고 아름다운 그의 본명을 중얼거리면, 그는 웃으며 내 이마를 가볍게 쥐어박곤 했다.

"여기 왔으면 여기 풍습을 따르도록 해, 마리."

그는 내 본명을 여기 식으로 멋대로 줄여 버린 이름으로 나를 부르며 미소짓곤 했다. 그의 푸른 기 도는 잿빛 피부는, 이곳의 햇살을 머금어 더욱 진하고 아름다운 빛을 띠고 있었다. 나는 투정을 부리듯 중얼거렸다.

"하지만 당신 이름은 그렇게 줄여 버리면 너무 심심한 걸요."

"이곳의 유명한 문학작품에는 그런 말이 있더군. 이름이 다 무엇인가요, 장미를 다른 이름으로 부른다 해도 여전히 향기로울텐데."

"여기까지 와서도 책을 읽은 거예요? 이곳의 문학작품들은 너무 시시하던데…."

"어느 행성, 어느 지성체의 서사에서도 발견되는 공통적인 부분들을 찾는 게 흥미롭잖아."

그래도요. 나는 동경과 사랑이 뒤엉킨 감정으로 그를 바라보며 중얼거렸다. 그는 지적이고 원숙했으며, 일과 사랑, 모든 면에서 나를 이끌어주었다. 우리 집안과 그의 집안 사이에 구체적인 혼담이 오가고 있었으므로, 그것은 막연한 감정으로 끝날 것도 아니었다. 그에 대한 동경과 경외, 농밀하고 섬세한 관능에 몸을 맡기며, 나는 조금씩, 우리가 새로이 진화를 가속시키고 있는 이 원시에 가까운 세계를 이해해 갔다.

다른 세계를 받아들인다는 점에 있어, 사랑과 다른 지성체에 대한 이해는 거의 닮아 있다. 그리고 그 이해를 위해, 우리는 우리 외의 새로운 지성체를 만나면 그들의 수준을 가늠하고 그들이 좀 더 나은 삶을 살아갈 수 있도록 진화 가속을 제공했다.

물론 위험 요소도 있었다. 개중에 호전적인 지성체들은, 장차 진화 가속을 통해 우리를 능가하는 수준의 문명을 손에 넣어 우주의 지배자가 되고자 하는 야심을 품기도 했으니까. 이곳, 이곳의 사람들은 지구라 부르는 이

푸른 행성의 주민들 또한 마찬가지였다.

"상관없어, 그 무용한 호전성이라는 것은 결국 이들이 야성을 제거할 만큼 발전하지는 못했다는 증거니까."

그들은 동족끼리 수시로 전쟁을 벌이고, 어린아이를 학살하고, 따로이 무리를 이루어 사는 다른 지성체를 식재료로 사용하는, 잔인하고 폭력적인 존재들이었다. 하지만 자이납은, 그럼에도 불구하고 우리가 마음을 열고 그들의 발전을 위해 노력한다면, 그들 역시도 세상의 평화를 유지하는 데 기여하는 훌륭한 지성체로 성장할 것이라 믿었다.

"어린아이의 잘못을 하나하나 죽을 죄라고 꾸짖을 수는 없는 거야. 여기 오고 얼마나 지났지?"

"여기 시각으로 한 달요."

"얼마 안 지났군. 교육학은 배웠고?"

"오기 전에 이수했어요."

"좋아."

자이납은 웃었다. 내가 제일 좋아하는, 사막 빛깔 웃옷을 어깨에 걸치며 그는 서랍을 열었다.

"맡기고 싶은 일이 하나 있는데."

그는 바로 확인해 보라는 듯, 칩 하나를 내게 내밀었다.

"아마도 좋은 경험이 될 거야."

✽✽

"우리들은 알게 될 것이다."

터미널에 도착하자마자 그 경구가 눈에 들어왔다. 나는 마중 나올 사람을 기다리며, 낯익은 우리들의 말로 적힌 그 경구를 올려다보았다. 바람이 건조했다. 중력 적응과 대기 적응을 위한 처치를 충분히 받기는 했지만, 이곳의 햇살은 강렬했고 공기는 건조했으며, 교통까지 불편하다 보니 발뒤꿈치가 자꾸만 묵직하게 가라앉는 듯했다. 나는 옷자락으로 햇살을 가리면서 그늘을 찾아 터미널 벽에 달라붙듯 기대어 섰다.

"마리 선생님이신가요?"

서투른 발음으로 말을 거는 여자에게 나는 짐짓 자이납과 같은 인자한 미소를 지어 보였다.

"예, 마중 나오신 분이시죠?"

"어머, 우리말을 아주 잘하시네요."

나를 보고 조금 난처해하던 여자는 안심한 듯 미소 지었다.

"정말 다행이에요. 아… 저희가 준비를 못한 것은 아니지만."

"아이도 같이 데려오실 줄 알았어요."

"그 애는… 설명하기 좀 그런데요, 우리로서는 감당이

안 되는 아이예요."

여자는 차에 시동을 걸며 한숨을 쉬었다.

"정말, 어떻게 그 애를 부탁드려야 할지. 그런 데다 이렇게 어린 분인 줄 알았다면…. 슈슬리사 분들은 우리와는 다르다고 들었지만. 혹시 그 애에 대해 들으셨나요?"

나는 그의 호들갑스러운 목소리에서, 자이납이 넘겨주었던 파일칩을 보았을 때 느꼈던 당혹감을 떠올렸다.

"자연 출산으로 태어난 아이였지요?"

"맞아요. 정말 끔찍한 일이에요, 그렇지 않아요?"

"끔찍한 일이긴 하지만…."

지구에 진화 자궁이 도입된 것은 여기 시간으로 불과 이십 몇 년 전의 일이다. 나는 조금 의아해져서 물었다.

"하지만 당신도… 어머니가 직접 낳은 아이지요? 진화 자궁 이전 세대잖아요."

그 말에 수치심을 느낀 듯, 그의 얼굴이 벌겋게 달아올랐다. 그러다가 그의 표정이 점점 싸늘하게 식어갔다. 그는 고개를 돌리며 냉담하게 중얼거렸다.

"전에 그… 진화 자궁에서 태어나지 않은 아이들은 어려서 죽었잖아요."

그때 나는 깨달았다. 그의 표정에서 느껴지는 두려움이, 아마도 그는 겪을 일 없을 출산의 고통이나 그가 겪지 않은 어떤 살육, 진화의 도약을 위해 잡풀들을 제거

하듯, 그토록 긴 유예를 주고 신뢰를 얻기 위해 노력했던 슈슬리사와의 약속을 어기고 사람들이 멋대로 임신한 아이들에 대한 처분 때문이 아니라는 것을. 진화 자궁 1세대인 그가 느끼는 고통과 두려움과 분노는 그보다는 조금 더 미신적인 것이자, 실존하는 공포에 가까운 것이었다.

"약속을 어긴 건 저 애도 마찬가지잖아요? 그때 진화 자궁에서 태어나지 않은 아이들은 다 죽었는데, 어째서 이 애는…."

"저 애가 죽기를 바라세요?"

그는 대답하지 않았다. 하지만 그의 표정에는 진심이 담겨 있었다. 나는 속이 메스꺼워져 고개를 돌렸다. 멀미가 나는 것은, 이곳의 중력이 아직 낯설기 때문이겠지. 멀리 진화 자궁 센터의 방향을 알리는 표지판이 보였다.

"…아이 엄마는요?"

나는 불쾌한 생각을 몰아내기 위해 말을 돌렸다. 이해하려고 들면 못 할 일은 아니다. 진화를 인위적으로 촉진하는 것은 꽤나 공이 드는 일이다. 우리의 기술과 자원을 제공하고, 쟁쟁한 전문가들부터 우리 같은 젊은 인력까지 보내어 진화를 지원하고 유도한다 한들, 우리가 얻을 수 있는 것은 중계 기지 건설과 장기적인 평화 보장 정도다. 조건이 맞기만 한다면 여기에 더해 무역 이

익도 고려할 수 있겠지만, 거리나 생활 환경 등을 생각하면 채산이 맞는 일도 아니다. 이 일을 돕고 있는 인간 종 역시, 종으로서의 인류가 진화하여 미래에 우주로 간다는 사실을 온전히 기쁘게 받아들이기만 하는 것은 아니다. 대부분은 슈슬리사를 두려워해 아무 말도 하지 않을 뿐, 자신들이 다음 세대보다 덜 진화하고 덜 누리게 되리라는 사실에 분개하고 있었다.

그런 상황이니 만큼, 이 독특한 케이스를 맡아 돌보고 있던 사람들이 받는 스트레스에 대해서는 어느 정도 이해해 주어야 할것이다. 나는 미소를 지어 보였다. 나는 그저 아이를 데려가기 위해 온 것일 뿐이고, 당신이 내게 했던 말들은 문제가 되지 않을 거라고 보장해 주겠다는 듯이.

"마을을 떠났어요. 그런 일을 저질러 놓고 남부끄러워서 어떻게 살겠어요."

그렇군요, 하고 나는 고개만 끄덕였다. 나는 아직 학생이었고, 이곳의 무지와 야만에 대해 호기심과 혐오감이 뒤섞인 감정으로 바라보더라도 아직 조금은 용납될 터였다. 나는 고개를 돌렸다. 그는 내 생각이나 불쾌한 감정 따위는 아랑곳하지 않고, 아이의 엄마에 대해 신이 나서 떠들어 댔다.

"마리얌, 그 아이도 정말 뻔뻔스럽지. 그렇게 애를 낳아 놓고는 아이 이름을 뭐라고 지었는지 들으셨어요? 하필이면 선지자 이사 알 마시의 이름을 따서 이사나라고 지었지 뭐예요."

나는 그가 신이 나서 아이와 아이 엄마를 비난하는 소리에서 귀를 닫기 위해 애썼다.

사실 자이납이 내게 제안한 이 일은 잠시 이곳에서 경험을 쌓고는 바로 돌아갈 내가 감히 맡을 만한 사안은 아니었지만, 나는 기뻤다. 진화 자궁 1세대가 자연 임신으로 아이를 낳는 일 자체가 드물기도 했거니와, 무엇보다도 내가 만날 그 아이는 특별했다. 견습 기간에, 이런 케이스를 접하게 되는 것은 정말 드문 일이었다.

"얼마나 가증스러운지 모르겠어요. 그 악마새끼 같은 계집애에게 어디 그런 분의 이름을… 마리 선생님, 그 애는 정말 우리가 어떻게 할 수 있는 아이가 아니랍니다. 어쩌다가 그런 게 태어났는지, 원."

여자는 진화 자궁 센터의 앞마당에 차를 세웠다. 마지막 말은 입속으로만 우물거렸지만, 못 알아들을 정도는 아니었다. 나는 애써 그 험담들을 못 들은 체하며 차에서 내려 진화 자궁 센터로 향했다. 담당 직원이 나이보다 어려 보이는 아이의 손을 잡고 건물 밖으로 걸어나왔다. 나는 지금까지 이 아이가 겪었을 수많은 부당한 일들을 마음속으로 연민하며, 얼른 달려가 아이의 손을 잡았다.

"만나서 반가워, 네가 이사나구나."

**

나를 보내기 이전에도 자이납은 몇 번이나 그 아이에게 지구인 보호자를 붙여 주고 가족을 만들어 주려 했지만, 그의 노력은 번번이 실패했다. 그가 아이를 진화 자궁 센터에 맡겨놓은 것도, 더 이상은 그를 맡아 가족으로 인정해 줄 만한 지구인이 나타나지 않았기 때문이었다. 이사나를 데리러 가기 전, 나는 그 아이를 맡거나 직간접적으로 얽혀 본 일 있는 이곳 사람들의 험담에 가까운 증언들이 포함된 데이터를 넘겨받았다.

그중에는 내가 아는 사람도 있었다. 내게 사소한 오류를 지적받을 때마다 짜증을 내다 못해, 이제는 숫제 나를 피해 다니던 지구인 연구원이었다. 이사나를 데리러 가기 전, 나는 그를 찾아가 보았다. 그는 나를 보고 당황하더니 아무래도 마음에 맺힌 것이 많은 듯한 표정으로 자료를 뒤져 내게 나달나달해진 통계 문서 한 뭉치를 내밀었다.

"이게 뭔가요."

나는 불쾌감을 억누르며 그 서류 뭉치를 받아들었다.

초급학교에 다니고 있는 아이들의 지능검사 결과지였고, 제출용 원본이다 보니 아이들의 이름과 실제 지능지수가 상세히 기록되어 있었다. 내가 데려올 아이는 1등이었다.

"이 결과에 뭔가 문제라도?"

"지금 이 아이와 함께 검사를 받은 아이들은 전부, 진화 자궁에서 태어난 아이들입니다. 1세대들이죠."

"그런데요?"

"그런데 어째서, 그 마리얌의 딸에게 질 수 있느냔 말입니다."

연구원은 뭔가 억울한 일을 당한 듯이 분통을 터뜨렸다. 나는 이해가 가지 않아서 그의 얼굴을 그저 빤히 쳐다볼 뿐이었다.

"그 사생아가 그렇게 똑똑하고 대단할 것 같으면, 왜 우리 아이들을 굳이 그 진화 자궁에서 만들었느냔 말입니다! 거 뭐 볼 게 있다고!"

"볼 게 있는지 없는지는 당신 소관이 아니죠."

"어떻게 이만큼이나 차이가 날 수 있어? 당신들이 통계에 손을 댄 게 아니고서야!"

그가 언성을 높였다. 지구인들은 어리석고 감정적이며, 지구인 남자는 특히 더 그랬다. 그는 아마도 집에서 가족들에게, 여자와 어린아이들에게 윽박지를 때 이렇게 하겠구나 싶은 태도로 나를 대했지만, 그가 간과한 게 있었다. 내가 슈슬리사 기준으로는 이제 막 성년이 되었다고 해도, 지구인의 기준으로는 훨씬 오랜 시간을 살아왔으며, 자기 감정 하나 제대로 통제하지 못하고 소리를 지르며 떼를 쓰는 자의 말 따위에 휘둘리는 일은 없다는 것을.

"걸핏하면 계산 오류가 나오는 사람이, 이 계산에 대해 검산은커녕 통계에 사용한 공식조차 이해하지 못하는 상태로 하는 헛소리를 계속 참고 들어 줘야 합니까?"

"뭐라고요?"

"그쪽 기준으로는, 말하자면 구구단이나 외울까 싶은 어린아이가 당신이 해 놓은 계산에 트집을 잡는 것만큼 황당한 일이란 말입니다. 무엇보다도 우리에게 필요한 건 정확한 통계일 뿐이고. 난 아직 이 이사나라는 아이를 만나 보지도 못했다고요. 어처구니가 없어서."

그래서 사실은, 조금 과하게 빈정거렸다.

"당신들은 개미나 지렁이의 지능을 두고 신경이나 써요? 지구인들의 하찮은 지능에 크게 의미를 두고 있지도 않아요. 그리고 통계를 제멋대로 오독해서, 부모도 없는 가엾은 어린아이를 괴롭히는 데 사용한 일에 대해서는 반드시 상부에 보고해서 책임지게 할 겁니다!"

"마리."

누가 일러바치기라도 한 건지 자이납이 뛰어들어왔다. 그는 얼른 내 입을 막고 복도로 끌고 나왔다.

"이쪽에서의 철칙을 잊지 않았을 텐데."

"하지만요!"

"저쪽의 실책에 대해서는 이미 보고를 받았어. 하지만 말이야, 저들이 설령 저들이 생각하는 개미나 지렁이보다도 뭘 모르고 있다고 해도, 그들에게 그 사실을 알려 주면 어떻게 되겠어."

그는 잔뜩 흥분한 나를 달래며 제 방으로 데려갔다.

"저들이 스스로 성장할 힘을 기르도록 돕는 게 우리가 할 일이야. 자네와 같은 학생들을 파견하여 단순 업무를 맡기는 것도, 어린아이를 돌보듯이 조금씩 저들에게 자연스레, 주눅들지 않을 만큼의 신기술을 보여 주기 위해서고. 이건 중요한 문제야, 마리. 저들을 자극할 만큼의 경이를 보여 주되, 저들이 의욕을 잃을 만큼 압도적인 차이를 보여 주어서는 안 돼."

자이납은 나를 자기 사무실로 데려가 차를 끓여 주었다. 그가 이 지역에 익숙해지며 제일 좋아하게 되었다는 사과향이 진한 달콤한 차 한 잔을 내 앞에 두고, 그는 내 어깨를 토닥거렸다.

"견디지 못하겠으면 그냥 생태 다큐멘터리라고 생각하게. 차라리 그쪽이 나아."

"그 아이에 대해, 이질적인 존재라고 생각하고 반감을 갖는다는 것까진 알겠어요. 하지만 그 애가 태어난 것도 그 아이의 잘못이 아니고, 이사나라는 아이 때문에 누군가가 잘못된 것도 아니잖아요?"

"이사나 때문에 처벌을 받은 사람은 있어."

자이납은 괴로워 보이는 얼굴을 하고 나를 바라보았다.

"아까 너와 언쟁하던 연구원 말인데, 그 사람은 이사나가 태어난 그 지역 사람이야. 그리고 그의 맏아들은 거세를 당했지. 다른 연구원들이나, 이사나를 돌봤던 사람들 중에도 그런 경우가 적지 않아. 본인이나 자기 형제나 아버지… 여자라면 자기 남편이 그런 일을 당한 경우도 있었어."

"어째서죠?"

"그건 그들이 이사나의 모친 마리얌을 '처벌'했기 때문이야."

"처벌이라면…."

자이납은 고개를 돌렸다. 처벌이 하필 거세의 형태로 이루어졌다는 자이납의 설명과 그의 참담한 표정에서, 나는 그 '처벌'이 무엇인지 짐작할 수 있었다.

"아이를 낳고 백일도 되기 전이었지. 마리얌은 그 일로 거의 죽었다 살아났다고 해야 할 만큼 크게 다쳤어."

아무리 미개하다고 해도 지성체라고 생각했기 때문

일까, 아니면 피부색은 달라도 그들이 기본적으로는 우리와 비슷한 모습을 하고 있기 때문이었을까. 혀 끝에 돌던 달콤한 차가 쓰디쓰게 느껴졌다.

"한두 명이 저지른 일도 아니야. 두 민족과 세 종교의 도시라고 했던가. 한쪽 민족과 한쪽 종교의 여자아이가 아비 모를 자식을 낳자, 같은 민족, 같은 종교의 남자들이 수치스러워하며 처벌하려 했지. 여기까지는 우리도 짐작할 수 있었고, 막으려고 노력도 했어. 그런데 생각지도 못한 변수가 생긴 거야. 예전 같으면 그런 일에 관심도 없었을 다른 민족, 다른 두 종교의 인간들이 똘똘 뭉쳐서, 아이와 그가 속한 공동체 전체를 파괴하려 했지."

"어떻게 그런 일이…."

"붙잡혀 와서도 끝끝내, 그 여자아이가 아비 모르는 자식을 낳았으니 응당 벌을 받는 것이 당연하다고 말하는 남자들도 있었지. 하지만 그보다는, 진화 자궁을 사용하지 않고 아이를 낳았으니 그 지역 전체가 처벌을 받을지도 모른다는 두려움이 더 컸을 거야. 어느 정도는 우리 과실도 있었던 거겠지. 어쨌든 정말로 큰일이었어. 마리얌의 가족들은 살해되었고, 마리얌을 보호하러 갔던 우리 쪽 의사들 중에도 중상자가 나왔으니까."

"그 남자들은… 처벌은요?"

"법대로라면, 그리고 상식대로라면 당연히 전부 중형

을 선고해야 옳겠지만, 너무 많은 사람들이 연루되어 있는 것이 문제였지. 한마을의 남성 노동력이 전부 사라질 상황이라서, 진화가속연구소장님께서 직접 나서셨어. 소장님은 마리얌의 의견에 따라, 마을사람 전원이 반복적으로 교육을 받게 하고 주동자들은 물리적으로, 가담자들은 화학적으로 거세하고, 마을 밖으로 결코 나가지 못하게 했어. 그 덕분에 그 지역 여자들의 사회 진출이 늘어나는 효과도 있긴 했지만… 그 마을은 범죄자들의 마을로 소문이 나서, 그 마을 출신들은 고개를 들고 다니지 못하게 되었지."

"그랬으면… 그랬으면 된 거잖아요. 그런 폭력을 휘두르고도 겨우 그 정도로 넘어갔으면…."

"마리얌에게 고마워했을까? 천만에, 이번에는 여자들이 합심하여 마리얌을 손가락질하더군. 온 동네 남자들과 붙어먹은 화냥년, 죽어야 할 년이 죽지 않고 살아남아서 온 마을을 다 잡아먹었다고."

자이납은 무어라 설명해야 할지 모르겠다는 듯 한숨을 쉬었다.

"사실은 그냥 희생양이 필요했던 것일지도 몰라. 이전 세대의, 신세대에 대한 두려움과 불만, 다른 세상에서 온 지성체에 대한 공포. 그런 것을 넘어서는 방법으로 폭력을 선택하는 것은, 미개한 지성체들이 흔히 보이는 행동

양상이지. 실은 초창기에 우리 쪽 견습 연구원이 그런 폭력에 휘말린 적도 있었어."

나는 먹먹한 기분으로 눈을 돌렸다. 자이납의 책꽂이에 꽂힌 책 제목들을 눈으로 훑어 읽다가, 손때가 많이 탄 책등을 보고 눈을 감았다. 『물과 원시림 사이에서』. 여기서는 평화를 위해 헌신했다고 무슨 세계적인 상까지 받았다는 어느 의사가 쓴 수기였다. 그 책의 존재만큼, 이곳에서 자이납이 품었던 고뇌의 크기를 짐작하게 할 수 있는 것이 있었을까. 그래, 그래도 그 의사는 적어도 종이라도 같았지.

**

실제로 만난 이사나는 또래보다 마르고, 체구가 작고, 진화 자궁 센터의 보호를 받는데도 불구하고 입고 걸친 것이 영 허름하고 몸에 잘 맞지 않는 것뿐인 안쓰러워 보이는 아이였다. 확실한 법적 보호자도 없고, 마음껏 사랑하고 신경써 주는 어른도 없었기 때문일까. 아이는 나의 눈치를 살폈다. 서류에 인증을 하고, 아이의 짐을 챙긴 뒤 나는 이사나를 향해 손을 내밀었다.

"배고프지. 뭐라도 먹으러 나가자. 이 근처에 시장이 있으면 새 옷도 몇 벌 사고."

나는 이사나를 데리고 밖으로 나갔다. 내가 함께 걷는데도, 여기저기에서 불만과 증오와 호기심이 섞인 시선들이 느껴졌다. 이 아이는 지금까지, 이 모든 시선들을 혼자 받아 내야 했을 것이다.

함께 쇼핑을 하고 점심을 먹는 내내, 아이는 잔뜩 긴장한 표정으로 나를 올려다보았다. 불안해하는 것 같기도 하고, 평화에 익숙하지 않은 것 같기도 했다. 어떻게든 안심시켜 주고 싶었지만, 무슨 말부터 해야 할지 몰라 나는 잠시 허둥거렸다.

"나도 그렇고, 자이납도 너를 무척 걱정하고 있어."

겨우 뭔가 말해 봤지만 그것만으로는 걱정하는 마음을 전하기엔 부족한 것 같아서 얼른 덧붙였다.

"그리고 이제 내가 네 보호자니까. 나도 슈슬리사 기준으로는 어리다 보니 서투른 면도 있겠지만, 그래도 너랑 잘 해 나가고 싶어. 일단은 네 법적 보호자니까 말야."

"여긴 잠깐 와 계시는 것뿐이잖아요."

"뭐, 그렇긴 해도 우리 쪽의 1년은 여기로는 5, 6년쯤 되는 것 같던걸. 네가 성장하는 것을 지켜볼 시간은 충분해. 그렇지 않니?"

이사나는 고개를 끄덕였다.

"괜찮을 거야. 그리고 어쩌면 조금 더 체류 기간을 연장할 수도 있을 거고. 행복하게 잘 지내 보자, 이사나. 그리고 우린… 이미 친구 아니니?"

친한 척을 했더니, 이사나는 바로 당혹스러워하며 마치 시큼하고 씁쓸한 것을 깨문 듯한 표정을 지었다.

"친구요?"

"그래, 여기 지구인들은 한 지붕 아래에서 빵과 소금을 나눈 사람은 서로 친구라고 할 수 있다면서? 자 봐."

나는 머리 위의 파라솔을 가리키고, 다시 테이블 위에 놓인 소금과 후추를, 그리고 우리 두 사람의 접시에 놓인 음식들을 가리키며 웃었다.

"적어도 한 지붕 아래에서 빵과 소금을 나눈 건 맞지?"

"그건 그렇네요."

"그래, 그러니까 친구가 될 수도 있을 거야. 어때?"

아직 그다음을 말할 만한 시기는 아니었지만, 그래도 이사나에게는 단단한 어떤 것이 필요했다. 이제 막 껍질에서 나온 병아리처럼 연약하기만 한 시기에, 슈슬리사인 내가 이 아이의 보호자가 되는 것은 아이를 위해서도 좋은 일이었다. 적어도 슈슬리사에 대해, 이곳의 평범한 사람들은 어떤 이적을 행하는 신과 비슷한 존재라고 경외감을 품고 있었고, 그 점은 이곳 사람들에게서 이사나를 보호하는 데 큰 도움이 될 것이었다. 아까와 같은, 내가 그들보다는 뛰어나지만 젊고 아직 학교를 졸업하지 못한 젊은 슈슬리사라는 것을 약점 삼아 빈정거리는 연구원들을 제외하면, 누구도 드러내어 이 아이를 괴롭힐 수 없을 것이다.

"궁금한 게 있어요, 선생님."

"응?"

"슈슬리사는 인간의 친구라고 하잖아요."

나는 어디서나 볼 수 있는, 심지어는 이곳 교과서에도 적혀 있는 그 말을 떠올리며 고개를 끄덕였다. 아이는 까만 눈을 반짝이며 내게 물었다.

"이건 '개는 인간의 친구'라는 말과는 다른 건가요?"

"뭐?"

"여긴 그런 말이 있어요. 개는 인간의 친구라고요."

나는 일단 고개를 끄덕였다. 이 아이의 말은, 내가 생각하던 어떤 것을 제대로 건드렸다. 하지만 나는 내색하지 않고 대답했다.

"하지만 개와는 달리, 슈슬리사와 인간은 지성체인 걸? 조금은 다르지 않을까?"

"정말로 지성체니까 동등한가요?"

"…물론, 지성을 가진 존재들은 각기 발전 정도에 대한 차이는 있지만, 모두 인격적으로는 동등하지."

"어째서요?"

"어째서라니."

나를 빤히 올려다보는 까만 눈동자를 들여다보며, 나

는 지금 나와 이야기하고 있는 이 아이와 같은 지구인들이 사실은 그들보다 더 큰 잠재력을 지녔을지 모르는 온화한 지성체를, 이곳에서는 고래라고 불리는 종을 미식으로 여겨 남획했다는 이야기를 떠올렸다.

"그러면 이건 어때요? 하느님은 우리의 친구라고."

"뜻밖이구나."

나는 조금 전의 연상작용으로 욕지기가 치밀어오르는 것을 꾹 참으며 대답했다.

"이 지역의 유일신은…."

"예, 바이블에 나오는 그 신이죠. 선생님도 읽으셨죠?"

"응, 오는 동안 읽었어."

"이곳의 신은, 선생님이 읽어 보신 그대로예요. 인간의 친구가 되기엔 무지막지하고 잔인무도하며 자기 멋대로죠. 하느님이니까 사람을 편애해도 된다고 생각하고요."

"꽤나 신랄한 평가를 하는걸?"

"사람이 문제라고 생각해요. 하느님은 당신의 형상과 닮은 인간을 만들었다는데, 그 하느님의 이야기를 다시 기록했다는 인간들은 꼭 자기들처럼 이기적이고 자기 자신만 아는 하느님밖에는 못 만들어 냈나 봐요. 상상력이 부족했는지."

"많은 문화권에서 신이 그 지역 사람들의 관념을 반

영하는 것도 사실이긴 하지."

"그리고 그것도 아세요? 여기 사람들이 슈슬리사를 하느님처럼 생각하는 거요."

"그래, 그러지 않았으면 좋겠는데. 우리라고 전능한 것도 아니고."

"한때는 그 종교 때문이 사람들이 죽고 죽이고 전쟁까지 했대요. 근데 정말로 하느님 같은 슈슬리사가 나타나니까요, 아무도 케케묵은 하느님 같은 건 안 믿게 되었어요. 놀랍지 않으세요? 선생님은 고향에서는 학생이었는데, 여기서는 하느님이랑 동급으로 취급받으시는 거요."

이사나는 또래에 비해 월등하게 말을 잘 했다. 이 아이의 말은 거칠고 정제되지 않았지만 이 아이 스스로의 생각들이 담겨 있었다. 그것은 대개 어느 정도 사고 통제를 거치는 진화 1세대와는 다른 모습이었다. 어려서 경험이 부족해서일수도, 혹은 그동안 사람들에게 시달린 경험 때문일 수도 있겠지만, 말 한마디 한마디에 가시가 돋아 있다는 느낌은 있었다. 하지만 이런 적개심과 아직은 여물지 못한 빈정거림 역시 시간이 지나면 다듬어질 테지.

"하느님이든 뭐든, 저는 슈슬리사에게 감사해요. 보호해 주시지 않았다면 저는 틀림없이, 불의하게 태어난 아비 없는 자식, 슈슬리사의 뜻을 어기고 어미의 자궁에서 태어난 부정한 아이라며 누구 손에든 진작 죽었을 테니까요. 하지만 선생님, 저는 제가 꼭 강아지가 된 것 같아요. 강아지 중에서도 순종들을 모아서 길렀는데 한 마리가 혼자 어디 나가서 잡종을 낳아 오는 거예요. 저는 제가 그런 잡종개 같다는 생각을 해요."

"이사나."

"슈슬리사는 인간의 친구라는 말이 하느님은 인간의 친구라는 말과 같은 거라면, 그 말은 인간은 개의 친구라는 말과 결국은 같은 거예요. 선생님은 그게 무슨 뜻인지 아시죠?"

"알기는 하지만."

나는 고개를 끄덕일 수밖에 없었다. 이사나는 재미있다는 듯 나를 올려다보았다.

"순종 혈통 만들고 품종 개량 하는 거잖아요. 전 나쁘다고 생각 안 해요. 사실은 개하고 비교할 문제가 아니잖아요. 전에 책을 읽었는데, 진화 이전 세대의 지능을 기준으로 볼 때 똑똑한 개가 IQ 70정도 나온다고 했어요. 알고 계셨어요?"

"아니, 개를 별로 좋아하지 않아서."

사실 개가 뭔지 모르는 것은 아니었지만, 익숙하진 않았다. 다만 이 아이가 개와 하느님에 대해 말하는 것이 무엇인지는 이해할 수 있었는데, 그 표현의 적나라함에 비해 이사나는 딱히 슈슬리사에 대해 적대감을 보이거나 같은 지구인들을 경멸하지는 않았다. 아마도 아직은 어린아이이기 때문에 자신이 느끼는 것보다 더 극명하고 자극적인 비유를 꺼내드는 것이리라. 스스로 이해할 수 있는 형태의, 피처럼 선명한 비유를.

"그 시험이요, 다 맞으면 100점인 그런 게 아니래요. 100명 중에서 몇 등을 했는지를 따져서, 딱 중간이 100점을 받고 그보다 잘한 애들과 못한 애들을 늘어놓는 거래요."

이사나는 아직 그 개념에 대해 구체적으로 배우지는 못한 것 같았지만, 손가락에 물을 묻혀 그래프 비슷한 것을 그려 가며 평균값이며 최빈값, 정규분포, 표준편차 같은 단어로 설명할 수 있는 개념을 설명했다.

"그러니까 100점이 제일 많아요. 등수대로 아이들을 모아 놓으면, 이렇게 종 모양의 그림이 나오는데, 이 종의 높이에 따라서 제일 잘한 애랑 제일 못한 애의 점수가 결정되는 거예요. 그러니까 100명 중에 1등을 하면 130점쯤 나오고 꼴찌가 71점쯤? 그 말대로라면, 100명의 애들이 있을 때 꼴등이요, 똑똑한 개하고 머리가 비슷한 거예요. 그렇죠?"

"그럴 수도 있겠구나."

"근데요, 슈슬리사 100명이 시험을 보면 그중에 꼴등이 있을 거잖아요. 하지만 그 꼴찌가 가장 똑똑한 지구인하고 비슷하게 똑똑한 건 아니잖아요. 그러면 우리는요, 인간으로 치면 개만도 못한 거잖아요."

아이의 말은 틀리지 않았다. 하지만 네 말이 맞다고 간단히 말해 줄 수는 없었다. 자이납의 말이 떠올랐다. 이런 이야기는, 내가 함부로 대답할 수 있는 문제가 아니었다.

"개미 정도 되나요?"

나는 고개를 가로저었다. 이곳 총독인 필라투사 님께서는 지구인들이 지금의 슈슬리사와 어깨를 나란히 할 만큼 발전하기 위해서는 적어도 8천 년이 필요하다고 하셨다. 그 시간을 단축하기 위해 열 세대에 걸쳐 진화 자궁을 사용하겠다고 했고 지구인들은 이에 동의했다. 우리에게는 어리석고 미개한 생물에 불과하지만, 그들은 역시 제 나름의 언어와 문자와 문명을 이룩했고, 우리에게 영감을 줄 만큼의 예술을 만들어 낼 만큼의 지성을 지닌 존재였다.

"개미를 8천 년 둔다고 너와 같은 사람이 되는 것은 아니잖니."

"진화 가속을 시키면요."

"음?"

"진화라는 것은 결국 선택의 문제잖아요. 자연이 선택하느냐, 신이 선택하느냐, 그렇지 않으면 슈슬리사가 선택하느냐의 차이죠. 만약에요, 선생님. 선생님 같은 슈슬리사들이 지구에 와서 인간이 아니라 실험실 마우스들을 선택하셨으면요. 그래서 한 300년 동안 마우스들이 진화 자궁에서 태어나 지구에서 가장 똑똑한 생물이 되면요, 그러면 진화에서 선택되지 못한 인간은 도태되는 거잖아요. 아니, 오히려 실험용 마우스들이 복수할 걸요? 지금도 학교 과학실에 가면요, 배가 갈린 실험용 마우스가 포르말린 병에 들어 있어요. 며칠 전에 처음으로 한 번 가 봤는데…."

"지금은 뭔가 먹는 중이니, 그런 이야기는 그만하자."

"죄송해요."

이사나도 역시 먹다 말고 그런 이야기를 하는 것은 심하다고 생각했는지 고개를 끄덕였다. 하지만 그 아이는 곧 다시 고개를 쳐들고 말했다.

"그치만요, 왜 꼭 인간인가요?"

글쎄, 그건 나도 모르겠다. 왜 꼭 인간, 지구인들이어야 했을까.

**

우리들은 우리가 개별적인 주체를 가진 다양한 지성체들의 경험과 지성을 존중할 때 더 큰 힘을 발휘할 수 있음을 안다. 그렇기에 가장 약하고 낮은 자의 목소리라 해도 무시하지 않고 들어보아야 한다고 믿는다. 우리는 일부 강력한 지도자의 지혜를 통해 강해진 것이 아니라, 우리 모두가 함께 지혜를 나누며 성장해 왔으므로. 하지만 그렇기에 이 지혜는 언제나 냉정하고 논리적이기만 한 것은 아니다. 언제나 편견 없이 완벽한 선택을 하는 것도 아니다. 우리는 이 점을 잘 알고 있다.

진화란 선택의 문제다. 그 점에서 우리는 모든 지성체를 항상 공정하게 대하진 못했다. 한 행성 위에 두 지성체가 나란히 경쟁하는 경우 우리는 우리와 좀 더 비슷한 쪽을 선택했다. 종의 다양성을 존중하고 인정하며 공존의 방향을 모색한다고 하면서도, 금속 상자와 같은 외골격에 육족 보행을 하던 지성체보다는 그보다 지적인 면에서 조금 떨어지는 내골격 척추동물 지성체를 우선적으로 선택하는 경우도 없지 않았다.

"뭘 그래."

자이납은 어른스러운 여유로 받아쳤다.

"저들은 안 그랬을 것 같아? 긴긴 역사 속에서, 저들도 먹고 살자니 콩이나 사과며 보리 같은 것을 교잡하고 선별했을 테지. 진화라든가 교배나 품종 개량 같은 말이 생기기도 전에, 애초에 식량을 구하던 인간의 조상들도 숲에서 얻을 수 있던 과일 중 제일 큼직하고 맛좋은 놈을 골라서 먹었을 것 아니야. 나무딸기든 옥수수든."

"나무딸기나 옥수수에게 어떤 의지가 있진 않았겠죠."

"내 말은, 저들도 친밀함에 따라 우선적으로 선택을 했을 것이고, 그건 지성을 가진 어떤 생명이라도 그리했을 거라는 점이야. 이사나에게는 그렇게 설명해 줘. 선택당한 것에 대해서 죄책감을 가질 이유 같은 것은 없다고. 그게 신에게든 자연이든 슈슬리사에게 선택된 것이든 말이야."

모처럼 휴가를 받아 나와 같은 이유로 이곳에 온 슈슬리사 출신의 견습에게 며칠간 이사나를 맡겨 놓고, 자이납과 함께 역사적인 문화유산이 많이 남아 있는 관광지에서 한가롭게 오후를 보내다가 쉬다가, 백 개도 넘는 탑과 수 세기에 걸친 건축물들이 가득한 아름다운 도시가 한눈에 내려다 보이는 언덕 위 노천 레스토랑에서 점심을 들다 말고 나눌 만한 대화는 아니었지만, 나는 자이납의 말을 한 마디도 놓치지 않으려 귀를 쫑긋 세우고 집중했다.

"실은 예전에, 마리얌을 여기 데려왔었어. 이사나의 엄마 말이야."

"아."

"그… 마을 사람들에게 시달리다 쫓겨난 뒤에."

조금 의외라고 생각했지만 곧 수긍했다. 나 역시도 이사나를 볼 때마다, 아이 엄마를 한 번쯤 만나 보고 싶다는 생각이 들곤 했다. 그 역시 마찬가지였을 것이다. 게다가 그는 완곡하게 말했지만, 그때 마리얌이 당한 일은 기록만 읽어 보아도 참혹한 것이었다. 자상한 자이납이라면 몸도 마음도 만신창이가 되어 버린 어린 소녀를 위로하기 위해 어떤 식으로든 호의를 베풀고 싶었을 거다.

"그런 일을 겪었는데도 여전히 심지가 굳은 아이였지. 이곳의 골목을 걸으며 앞으로의 일에 대해 의논해 보려고 했는데, 자기가 먼저 내게 말했어. 장차 도시를 만드는 일을 하고 싶다고."

"지금은요?"

"지금은, 정말로 도시공학자가 되어 있지. 이름도 과거도 모두 세탁했지만. 그래도 내게는 때때로 소식이 들어오곤 해. 잘 해 나갈 거야."

"이사나를 낳은 걸 후회하진 않던가요?"

"글쎄, 후회하지 않던걸."

자이납은 어떤 불가사의한 이야기를 하는 듯한 표정으로, 멀리 언덕 아래로 도시의 가운데를 통과하며 흐르는 검은 강을 내려다보았다.

"마리얌은 아주 어릴 때부터 자기가 그 아이를 낳게

될 거라고 믿고 있었어. 우리가 약속을 어기고 기존 방식의 출산을 고수한 케이스들에 대해 조치를 취했을 때, 진화 이전 세대가 전혀 저항하지 않는 것에 실망을 했고, 그래서 낳을 수밖에 없었다고."

"아이의 아버지는…."

"없어."

"예?"

"단성 생식체야. 모체만으로 발생한."

나는 너무 놀라 아무 말도 하지 못했다. 물론 나 역시 학교에 다닐 때 난자에 특정한 자극을 주어 배우자 없이 발생을 유도하는 실험 같은 것은 해 보았지만, 구조가 간단한 생물이라면 모를까, 지성체를 단성 생식으로 발생시키는 것은 정교한 기술이 필요한 일이었고, 그렇게 만들어 낸 배아가 실제로 세상에 태어나 무사히 자라날 확률은 극히 드물었다. 실험실 밖에서도, 진화 자궁 설계 과정의 오류 또는 수정란에 진화 프로그램을 넣는 과정에서 드물게 그런 현상이 일어날 수 있다는 것은 알았지만, 그런 배아가 살아서 태어나는 것은 모든 조건이 태아의 생존에 최적화된 진화 자궁에서도 불가능에 가까웠다.

그런데 그 아이는, 진화 자궁도 아닌 모체에서 태어난 것이다.

"정말 무슨… 바이블에 나오는 신화 같네요. 무염시태

로 태어났다는."

 내가 겨우 더듬거리며 입을 열자, 자이납이 내 머리를 쓰다듬었다.

 "너무 놀랄 것 없어. 지성을 가진 생물이라면 누구라도 이미 일어난 일들을 어떻게든 자신이 아는 범주 안에서 해석하려고 드는 법이지. 신화라는 것도 대개는 그렇게 만들어지는 것이고. 이사나의 출생이 일어날 확률이 무척 희박한 사건인 것은 분명하지만, 사실 우리로서도 아직 다 알 수 없는 수많은 지평이 존재하는 것은 사실이잖나. 이것이 지독한 확률의 장난이나 심각한 실수가 아니라면, 마리얌의 믿음도 그런 머나먼 지평에 어딘가에 걸쳐 있는 것이라고 생각할 수밖에."

 "이사나라는 이름은 이곳 선지자의 이름에서 따왔다고 들었어요."

 "그렇지."

 "어떻게 생각하세요. 그 아이는 정말로…."

 "일단 우리는 신을 특별히 믿지 않고, 이곳 사람들 중에는 그 이름을 조롱하는 이들도 많았지 어디 사생아를 낳아 놓고서 감히 그런 거룩한 이름을 붙이느냐고. 하지만 어떤 이들은 그 이름과, 그 비범한 출생에 기대를 하기도 해. 그중 무엇이 정답인지, 그에 대한 답은 우리가 내릴 수 있는 게 아냐. 그런 것은 이사나가 스스로 답을 찾아낼 수밖에 없어. 설령 정말로 전설 속의 선지자나 신의 아이라고 해도, 스스로 길을 찾지 못한다면 의미가 없겠지."

이곳의 지붕처럼 붉은 석양이 흰 회벽을 장밋빛으로 물들였다. 파란 하늘이 점점 어두워지는 가운데 나는 자이납의 손을 잡고 낯선 외계의 도시를 거닐다가, 어느 선물 가게에서 그 도시의 하늘처럼 새파란 유리로 만든 장식품들을 보았다. 뭐, 뭔들 어떻겠어. 자이납의 논문에 이름을 남기건, 그렇지 않으면 이 행성의 역사책에 선지자를 길러낸 외계인 비슷한 것으로 이름이 남건, 어느 쪽이건 대대손손 이름은 남겠지. 유리반지와 향수병과 유리로 세공한 동물 인형 같은 것들을 들여다보다, 나는 아이에게 줄 유리 향수병과 함께 묵직한 맥주잔 한 세트를 샀다. 언젠가는 그 아이와 함께 맥주 같은 것을 마실 날도 올지도 모르니까. 내가 이곳에 좀 더 오래 머무르겠다고 마음만 먹는다면.

**

까치발을 서고 우리를 기다리던 이사나가 나와 자이납을 발견하자마자 달려와 안겼다. 보드라운 뺨을 타고 따스한 체온이 전해졌다. 그 며칠간 떨어져 있는 것이 그렇게 아쉬웠는지, 아이는 내 품에서 떨어져 나갈 줄을 몰랐다. 이런 모습을 보면 이사나도 그저 평범한, 애정에 목이 마른 어린아이일 뿐이었다. 이 아이가 얼마나 총명하든, 또 사람들이 무어라 말하든 상관없이.

무언가를 사랑한다는 것은 그를 이해하기 위해 노력하는 것이다. 나는 이사나와 함께 식사를 하고, 학교에서 문제가 생기면 보호자로서 찾아가고, 퇴근 후 아이의 공부를 봐주었다. 스스로 선택할 수 없었던 출생의 문제로 배척받았던 아이는 외로움을 많이 탔고, 조금이라도 내가 기뻐하는 모습을 보고 싶어서 뭐든 필사적으로 애썼다.

이 아이가 학교에서 만나게 되는 또래들은 물론, 갓 부임한 초임 교사들 역시 진화 1세대였다. 이사나를 감당할 수 없었던 진화 이전 세대와 달리 이들이라면 이사나를 좀 더 이해할 수 있지 않을까 생각했지만 오산이었다. 프로그램의 통제를 통한 지적 도약을 이루어야 하는 이들 진화 1세대의 대뇌 시냅스 자체는 이전 세대에 비해 비약적으로 발전한 반면, 사고의 폭 자체는 용이한 통제를 위해 어느 정도 제약되어 있었다. 빠른 진화를 위한 사고 통제는 엇나가면 아집이 될 수 있었다. 아이들은 진화 이전 세대 출신인 부모에게서 악담과 저주를 이어받았으며, 갓 교단에 선 1세대 출신의 교사들은 이성적이고 박식했지만 자신들보다 우수한 슈슬리사가 아닌 다른 존재들에 대해서는 배타적이고 편협한 반응을 보였다. 나는 그들에게, '슈슬리사의 소중한 연구 샘플인 이사나'에게 차별 없이 합당한 대우를 해 주고 학교에 있는 동안 안전하게 보호해 주지 않는다면 연령과 신분에 상관없이 심각한 불이익을 주겠다는 엄포를 놓고서야 안심하고 아이를 학교에 보낼 수 있었다.

"전요, 어른이 되면 여기를 떠날 거예요."

저녁을 먹고, 이사나는 내 무릎에 머리를 기댄 채 종알거렸다.

"해양생태연구원이 되고 싶어요. 자산함 같은 연구함을 타고서요."

"자산함?"

"예, 태평양에서 제일 큰 해양 연구함이에요. 원래 강습함이었던 걸 개조해서 해양생물학자 이름을 붙인 건데요, 선생님 같은 슈슬리사 연구원도 많이 있대요."

"도대체 이런 거대한 대양을 끼고 있으면서, 어떻게 그동안 제대로 된 연구 한번 안 했는지 모르겠어. 설마 이 바다를 무슨 생선이 들어 있는 냉장고 정도로 생각한 것은 아니겠지."

"여기 사람들은 자기 보고 싶은 것만 보잖아요."

이사나는 배시시 웃었다.

"어른들이 얼마나 답답한데요."

모든 진화 1세대들이 공통적으로 겪는 성장통이 있다는 말은 들었다.

그들은 슈슬리사 외에 존경할 수 있는 어른을 만나지 못했다. 자신보다 경험치가 높고 사고의 폭이 넓으며 새로운 시대에도 변치 않는 지혜를 지닌 진짜 어른을. 어렸을 때에야 가능했겠지만, 학교에 들어간 이후에는 보통 어른들보다 오히려 학교 선배들이 더 많은 것을 알고 있었다. 어른들이 내세울 수 있는 것은 그저 좀 더 오래 살아온 경험뿐이었고, 그 경험조차도 슈슬리사의 인도 하에 앞으로 나아갈 새 세대에게는 맞지 않는 헌 옷과 같은 것이었다. 그에 더해 어린 나이부터 세상과 맞서 싸우는 법을 먼저 배워야 했던 이사나에게 있어 그 성장통은 몇 배는 더 치열한 것이 되었으리라.

그래서였을까. 이사나는 마치 처음으로 어미를 기억에 각인한 어린 짐승처럼 나를 따랐다. 그런 데다 이사나가 나를 좋아하는 진짜 이유는 따로 있었다.

"제가 여기서 뭘 잘해도 말이에요, 여기 어른들은 계속 저보고 이상하게 태어났다고, 아빠도 없는 더러운 사생아라고 손가락질할 거예요. 근데 이상하게 태어났다니, 웃기잖아요. 선생님, 원래 사람들은 그렇게 아이를 낳았잖아요. 우리 엄마가 진화 자궁이 이 지역에 처음 들어왔을 때 태어났으니까, 진화 자궁에서 사람이 태어나기 시작한건 우리 엄마 나이만큼밖에 안 되는 거잖아요. 근데 사람들은 그새 다 잊어버리고."

나는 슬슬 출생의 비밀을 알려 주어도 될 때라는 생각이 들었다. 어차피 단성 생식이라는 개념이 자연에서 전혀 이루어지지 않는 일도 아니고, 구조가 간단한 생물이라면 지금의 기술로도 얼마든지 재현할 수 있기도 했다. 물론 인간 정도로 구조가 복잡한 지성체에게 자연적으로 이런 일이 일어난 것은 어쩌면 매우 드문 우연에 속했다. 이곳 사람들이라면 그저 '기적'이라고 이해하는 게 당연할 만큼.

나는 아이를 붙들고 난할에 대해 설명하고, 성게의 알을 부틸산이 섞인 진한 바닷물로 처리하거나, 누에의 알을 붓으로 쓸어 보게 해 주었다. 그랬다. 이사나가 나를 좋아하는 진짜 이유는, 나는 이곳의 지구인들과 달리 이 아이에게 지적인 도전을 불러일으켰기 때문이었을 거다. 이 아이에게 자신의 슈슬리사란 지적인 욕구를 충족시켜 주는 존재였고, 그 갈망을 채워 주는 한 아이는 납득할 수 없는 일은 벌이지 않았다. 아이는 곧 생명을 발생시키고 싶어했고, 나는 개구리를 기를 수 있는 수조와 사육 도구, 그리고 개구리 알을 선물했다. 모든 일이 순조로워서 뭐 할 말이 없을 정도였다. 이사나는 신이 나서 개구리를 키우고, 시간이 지나자 연구소에 놀러와서 남의 연구를 방해하는 일 없이 제 좋은 시간을 보내기 시작했다. 내 사무실 옆의 쓰지 않는 창고방을 아이의 놀이방으로 만들어 주고 간단한 기자재와 실험 도구들을 넣어 주었다. 아이는 여기 연구원들이 깜짝 놀랄 만큼 잘 웃기 시작했다. 그 웃음마저도 불쾌하다고 말하는 이들도 있었지만, 나는 이사나가 그런 치졸한 혐오와 질투에 상처받고 부서지지 않는 강한 아이가 되었으면 했다. 그 아이가 진심으로 사랑받는 기분을 느끼며 행복하게 자라나 솔직하고 자기 재능을 제대로 펼칠 수 있는 어른이 되었으면 했다.

이상한 말이었지만, 나는 이사나에게 애정을 느끼고 있었다. 사랑하는 만큼 더 이 아이를 이해하게 되는 것만 같았다. 물론 우리의 긴 수명과 이곳 지구인들의 짧은 수명을 생각할 때, 그 애정은 어쩌면 기르는 동물에 대한 애정과도 비슷한 것이었을지도 모르겠다. 하지만 나는 올챙이가 든 수조를 안고 웃고 있는 이사나를 보며 때때로 자이납과 가정을 꾸리고 이사나를 양녀로 삼은 내 모습을 상상하곤 했다. 그랬다. 설명하기 어려운 일이지만, 나는 그 아이를 내 아이처럼 사랑하게 되었다. 나보다 먼저 늙어갈 이사나를 위해, 그 아이가 자신이 '애완'하는 고양이나 강아지가 되어 버린 것 같은 느낌을 받게 하지 않기 위해, 그 애를 내 양녀로 입적하려는 마음을 깨끗이 단념할 수 있을 만큼. 모순된 이야기라고? 내 진심은 어떻건, 지구인들은 운 좋게 슈슬리사의 양녀가 된 사생아에 대해 두고두고 인생의 마지막 순간까지 조롱을 쏟아낼 거다. 나는 그저 멀리서 그 아이의 보호자이며 버팀목이 되는 것으로 족했다.

"자, 봐라. 죽은 개구리 같은 것은 그냥 버리지 말고 이렇게 묻도록 해."

냉랭하기만 하던 이곳의 연구원들이 아이에게 조금은 다른 종류의 관심을 갖게 된 것도 그 무렵의 일이었다.

"마리 선생님이 모아서 소각하라고 하셨는 걸요."

"그건 슈슬리사 풍습이고, 네가 장난 삼아 해부하고 실험해서 죽였으면 명복을 빌고 묻어 줘야지. 어서."

선임 연구원이 엄격하게 꾸짖으며 화단 한구석에 금을 그어 준 이후로, 연구소의 빈약한 화단에는 이사나가 키우다 죽거나 해부에 쓴 붕어나 개구리나 마우스의 작은 무덤들이 움이 돋는 새싹처럼 여기저기 자리를 잡았다. 창고방에 만들어 준 작은 연구실에서 이사나는 연구원들의 허락을 받아 남거나 낡아서 처분한 실험 기자재들을 얻어와 이런저런 실험을 하곤 했다.

"피리새를 키우고 있다고 자랑하던데."

"예. 얼마 전에 유전자 분석용으로 들어온 게 있는데, 알을 낳게 해 보고 싶다고 해서요."

"설마 또 해부하려는 것은 아니겠지?"

"아니에요. 아무거나 해부하진 않는 걸요. 보기보다 마음이 여려서, 자기가 키우던 개구리나 물고기가 죽으면 금방 의기소침해해요."

자이납은 미소 지었다.

"걱정하는 거야?"

"…조금요."

"너무 걱정할 것 없어. 앞날이 기대될 만큼 영리하고 판단이 빠른 아이야. 열다섯 살만 되어도 누가 그 애를 함부로 하지는 못할 거야. 제법 제 나름대로 깊이 생각할 줄도 알고. 지난번 자네 없을 때 불러내어서 같이 저녁 먹고 차 마시고 있었는데 그런 질문을 했어. 슈슬리사가 정말로 지구인보다 뛰어나냐고."

"…그건 그냥 보면 아는 거잖아요."

"그렇지. 그런데 그 아이는 종족이 뛰어난 것과 문명이 발달한 것은 어떤 차이가 있느냐고 물었지. 이사나는 아메리카나 유럽 연방에서 자란 아이가 아프리카 오지나 폴리네시아에서 자란 원주민 아이보다 지능지수 자체는 높지만, 정말로 더 똑똑한지 궁금해했어. 주어진 대로 학교 다니고 숙제하는 게 고작인 애들이, 당장 머리를 쓰고 생각을 하지 않으면 살아남을 수 없는 애들보다 훨씬 더 똑똑하다는 건 이상하지 않느냐고."

"일리가 있네요."

"일리는 있지만, 인간은 생존에만 몰두하는 것이 아니라 문명 그 자체를 이해하고 받아들일 시간과 기회를 통해서 역량을 넓히고, 성장 후 더 큰 세계를 받아들이게 되니까. 이사나에게는 그 점을 설명해 주고, 슈슬리사와의 격차에 대한 것은 또 다른 문제라고 설명해 주었지."

"그 애의 생물학적 부친에 대해 말씀 안 하셨죠?"

"아직."

"그 애의 지적 능력에 대해서는요?"

"마리, 그래 봐야 지구인 중에 뛰어난 것뿐이야."

나는 웃었다. 자이납이 무엇을 걱정하는지는 잘 알고 있었다. 맹목적인 익애가 어린아이를 망칠 수 있다는 것은 알지만, 보통 아이들이 자기 부모에게 사랑받는 것에 비하면 이 정도는 아무것도 아니다. 지구인의 기준으로도, 1세대의 기준에도, 우리 슈슬리사의 기준에도 맞지 않는 이질적인 존재였지만, 나는 그 애의 특이함조차도 사랑스럽기만 했다. 학교에서 돌아온 이사나는 작은 팔로 내 목을 꼭 끌어안고는, 오늘은 학교에서 누가 자기를 놀리고 괴롭혔지만 꾹 참았다고 이야기했다. 보드라운 지구 아이의 뺨이 내 뺨에 닿았다. 자기가 기른 피리새들이 오늘은 어떻게 노래를 불렀다고 자랑할 때에는 아이의 숨결에서 바람 소리 같은 맑은 웃음 소리가 느껴지기도 했다. 그래, 다 괜찮을 거야. 처음부터 끝까지 모두 다. 나는, 내가 나고 자라지 않은 이 미개한 행성이 그래도 참 사랑스럽다는 생각을 했다. 나는 이사나를 사랑하는 것으로, 이 지구를 통째로 사랑하게 되어 버린 것 같았다.

**

북태평양 쪽에 문제가 생긴 것은, 이사나가 이곳 나이로 열 살이 되던 봄의 일이었다.

"어재연 함에 문제가 생겼네. 자네 광양자 엔진 정비 라이센스 있지?"

"3급인 걸요."

사실 우리가 몇 천 년 전에 만들어 냈던 형태의 함선을 북태평양 쪽에 띄워 놓은 것 정도가 뭐 대수겠느냐 싶었지만 문제가 있었다.

"그게 하도 옛날 기술이다 보니, 그걸 적당히 정비할 수 있는 인력이 없어. 셋밖에 없던 엔지니어 중 둘은 안식년이고, 교대하기로 했던 엔지니어는 배우자가 조산을 하는 바람에 아직 출발도 하지 못했네. 하는 김에, 가서 1급 엔지니어의 기술을 배워 오지 그래."

"그러니까 저보고 다녀오라는 말씀이신가요?"

"한 달이면 충분해. 가서 보조만 해 줘도 될 거야. 이 사나도 요즘은 전 같지 않게 잘 지내고 있고, 연구원들도 전처럼 그 애를 미워하는 것도 아니니까."

"혹시 학교에서 무슨 일이 생기면 열 일 제쳐 놓고 그 애를 도와주셔야 해요."

내가 이사나 걱정부터 하자 자이납은 웃었다.

"걱정하지 마. 한 달 정도면 별 문제도 없겠지. 그나저나 정말로 아이 보호자가 다 되어 버렸는걸."

누군가의 보호자가 된 듯한 기분은 때때로 마약에 취한 듯한 황홀함을 수반했다. 지구인들과 달리 우리는 부모가 되어야 한다고 생각하는 일이 흔치 않았기에, 이런 감정에 사로잡히는 것은 사실 드문 일이었다. 새로운 일을 맡는 기대만큼이나 아쉽고, 아이와 떨어져서 슬프고 걱정되는 마음도 컸다. 종도 태어난 행성도 다른 그 작은 아이가, 정말로 내 아이인 것처럼 애틋했다.

"정말 한 달이면 오시는 거죠?"

"그럼."

"부산항으로 가신다고 하셨죠?"

"응. 그쪽에 정비 본부가 있으니까. 그러고 보니 네가 태어날 때 널 받아 주신 신부님도 그 지역에 계시다던데. 만나 뵐 수 있으면 뵙고 올게."

"꼭 한 달 안에 오셔야 해요."

"그래, 그렇게. 근데 한 달 후에 무슨 일이라도 있는 걸까?"

"제 피리새들이 알을 낳을 거예요."

이사나는 무슨 중요한 비밀을 말하듯 내 귀에 대고 소근거렸다.

"피리새들에게 비밀을 숨겨 놓았어요. 그걸 선생님께 제일 먼저 보여 드리고 싶어요."

아아, 나는 정말로 이 아이의 보호자가, 가족이 되고 싶었다. 이 작고, 영리하고 사랑스러운 아이의. 우리의 시간이 비슷하게만 흘렀더라도 나는 기꺼이 이 아이를 내 아이로 여기고 살았으리라. 이사나와 나의 감정은 그렇게 서로 단단히 매듭지어져 있어, 그 누구도 우리의 결속을 해칠 수 없으리라고 나는 믿었다. 연구소를 떠난 한 달 동안 나는 그 애를 생각하며 이런저런 기념품을 모았다. 그 호기심 많은 아이가 기뻐하는 모습을 상상하면서.

하지만 그런 것은 모두 내 환상이었다. 누군가를 사랑하는 그 황홀함을 잊는 데는 그리 많은 사건이 필요하지도 않았다. 한 달, 피리새를 소중하게 키우는 아이를 위해 동북아시아 지역의 조류 도감과 나무 피리를 짐 속에 챙기며 아이를 생각할 때까지만 해도 상상조차 할 수 없었다. 고작 한 사건만으로도 그렇게 금이 가고 부서질 그런 마음을 두고, 나는 아이를 사랑한다고 자부하고 있었다. 나는 지금도 생각한다. 후회한다. 나는 그 화려한 감정에 취해, 그 어린 아이에게 무슨 짓을 하였던 것일까. 그저 관심에 약간의 사랑을 더 얹는 것만으로도 충분했을 것이다. 기대하지 말고, 아이에게 선을 긋고, 그렇게 아이를 들여다보는 것으로 만족하였다면, 애착이 간다고 그저 이름을 붙여 놓은 정도인 샘플을 바라보듯 하였다면 이사나는, 나 역시도 그저 스쳐 지나가는 그런 어른들 중 하나라고, 그렇게만 생각하였을 것이다. 그렇게, 원망하는 눈빛 남기는 일 없이.

하지만 나는 그러지 않았다. 그러지 못했다.

이사나는 빈 사무실에 갇혀 있었고, 나는 도착하자마자 자이납의 손에 이끌려 이사나의 작은 연구실로 향했다. 그곳에서 본 것은 아이가 끌려간 그때 그대로 어질러진 방과 바삭바삭하게 말라붙은 진흙처럼 굳어 버린 새 새끼들이었다. 발그레한 초콜릿빛 알껍질이 그 옆에, 무언가로 내리친 듯 산산조각 나 있었다.

"죽은 건가요?"

"보면 모르겠나."

자이납은 혀를 찼다.

"이사나가 망치로 알을 다 깨 버리려는 것을 겨우 뜯어말린 거야."

"망치로요?"

"곧 부화할 알들을 전부 망치로 부수고 있었어. 어떻게 된 일인지 물어보고 있지만 대답조차 하지 않아. 일단은 직접 이야기를 해 보지 그래."

할 수 있을까.

그 애의 보호자로서, 이야기를 들어 봐야 하는데. 침착하게 이야기를 나눌 자신이 없어졌다. 자이납은 이상하다는 듯 나를 쳐다보았다. 호전적이고 무지하며 잔인한 생물. 대체 충독께서는 무엇을 기대하고 이들을 진화 가속을 통해 도약시키겠다 생각하셨던 것일까. 나는 고개를 가로저었다. 발아래 두꺼운 신발창 아래로 물컹한, 죽어 말라 버린 새끼 새가 닿았다. 나는 비명을 질렀다. 어깨를 움츠리는 내 모습에 자이납은 더 이상 어떻게 할 방법이 없다고 생각했는지 창밖을 내다보았다.

"계속 맡아 주긴… 어렵겠지?"

그때 나는 무엇이라도 아이를 위해 말했어야 했다.

아이가 저지른 일에는 뭔가 이유가 있었을 것이라고. 보호자가 없을 때 흔히 일어나는 어떤 문제가 생겼을 것이라고. 일단 솔직한 이야기를 들어보기 전에는 어떤 것도 결정할 수 없는 거라고. 하지만 나는 그러지 못했다. 나는 고개를 가로저었다. 자이납은 고개를 끄덕였다.

"알겠네."

자이납은 나를 데리고 방에서 나왔다. 내가 포기할 경우의 처리 방안에 대해서는 이미 결정이 나 있었다. 자이납은 짧게 설명했다.

"전에 커서 뭐가 되고 싶은지 물어보았더니, 해양 연구원이 되고 싶다는 말을 했지."

"…."

"자산함 연구원 중에 예전에 학교 다닐 때의 친구가 있어서 연락해 봤는데, 정 뭣하면 애를 인천으로 보내라고 하더군. 착실한 연구원이 몇 녀석 있으니 맡겨 보겠다고."

"인천이면… 제가 출장 중에 들렀던 곳이네요."

"음, 자산함의 모항인 진해에서 그리 멀지 않은 곳이야. 알아보니 이사나가 태어날때 애를 받았던 그 가톨릭 신부도… 그러고 보니 그 신부를 찾아보겠다고 했었지? 어떻게, 만나 보았어?"

"아뇨."

나는 고개를 저었다. 사실은 부산에서 머무르는 동안, 그 신부가 어느 수도원에서 지내고 있다는 소식은 들었다. 찾아가서 만나 보려 했지만 그는 거부했다. 나는 내심 그를 만나지 못해서 차라리 다행이라고 생각하는 나 자신을 깨닫고 눈을 질끈 감았다. 그 아이를 사랑한다고 생각했는데, 사랑이라는 것이 이렇게 손바닥 뒤집듯이 순식간에 징그럽다거나 끔찍하다거나 소름끼친다는 감정으로 뒤바뀔 수 있는 것인 줄은 몰랐다. 내 미숙함이 한없이 수치스럽기만 했다.

"마리얌에게도 통보해 뒀어. 아이의 장래를 생각해서 다른 곳으로 보낼 거라고."

"납득하던가요?"

"어쩔 수 없는 일이지. 다른 준비는 해 두었으니까 이사나에게 통보하고 바로 준비해서 보낼 수 있네."

"그렇군요."

나는 고개를 끄덕였다.

"차라리 그게 잘된 일인지도 모르겠네요."

자이납은 내 어깨를 두드리고 방을 나섰다. 나는 기운이 빠져서 아무 말도 할 수 없었다. 대체 왜 그랬을까. 벽 하나를 사이에 두고, 그 아이가 때려 죽인 태어나지도 못한 새 새끼들이 버려져 있다는 것이 생각났지만, 나는 치울 엄두조차 내지 못했다. 그것들은 내일 청소부가 오면 치우게 할 생각이었다.

하지만 정말로 왜 그랬을까.

어쩌면 나는, 먼저 이사나를 만나고 그 아이를 변호했어야 했는지도 모른다. 그 아이에 대한 처분을 결정하기 전에. 내가 없는 사이에 무슨 일이 있었는지도 모른다. 그 애의 엄마인 마리얌은 겨우 열다섯 살에, 해산하자마자 사람들에게 잔인한 일을 당했는데, 겨우 열 살인 이사나에게 무슨 일이 일어났을지 누가 알겠어. 하지만, 하지만 나는 이사나에게 묻고 싶었다. 네 엄마도, 너도, 다른 사람들의 호전성과 무지와 잔인성에 그렇게 고통을 받았으면서도, 어째서 네가, 어째서 너마저도. 문득 내 머릿속에 원죄라는 말이 떠올랐다. 짐승에 가까운 본능, 자기보다 약한 자를 파괴하지 않고는 견딜 수 없는 본능. 이곳의 사람들은 그것을 두고 짐승에게서 물려받은 본능이라는 말 대신, 원죄라는 말을 썼는지도 모른다. 원죄, 그들의 바이블에 의하면 신의 말을 거역하고 거짓말을 하였으며 형제를 때려 죽인 그 모든 것들, 이들조차 그 의미만은 명확하게 알고 있는 이성에 반하는 그 모든 행동들, 그 어둡고 음습하며 피비린내가 코를 찌를 것 같은 행동들을 두고 그들은 아마도 그렇게 이름 붙였을 것이다. 그것은 원죄라고. 그러니까 그것은 우리의 죄이지만 우리가 저지르지 않은 죄라고.

"그래도 한번 가 보셔야 하는 것 아닙니까?"

선임 연구원이 방의 불을 켰다. 밖은 벌써 어두워져 석양의 흔적조차 남아 있지 않았다.

"내일 출발해요, 그 애. 지금 아니면 만날 시간도 없을 겁니다."

나는 대답하지 않았다. 내 눈치를 살피는 그의 시선에

서 묘한 비난이 느껴졌다.

"그냥, 이사나에게는 나 아직 돌아오지 않았다고 말해주면 안 될까요?"

"슈슬리사도 그런 고민을 합니까?"

"고민하지 않는 지성체는 없어요."

나는 말라죽은 새끼 새들을 밟지 않으려 까치발을 선 채 벽에 등을 기대었다. 선임 연구원은 희미하게 웃었다.

"뜻밖입니다 그려. 전지전능한 줄 알았는데."

"우리는 신이 아니에요. 그냥 당신들보다 조금 더 많이 아는 것뿐이죠."

어쩐지 허탈했다. 우린 여기 지구인들이 생각하는 신 같은 것이 아니다. 그들보다 조금 더 앞서 발전한 문명 속에서 살아갈 뿐, 우리가 이 세상의 모든 것을 알 수 있을 리 만무했고, 전능 같은 것은 꿈도 꾸지 않았다. 나는 고개를 돌렸다. 이곳 연구소에도 붙어 있는, 우리 연구진들이 가 있는 곳이라면 어디에서나 볼 수 있는 그 경구, 우리들은 알게 될 것이다. 그 말이 내 눈에 처음 본 듯 낯설게 들어왔다. 우리들은 알게 될 것이다. 그것은 우리가 아직 모든 것을 알지 못한다는 뜻이었다. 그 말은 우리가 결국 모든 것을 알게 되리라는 확신이 아니었다.

전지란 없다. 신의 존재는 알 수 없어도 모든 지식을 다 안다는 것이 불가능하다는 것은 안다. 성배라든가 운

명이라든가 신이라든가 구세주라든가, 혹은 사생아라든가 저주받은 아이라는 식의 이야기, 그 모든 이야기를 넘어, 나는 잊고 있었다. 내가 이사나를 직접 만나 보고 이야기를 들어보지 않고는 그 아이를 옳게 판단할 수 없다는 것을. 그 아이에게는 어쩌면 이유가 있었을 것이다. 이유가 없었더라도, 그것이 그저 그 아이의 천성일 뿐이었더라도, 적어도 그 아이에게 애정을 쏟고 신뢰를 얻었던 이상 내게는 그 아이의 소명을 들어 줄 책임이 있었다. 알면서도 나는 그저 도피하고 있었다. 나로서는 이해할 수 없는 폭력과 잔인함이라는, 그 아이와 이곳의 지구인들을 모두 싸잡아 열등하고 무력한 무엇으로 치부해 버리는 편리한 편견 속으로.

"그것 아십니까."

선임 연구원은 말라 비틀어진 진흙빛 새 한 마리를 집어 테이블 위에 올려놓으며 한마디했다.

"내가 너희를 위하여 진흙에서 새의 형상을 만들어 숨을 불어넣으면 하느님의 허락으로 새가 될 것이다."

"그게 무슨 뜻이죠?"

"그냥, 이걸 보다 보니 생각났습니다. 꾸란 이므란 편에 나오는 말이지요."

선임 연구원은 잠시 머뭇거리다 덧붙였다.

"…이사 알 마시에 대한 이야기입니다."

나는 창밖을 바라보았다. 멀리 지평선을 따라, 새벽을 알리는 미명의 빛이 번져 올라왔다.

"그 애, 어디 있어요?"

새벽이 깊어 머잖아 동이 틀 시각, 나는 선임 연구원을 따라 빈 사무실로 향했다. 이사나는 제 옷이며 짐이 꾸려진 가방 두 개가 놓인 방 안에서 책을 읽고 있었다.

"선생님."

이사나는 나를 돌아보았다. 그 애는 울지도, 화를 내지도, 부화 직전의 새알을 망치로 때려 부수었다는 그 말에서 상상할 법한 히스테리를 부리지도 않았다. 그 애는 지극히 정상이었다. 언제나 보던 그 모습 그대로였다.

"왜 그런 짓을 한 거야."

"보여 드리고 싶었어요."

이사나는 얌전히 대답했다.

"무엇을…?"

"새요."

이해할 수 없었다. 새를 보여 주고 싶다는 아이가 새알을 망치로 부수었다는 것이. 나는 이사나에게 다가가, 그 아이의 보드라운 뺨을 손바닥으로 쓰다듬었다. 왜 그런 짓을 했어. 내가 너를 얼마나 사랑했는데. 너는 특별한 아이라고 믿어 의심치 않았는데 왜 그런 짓을 했어. 애지중지 돌보던 알들이 곯아 버려서 화가 나기라도 한 것일까. 그래도 그래선 안 되는 건데. 가슴이 터질 것 같았다. 차라리 만나지 않고 떠나 보내는 것이 더 좋았을지도 모른다는 생각이 들었다.

"그 새들을… 새알을 망치로 다 깨어 버렸잖니."

"그래야 했어요."

"어째서."

그 말을 하며 나는 아마도 울먹였던 것 같다. 이사나는 신기하다는 듯 내 얼굴을 올려다보았다.

"그 일 때문에 넌 여기서 떠나게 되었던 말이야. 그러지만 않았어도."

"알아요. 선생님도 그러라고 하셨다고 들었는 걸요."

"…"

"원망하는 게 아니에요. 하지만 오해하시는건 싫었어요. 보여 드리고 싶었어요. 제가 무엇을 했는지 자랑하고 싶어서, 그래서 몇 마리만 미리 깨어 보고 싶어서…"

"새가 잘 깨어나나 궁금해서 알을 부수었다는 거야? 그러면 죽어 버리잖아. 그것도 몰라?"

"그게 아니에요."

이사나는 답답하다는 듯 고개를 가로저었다.

"제가 보여 드리고 싶었던 것은 그게 아니에요. 선생님께 자랑하고 싶었어요. 선생님은 개구리 알로 단성 생식 실험을 하는 것은 가르쳐 주셨지만, 생명을 만드는 것은 너무 이르다고 하셨지요. 하지만 할 수 있었어요."

"무슨 소리야."

"깨어 버린 것은 제일 겉의 껍질뿐이에요."

이사나는 애원하듯 내 어깨에 매달렸다.

"그 방에 데려다주세요, 선생님. 제발요. 지금밖에 시간이 없어요."

아이의 작은 손이 내 어깨를 끌어안았다. 어쩔 수 없다. 거절할 수 없다. 이번이 마지막이라는 생각이, 안 된다는 단호한 거절의 말을 내뱉을 수 없게 했다. 나는 고개를 끄덕였다. 이사나를 품에 안고 내 연구실의 옆방, 아이가 새를 키우고 현미경을 들여다보며 기뻐하던 그 작은 방으로 향했다. 어째서인지 가슴이 찢어질 듯 아팠다. 나는 정말로 이 아이를 사랑하고 있었다. 왜 낮에는 그 사실을 먼저 떠올리지 못했을까. 어리석게도.

"잠시만요."

불을 켜자 바닥에 굴러다니는 알 껍질이, 그리고 말라비틀어진 새의 시체들이 눈에 들어왔다. 이곳의 기후가 건조하기는 하지만, 새들은 미라처럼 단단해 보였다. 마치 진흙이 말라붙은 듯 엷은 갈색을 띤 그 새의 시체를, 이사나는 양손으로 가만히 들어 올려 내 손 위에 올려놓았다. 나는 낯을 찡그렸다.

"죽지 않았어요."

손바닥 위에 희미한 온기가 돌았다.

"그저 맨 가장자리의 껍질을 부순 것뿐이에요. 이 새는 아직 알 속에 숨어 있어요. 만져 보세요, 아직 따뜻하게 살아 있는 걸요."

믿기지 않았다. 이사나의 말대로였다. 온기가 도는, 마치 진흙덩어리처럼 보이는 굳어 있는 새를 손바닥으로 살며시 감싸자, 손이 닿은 부분부터 말라붙은 진흙이 부스러지듯 그 껍질이 균열하기 시작했다. 금이 가고, 깨어져 나가는 그 얇은 껍질 아래, 이제 막 눈을 뜨는 어린 새가 젖은 깃을 들어 올리며 가냘프게 움직였다. 나는 이런 것을 만들어 낸 이사나를 돌아보았다가, 다시 손안의 어린 새를 손바닥 가득 감쌌다. 어느 순간 이사나가 창문을 열었다. 이제 막 동이 터 오는 군청빛과 주홍빛이 띠를 이루며 펼쳐지는 하늘을 향해, 갓 눈을 뜬 작은 새는 서투르게 날갯짓을 했다. 이사나는 내 손바닥에서 새를 받아 들어 창가로 데려와 손바닥을 펼쳤다. 새는 몇 번인가 크게 날개를 젓더니 비틀거리며 허공으로 몸을 던지듯 날아올랐다. 나는 굳은 채 버려진 듯한 새들을 주워 들었다. 바닥에 떨어져 있는 새들이 다섯 마리, 그리고 아직 깨어나지 못한 알이 여섯 개. 이사나는 마치 처음으로 생명을 부여하는 어린 신과 같이 엄숙한 표정을 하고, 알을 하나하나 망치로 깨어내고, 그 새들을 가슴에 품었다. 나는 아무 말도 하지 못한 채 성스럽게까지 보이는 그 최초의 의식을, 선지자의 이름을 물려받은 어린 아이가 자신의 손으로 만들어 낸 첫 생명을 제 손바닥 위에서 깨워 내어 세상 속으로 떠나 보내는 모습을 바라볼 수밖에 없었다. 아이의 체온에 눈을 뜬 어린 새들이 하늘로 날아오르는, 눈부시게 찬란한 그 최초의 아침을 알리듯, 하늘은 순식간에 붉은 빛으로 물들어 갔다.

4. 홍등의 골목

나는 내가 태어난 날을 기억하지 못한다. 어렸을 때의 일들은 전생처럼 멀었다. 내가 기억하는 것은 그저, 다른 아이들과 달리 내게는 고정된 양육자가 없었다는 것. 그때 남겨진 화상이나 영상 데이터들에서, 나를 안고 있던 사람들의 표정은 늘 굳어 있었다는 것. 그뿐이었다. 수없이 입양되고 또 파양당하는 불운한 아이들처럼, 나 역시도 그랬다. 나는 다른 아이들이 어머니의 품에 안겨 있는 모습을 볼 때마다 바다를 꿈꾸었다. 수많은 신화 속에서, 어머니는 바다였다. 나의 어머니, 나의 바다.

어렸던 내 어머니는, 내 또래의 다른 아이들이 인공자궁에서 새끼손가락만 한 세포덩어리로 싹이 튼 생물의 모든 진화 단계를 닮은 성숙을 거쳐 태어나는 동안, 나를 그 몸에 직접 품었다고 했다. 잠시 나를 양육하던 이들 중 하나가, 그의 고향인 프랑스에서는 어머니(la mère)와 바다(la mer)가 모두 '라 메르', 같은 발음이라고 말해 주었던 적이 있었다. 바다. 어렸던 나는 다른 아이들이 어머니의 품에 달려가 안길 때마다, 한 번도 보지 못했던 바다를 꿈꾸었다.

"어디 있나 했더니, 여기 있었구나."

그때 누군가 내 어깨를 툭툭 쳤다. 윤진 언니였다.

"맨날 보는 바다, 질리지도 않냐."

"안 질려. 백 번을 봐도 안 질려."

나는 언니에게 내 입모양이 정확히 보이도록 몸을 완전히 돌린 채 말했다. 윤진 언니는 입을 비쭉거렸다.

"그렇게까지 안 해도 들리니까 굳이 그럴 것 없어."

나는 고개를 돌리고 투덜거렸다. 언니는 내 어깨를 끌어안고, 낯설고 획이 많은 붉고 노란 글자들과 한 골목 가득 붉고 둥근 종이 등이 잿빛 하늘 아래 선명한 골목을 걷기 시작했다.

일곱 해 전 내가 고향을 떠나, 예전에는 중국인들이 많이 살았다는 여기 바닷가 마을에 도착했을 때, 내가 처음 가리켰던 글자는 '바다 해(海)'였다. 그 안에 어머니(母)가 안겨 있다는 것을, 나는 그날이 다 지나기 전에 알았다. 바다는 어머니였다. 이곳에서, 피부색은 저마다 조금씩 달라도 머리카락 빛깔은 비슷비슷한 이곳의 아이들, 진화 1세대의 아이들이 잿빛 하늘과 낡은 골목길 사이사이 혼자 사금파리 조각으로 바닥에 선을 긋고 놀다가, 어느 순간 어머니를 향해 달려가 그 품에 안기는 모습을 볼 때마다, 나는 나를 품었고 또 버리고 떠났던 어떤 바다를 생각했다.

"…근데 시셸은 언제쯤 또 올까."

"오겠지, 조만간. 왜?"

"아무것도."

"언니는 시셸 좋아해?"

"뭐야, 슈슬리사잖아."

내가 태평양에서 가장 큰 해양 연구함인 자산함을 동경하게 된 것도 아마 그 때문이었을 거다. 이곳에 오기 전부터 바다를 그리워했지만 이곳에 오면서 그리움은 더 커졌다. 닿지 않을 세계. 내가 닿아야만 하는 어떤 세계가 그곳에 있었다. 아직 내 것이 아닌, 내가 갖고 싶은 세계. 그 세계는 아침 동이 트면 눈부신 은백색으로 빛났고, 그 외의 시간에는 하늘을 그대로 끌어안은 듯한 빛깔을 띠고 있었다.

"그냥 가끔은 그런 생각을 해. 나도 진화 자궁에서 태어났으면 남들처럼 멀쩡하지 않았을까."

"언니…"

"내가 태어날 때만 해도 아직 유예 기간이었는데. 엄마도 왜 그랬을까 몰라. 그냥 남들이 다 하는 대로 하지."

"…"

"너희 엄마는 또, 진화 자궁에서 태어났으면서 너를 그렇게 낳아 버리고. 그 바람에 너는 또 이게 무슨 고생이니."

"쓸데없는 이야기 하지 마."

나는 고개를 돌렸다. 내가 만나지 못한 내 어머니 또래인 윤진 언니는 때때로 이렇게 아무렇지도 않게 날을 세우고 말을 한다. 다분히 부당한 일이라고도 할 수 있을 것이다. 지금의 내 생에서 내가 선택할 수 있었던 것은 아무것도 없었다는 것을 감안하면 더욱 그랬다.

그래도 바다를 보면, 마구 들끓어 오르는 감정이 어떤 식으로든 정리가 되곤 했다. 끝도 없는 망망대해. 누구도 그 바닥을 볼 수 없을 만큼 가없는 깊이. 대기권 밖의 무한한 우주가 슈슬리사의 것이었다면, 이 바다만은 아직 슈슬리사도 끝을 보지 못한 곳이었다. 나는 아직도 온전히 그 모습을 드러내지 않은 그 바다가 한 번도 만나지 못한 어머니처럼 느껴지곤 했다. 삼국지 벽화가 그려진 중국인 거리를 따라 비탈을 올라가, 공자 상 옆에 쪼그리고 앉으면 잿빛과 황토빛 가득한 바다가 손에 잡힐 듯 내려다보였다. 대형 화물선에 컨테이너들을 차곡차곡 싣는 모습을 보며, 또다시 양육자에게 거부당했던 나는 내가 태어날 때 나를 받아 주셨던 신부님을 대신하여 흔쾌히 나를 맡아 주신 제준이냐시오 신부님과, 그분의 조카인 윤진 언니 손에서 자랐다.

"그래, 그래. 맨날 바다만 보고 살아라. 됐고, 그 사람들 또 찾아왔어."

그리고 시끄러운, 한 무더기의 스토커들과 함께.

'그 사람들'이라는 말을 듣자마자 목덜미에 소름이 돋았다. 그 광신도들은 내가 인천 앞바다가 내려다보이는 이곳 사제관에서 살게 된 뒤 시도때도 없이 쳐들어왔다. 오늘도 역시, 아니나 다를까 또 쳐들어온 모양이었다.

"아, 언니. 지금 그런데 나를 부르러 온 거야? 나보고 그 스토커 무리들을 뚫고 들어가라고?"

"네 얼굴을 보지 않으면 절대 안 돌아간단다."

"그냥 가라고 좀 그래!"

"돌아가란다고 그 사람들이 말을 듣디? 경찰을 불러도 난리, 안 불러도 난리. 너보고 구세주라잖아."

"집에 공무원이 있으면서, 민원은 받아 주지도 않고!"

"주말이잖니."

사제관으로 돌아가 보니, 오늘도 수상쩍은 중늙은이들 여럿이 머리를 조아리고 땅바닥에 이마를 비비려 들었다. 구세주를 영접하겠다며, 더러는 담장 너머로 안을 들여다보려는 듯 기웃거리기도 했다. 성당과 사제관은 원래 한 울타리 안에 있었지만, 그 사이에 철망을 둘러 담장을 만든 것도 저 스토커들 때문이었다. 윤진 언니는 편의점 뒷골목을 지나, 성당으로 조용히 들어간 뒤 그 안쪽에서 자물쇠를 열고 사제관으로 향했다.

"자, 이제 돌아왔으니 네가 말해. 돌아가라고."

"심술쟁이."

나는 고개를 숙인 채 중얼거렸지만, 언니도 내가 무슨 말을 하는지는 대충 다 짐작했을 것이다. 사실 이 동네에서 공무원 생활을 하는 한편, 신부님의 조카로 이 집 살림을 맡고 있는 윤진 언니라도 저 사람들을 어떻게 할 도리는 없었다. 저런 정신 나간 사람들은 아주 손톱만 한 핑계만 있어도 자기들은 환대받아 마땅한 존재라고 착각들을 하니까. 어떻게 하면 저렇게 살 수 있을까. 나는 아마도 영원히 그들을 이해할 수 없을 거라고 생각했다. 나는 그냥 뛰어나가려다, 주방에 들러 윤진 언니가 김치를 담근다고 새로 사 놓은 굵은 소금 봉지를 기예 찾아내어 들고 나갔다.

"잡귀 같은 것들."

치기 어린 마음, 사춘기, 어떤 이들은 빈정거림을 담아 중2병이라고도 부르는 그런 감정일지 모르지만 적어도 지금 이 순간만은 절박한 분노를 담아서, 나는 씩씩 거리며 대문을 열었다. 그리고 대문을 열자마자 굵은 소금 한 봉지를 휘둘러 그 늙은이들의 머리에 태질을 하듯 집어 뿌렸다.

"천년왕국을 예비하며 하느님 아버지께서 다시 이 땅에 독생자를 보내셨나니."

그 와중에 머리가 아주 돌아 버린 듯한, 번쩍거리는 한복을 입고 손에 성경을 든 여자가 나를 향해 굽신거렸다. 구역질이 났다.

"성스러운 처녀가 성령으로 잉태하여 태어난 구세주가 이 땅에 오셨도다."

"아, 시끄러워요. 가라고요! 동네 부끄럽게 여기서들 이러지 말고!"

나는 목청껏 소리쳤다. 이런 모습을 신부님이 보시면 싫어하겠지만, 신부님이 아니라 신부님의 신앙의 대상인 하느님이 굽어보셔도, 그 아드님인 예수님이 이 자리에 나타나셔도, 일단은 채찍질을 해서 내쫓아 버리고 나서 다음 일을 생각하고 싶으실 거라고 생각했다. 뻔뻔한 자들. 언제나 그랬다고 들었다. 나는 소금을 한 줌 더 쥐어, 성경을 든 여자의 얼굴에 뿌리며 으르렁거렸다.

"뻔뻔한 것도 분수가 있지. 간에 붙었다 쓸개에 붙었다. 예전에는 혼자만 잘난 척 다른 종교들 다 무시하고 믿쑵니다를 외쳐 대다가, 슈슬리사가 내려온 이후에는 바로 자기 신앙이고 뭐고 다 내던진 게 당신들 아니었나요? 그래 놓고는 애들이 다들 인공 자궁에서 태어나는 세상에 엄마 뱃속에서 태어난 애가 하나 있다는 이야기

듣고 와서는 구세주? 구세주라고? 제발 발 닦고 집에 가서 잠이나 자요! 내가 태어난 날에는 동쪽 하늘에 큰 별이 뜨지도 않았고, 동방박사 세 사람이 찾아오지도 않았으니까!"

나는 있는 한껏 빈정거리며 그들을 노려보았다.

"내가 태어난 날에 어땠는지 안다면 거기서 감히 그런 소란은 못 피울걸? 모르면 닥치고라도 있어요. 구세주 좋아하네. 구세주라고? 댁들이 구세주를 알아볼 만큼 그렇게 대단들 하신지는 모르겠는데, 그렇게 잘났으면 태어나기도 전부터 하늘의 별이라도 보고 알아봤어야지. 당신들이, 내가 어떻게 살았는 줄 어떻게 알고."

윤진 언니가 뭐라고 잔소리야 하겠지만, 나는 남은 굵은 소금을 마지막 한 톨까지 탈탈 털어 그들의 낯짝에 집어던졌다. 그래도 속이 시원해지진 않았다. 정신 나간 작자들 같으니. 나이도 먹을 만큼 먹은 사람들이 종교 같은 것에 미쳐서는, 멀쩡한 사람을 사람 아닌 것 취급하는 꼴이 역겨워 죽겠다. 진화 1세대 이전에 태어난 사람들이니, 자기들도 엄마 뱃속에서 아홉 달 꽉 채워 지내다가 나왔으면서. 그게 뭐가 대단하다고 사람을 이런 취급을 하는지.

대체 뭘 어떻게 하면 인간이 저렇게까지 멍청하고 편협해질 수 있는 걸까?

나는 하늘을 올려다보았다. 우리 머리 위에는 늘, 낮에 보이는 보름달처럼 둥글둥글한 외계인들의 우주선이 몇 개씩 보이곤 했다. 이 지역은 다른 지역에 비해 두세 개가 더 보이는 편이라고 들었는데, 그건 나 때문이긴 했다. 아무래도 태어날 때부터 총독부의 특별 관리 대상이었다니까 어쩔 수 없지. 나는 개의치 않았다. 로버트 브라우닝의 시에 그런 말이 나온다. 하느님이 천국에 계시니 세상은 평화롭도다. 브라우닝이 그 시를 썼을 때만 해도 그 시는 문자 그대로의 하느님과 천국을 꿈꾸었을지 모르지만, 지금은 누구도 그런 것을 믿지 않는다. 지금 사람들은 이렇게 말한다. 외계인이 하늘에 계시니 세상은 평화롭다고. 외계인의 뜻이 하늘에서 이루어진 것처럼 땅에서도 이루어진다고. 도심에 나가면 슈슬리사가 사람들 사이에 자연스레 섞여 거리를 누비고, 이 세상이 어느 모퉁이에 웅크리고 숨어도 머리 위에 외계인의 우주선이 존재하는 세상에서 더 이상 낡은 신을 믿어야 할 이유는 없다. 누군가 신이, 빛이 있으라고 한마디 한 것만으로도 세상이 생겨나고, 진흙을 집어던진 것만으로도 생명이 만들어졌다고 말한다면, 그것은 과학으로 세상의 신비를 벗겨내기 이전, 사람들이 어떻게든 자신들의 세상을 이해하기 위해 나름대로의 논리를 쌓아 만들어 낸 이야기일 뿐이다. 그 무지몽매한 시대의 동화에 아직도 현혹되어, 언제까지나 게으르고 순진하게 살아가며 남들에게 이런 민폐를 끼치고 살 사람들을 생각하면 화가 치밀었다. 나는 대문을 닫고 문을 안에서 걸어 잠갔다. 문밖에서 무슨 성령이 어떻게 내리셨는지, 호러 영화의 귀신 같은 소리로 흐느끼며 부르는 찬송가 소리가 났다.

머리가 지끈거렸다.

답답하고 막막하도록 깊은 회색빛 하늘 아래, 낡아가는 성당의 십자가가 눈에 비쳤다. 나는 귀를 막은 채 차가운 철문에 등을 기대고 주저앉았다. 작년 이맘때, 신부님의 서재에서 『레 미제라블』을 꺼내 들었을 때, 신부님은 성당의 문은 어떤 이를 위해서라도 열려 있어야 한다는 미리엘 주교의 이야기를 짧게 언급하셨다. 하지만 요즘 같아서는 미사 시간을 제외하면 성당 문도 잠가야 하지 않나 싶을 정도다. 저 악머구리 떼 같은 사람들이 어떨 때는 성당 안으로까지 밀고 들어오려 하는 바람에.

이제는 정말 얼마 남지 않은 신도들도 저 광신도들 때문에 이제는 성당에 자주 오지 않는다. 신에게 의지하고 마음의 안식을 얻어야 할 곳에서, 오히려 저 시끄러운 미치광이들에게 시달려야 한다면 누구라도 오고 싶지 않을 테지. 그래도 신부님은 여전히 나를 이곳에 두어 주셨다.

3년만 더 있으면 성년이다.

그러면 이곳을 떠날 수 있어.

더 이상 누구에게도 폐를 끼치지 않고 살 수 있을지도 모른다. 그렇지 않더라도, 이도저도 안 되면 그냥 죽어 버리지. 너희가 구세주니 신의 독생자니 하며 괴롭혀 댄 사람이 바로 그런 이유로 어디 가서 죽어 버리면, 그러면 너희는 내가 가엾다는 생각을 조금이라도 할까. 그게 아니면 역시 구세주가 아니었다며 금세 잊어버릴까.

그런 생각을 하고 있는데 옆 골목 쪽으로 사다리 같은 게 삐죽 올라온다. 나는 얼른 몸을 일으켰다. 보랏빛에 가까운 푸른 얼굴이 삐죽, 담벼락 위로 모습을 드러냈다.

"안녕, 이사나."

시셸이었다. 나의 감독관인 그 외계인은 빙긋 웃으며 내게 손을 흔들었다. 나는 어처구니가 없어서 자리에서 일어나 그에게 다가갔다.

"…거기서 뭐 하세요?"

"만나러 왔죠, 나한테는 소금 안 뿌려요?"

"다 뿌려서 없어요."

빈 봉지를 거꾸로 털어 보였다. 시셸은 낑낑거리며 담을 넘었다. 그의 말로는, 원래 그는 중력이 약한 행성 출신으로, 지구에서의 움직임을 보조하기 위해 촉수를 몇 개 다는 것을 고려했다고 한다. 하지만 지구인들은 외계인들이 자신들과 비슷한 모습을 하고 있어야 안심을 하는 이들이었고, 어쩔 수 없이 눈물을 머금고 그 선택지를 포기했다고 했다.

그럴 리가 없다고 생각했다. 이곳 사람들에게 외계인이란 신의 다른 이름과 같았다. 인간과 비슷한 모습이 아니라, 문어나 티라노사우루스, 크툴루 신화에 나올 것 같은 그런 괴물들, 아니 인간의 지각으로는 상상도 할 수 없는 그런 형태라 해도, 저 사람들은 슈슬리사라고 하면 발뒤꿈치라도 핥을 듯이 숭배할 텐데.

하지만 시셸은 그런 내 말에 고개를 저었다. 대부분의 지구인은 한 겹 살갗 너머의 내면의 지혜나 아름다움, 혹은 고도의 지성을 꿰뚫어볼 만큼 영리한 존재가 아니라고. 그렇게 지구인들에게 시달렸으면서도 아직도 지구인에게 기대를 하고 있느냐고. 그런 말을 할 때마다 나는 시셸이, 아들이 십자가에 매달리는 것을 내버려 둔 저 하느님처럼 차갑고 무섭게 느껴지곤 했다.

"아, 사다리 어떡하죠? 저기 두면 도둑 들어올 텐데."

이렇게 보란 듯이 모자란 짓을 하고 있을 때면, 나도 시셸은 그냥 좋은 외계인이라고 생각하고 싶어지지만 말이다. 어쨌든 담을 넘어오고 나서 사다리를 밖에 그냥 두었다는 것을 깨달아 버린 것은 어디로 봐도 칭찬해 줄 만한 일이 아니었다.

"문 열어 드릴 테니 나가서 가져오세요."

"나도 저 사람들 무서워요."

"그럼 제가 가져올까요? 슈슬리사가 사람들이 무서워서 저 사람들에게 핍박받는 어린 학생을 군중에게 내보내는 거예요? 내 감독관이?"

"…아뇨. 아닙니다."

시셸은 감독관, 감독관 하고 두어 번 중얼거리며 대문을 열었다. 슈슬리사가 모습을 드러내자, 문 앞에 모여 있던 이들이 잠시 물을 끼얹은 듯 조용해졌다. 같은 인간의 말은 귓등으로도 듣지 않는 저들이, 슈슬리사의 말은 거역하면 무슨 불이익이라도 생길까 두려워하며 굽신거린다. 나는 인간들의 그 익숙한 굴종이 싫었다. 슈슬리사의 보호를 받는 내가 할 말은 아니겠지만, 그래도 싫은 것은 싫은 것이다. 잠시 후 시셸은 사다리를 끌고 돌아왔고, 나는 그의 등 뒤에서 겁먹은 짐승들처럼 불안한 눈빛으로 안을 들여다보고 있는 사람들을 구경하듯 바라보았다.

"여전히 인기가 많네요, 이사나."

"당신이 잘생겨서 그래요, 시셸."

시셸은 부인하지 않았다. 그의 보랏빛 얼굴은 아이돌 가수처럼 깎아 놓은 듯 잘생겼고, 자상하고 다정한 태도로 사람들을 대했으며, 옷자락이나 목덜미에서 늘 꽃냄새 같은 비누 냄새를 풍기고 다녔다. 한마디로 사람을 홀리기 딱 좋은 외계인이었다. 아무리 종이 다르다고 해도 이렇게 잘생긴 슈슬리사를 아직 10대 소녀인 내 감독관으로 배정하다니, 괜찮은 거냐며 신부님께서 걱정 반, 농담 반으로 말씀하실 정도였다.

하지만 사실 그런 걱정은 하실 필요가 없었다. 그는 내게는 마치 나이 차이가 거의 안 나는 손윗형제처럼 개구지게 굴었다. 속내를 털어놓을 수 있을 만큼 친해지면서도 적당히 거리를 두기 위한 그만의 방법인 듯했다.

"내 얼굴 때문이 아니에요. 계속 당신을 찾잖아요? 성스러운 처녀가 성령으로 잉태했다는 둥."

"아, 시끄러워요."

나는 시셸의 입을 틀어막으며 짜증을 냈다. 시셸은 내 손을 밀어내며 재미있다는 듯 웃었다.

"2천 년 전 종교를 두고 외계인이 하늘에 가득하신 이 시대에 뭐라는 거예요."

"바로 그 신을 믿는 성당에서 살잖아요, 이사나는."

"똑같은 물도요, 소가 마시면 우유가 되고 뱀이 마시면 독이 된댔어요. 저 사람들은 나쁘고 뭐고를 떠나서… 저쯤 되면 과대망상증 아니에요? 다들 미쳤다고요. 미쳤으면 곱게 미치기나 할 것이지."

"과대망상증은 정신질환이고, 아픈 사람을 아프다고 욕하는 건 옳지 않겠죠, 이사나?"

"저 사람들이 매일매일 찾아와서 사람을 못 살게 하잖아요. 피해를 입고 있는 당사자로서 하는 말인데, 슈슬리사들은 그렇게 복지 정책을 강조하면서 저 사람들 좀 어떻게 병원에 못 넣어줘요?"

"저 사람들은 나름 종교적인 이유로 여기 모였고, 우린 지구인들의 신앙의 자유를 존중하니 좀 참아 봐요."

"저 사람들의 신앙의 자유가 지금 제 기본권을 침해하고 있다니까요."

하루이틀 일이어야 그냥 신앙의 자유겠거니 하고 웃고 넘어가지, 매일매일 찾아와서 저 난리를 치는 데다, 때로는 학교까지 졸졸 따라오는데야 할 말이 없다. 그렇지 않아도 정상적인 학교 생활과는 거리가 먼데, 저런 광신도들까지 들러붙었으니 학교 생활이 평화로울 리가 없다. 학교에서 교문 밖으로 내쫓는 것도 한두 번이지, 이런 소란이 계속되자 학교에서는 내가 학교에 나오는 것조차 달가워하지 않았다. 그렇지 않아도 어디서들 그런 말을 들었는지 만나는 사람들마다 내가 진화 자궁이 아닌 사람 배에서 태어났다는 이야기를 수군거리는 판에, 이젠 얼치기 구세주라는 소리까지 듣고 있으니.

"학교에서 수업을 받을 수도 없어요."

정말 미칠 것 같았다.

"가까운 가게에 두부 한 모를 사러 갈 수도 없어요. 이런 건 사는 게 아니에요."

"방법을 생각해 봐야겠네요."

"생각만 한다고 해결될 문제가 아니에요."

내가 투덜거리자 시셀은 웃으며 내 머리카락을 손가락으로 마구 헤집었다. 보랏빛 손가락. 그의 손가락은 마치 오랑캐꽃 같은 보랏빛이었다. 오랑캐, 오랑캐꽃, 오랑캐꽃 같은 슈슬리사. 나는 슈슬리사의 수컷도 '남자'라고 불러야 하는 것인지 가끔 궁금하다고 생각했다. 아마도 그런 질문을 던진다면 시셀은 틀림없이 곤란한 얼굴을 하며 웃어 보이겠지만.

"전에도 말했지만 원한다면 학교에 안 가고도 공부는 계속할 수 있어요."

"나도 알아요."

까짓거, 시셀의 말대로 그냥 학교를 그만둘 수도 있겠지만 그러고 싶지는 않았다.

"하지만 난 평범하게 살고 싶어요."

"당신은 특별한 걸요. 특별하다는 말이 부담스럽다면 남다르다고 해 두죠. 일단 태어난 과정이 특이한 것은 사실이고요. 내가 여기 와 있는 것도…."

"관찰 일기 쓰느라고."

"뭐 그것도 사실은 사실이죠. 여튼, 보통 당신 나이 때는 특별해지고 싶어서 안간힘을 써요."

"여기서 뭘 어떻게 더 그래요. 남들 다들 인공 자궁에서 태어날 때 혼자 엄마 뱃속에서 태어났다고 무슨 괴물 새끼 같은 취급이나 받다가, 겨우 여기 정착해서 조용히 사나 했더니 매일매일 저 정신나간 광신도들에게 구세주 취급이나 당하고 사는데."

"번거롭긴 하겠네요."

"번거로운 정도가 아니에요. 그렇게 좋으면 당신이 저 사람들 구세주 노릇 좀 해 주지 그래요."

"그럴 수 있다면 그래 보고 싶어요."

"진심이에요, 그거?"

"손가락 하나 까딱하지 않고 놀고먹으면서, 이게 신의 뜻이라고 하면 되는 거잖아요. 그렇게 평생은 못 살아도 한 달쯤은 그래 볼 만하죠."

"실망이에요, 시셸."

나는 웃었다. 나는 나의 감시자이자 감독관이며, 나에 대해 꼬박꼬박 보고서를 적어 보내고 있을 이 슈슬리사를 친구처럼 좋아하고 가끔은 오빠처럼 생각했다. 인간과 다른 시간을 살아가는 그들에게 있어 인간과의 우정이라는 게, 우리가 개나 고양이를 바라볼 때 느끼는 것과 비슷한 감정일 것이라고 짐작하면서도. 나는 그를 사랑하지는 않았다. 그런 것은, 좀 더 내밀하고 친근한 어떤 감정일 것이라고 막연히 생각했다. 시셀은 그런 것을 두고 낭만적이라고 놀렸지만, 나는 내가 시셀의, 혹은 슈슬리사들의 의도대로 행동하고 있지 않다는 것이 내심 뿌듯했다.

내 이름은 이사나. 이사나 빈트 마리얌. 올해 열다섯 살이 되었다.

내 나이에 나를 낳았다는 내 어머니를, 나는 한 번도 만나 본 적이 없다. 나는 아버지도 진화 자궁도 없이 그저 진화 1세대인 내 어머니의 태에서 자연 출산한 그날부터 슈슬리사들의 관심과 감시를 받으며 자랐다. 진화 1세대를 만들어 내며 벌어진 어떤 실수, 혹은 어떤 돌연변이, 혹은 어떤 종류의 기적. 기적 같은 것이 아니라는 것을 뻔히 알았지만, 알면서도 늘 신경은 쓰였다. 할 수만 있다면 이 지구를 떠나고 싶었다. 혹은 멀리 떠나 혼자서 조용히 살아가고 싶었다. 내 출생에 대해 알고 이해하고, 그에 대해 이야기를 하는 사람들이 없는 곳에서. 학교에 가면 계속 그들의 시선과 손가락질에 노출될 수밖에 없다는 것도 알지만, 학교까지 안 다녔다간 나중에 성년이 된 이후에 취직을 하건 무엇을 하건 한 번은 더 설명을 해야 한다는 것이 부담스러웠다. 힘들어도 그냥 몇 년, 어떻게든 참아 버리자. 나는 입을 다문 채 문을 열었다. 문을 열자마자 현관 바로 앞에 윤진 언니가 뜻밖이라는 듯한 얼굴을 하고 서 있었다. 윤진 언니는 시셸을 보고 잠시 입을 뻐끔거리다가 안으로 들어오라며 뒤로 물러섰다. 윤진 언니는 올해 서른한 살, 진화 자궁이 도입되기 전 어머니의 태에서 태어나 자란 마지막 세대였다.

**

바다 쪽부터 불그스레한 빛이 번지더니, 마침내 길 건너 제분 공장 쪽의 하늘까지 붉게 물들도록, 시셸은 윤진 언니와 이야기를 나누고 있었다. '보호자들'의 대화에 나는 끼어들 수 없었다. 면담은 그다음의 일이었다. 나는 노을진 하늘빛이 잠시 윤진 언니의 뺨에 머물렀다 사라지는 모습을 바라보았다.

짐작은 갔다. 나보다도 어린 여자애들도 낄낄거리는 그런 감정. 온 마음이 누군가를 향해 절박하게 손을 내미는 감정. 나는 그 감정이 어떤 결여에서 나온 것이라고 늘 생각했다. 하지만 그게 정말로 결여에서 나오는 감정이라면, 아마도 시셸은 언니가 어떤 생각을 하고 있는지, 어떤 마음으로 자신을 바라보고 있는지 영영 알지 못할 거다. 나는 웅크린 채 그들이 무슨 이야기를 하는

지 멀리서 구경하다가 다시 책으로 눈을 돌렸다.

"짬뽕 먹으러 갈까?"

"무슨 짬뽕."

"짬뽕도 먹고, 너 좋아하는 바다도 보고 오고."

"시셸하고 저녁 먹고 싶어서 그런 거잖아. 둘이 오붓하게 다녀오세요."

"네 감독관인데, 너 빼고 어떻게 가라고 그래."

내게 핀잔을 주면서도 윤진 언니는 그 말이 밖에 들릴까 걱정이었나 보다. 나는 책을 덮고 느릿느릿 일어나 의자 뒤에 걸어 놓은 바람막이를 집어들었다. 윤진 언니가 시셸과 함께 저녁 먹고 자연스럽게 같이 산책할 분위기 좀 만들고 싶다는데, 식객으로서 그 정도 비위는 맞춰 드려야지. 윤진 언니는 기본적으로 좋은 사람이었고, 시셸도 관리감독자치고는 마음에 들었으니까, 두 사람이 뭘 하건 방해할 생각은 없었다. 방해하진 않겠지만, 시셸이 언니를 어떻게 생각하는 지에 대해서야 그야말로 내 알 바가 아니지.

아마도 윤진 언니는 결국 상처받고 말 거다.

우리는, 인간과 슈슬리사는, 말은 통하지만 종이 달랐다. 자연 출산 마지막 세대로 태어난 뒤에 그다음 세대와 보조를 맞추기 위한 보정까지 받은 세대였지만, 태어날 때부터 한쪽 귀가 들리지 않았던 윤진 언니는 자신이 진화 자궁에서 태어났으면 양쪽 귀 모두 잘 들렸을 거라고 줄곧 생각했다. 불과 한두 살 차이나는 진화 자궁 1세대들이 자신을 진화가 덜된 원시인 취급하는 것에도 늘 상처를 받았다. 지성체란 애초에 생겨먹기를 그렇게 생겨먹은 것이다. 구분하고, 구별짓고, 사소한 우월함에 도취되어 상대를 무시하고.

슈슬리사라고 다를까. 우리보다 8천 년 이상 앞서간 존재, 열 세대, 300년에 걸친 진화 가속 없이는 따라잡을 수 없는 종족. 지구인들에게 있어 그들은 신은 아니지만 신과 비슷한 절대적 존재였다. 그런 그들이 과연 지구인을 동등한 지성체라고 생각할까. 그럴 리 없었다. 그들에게 있어 우리는 '진화시켜야 할 존재', '더 성숙해져야 할 존재'였지, 눈높이를 맞추어 바라보아야 할 상대가 아니었다. 면전에서 무시하지 않고, 때와 장소를 가리지 않고 잘난척하지 않는 것은 그저 그들의 예의와 매너 덕분일 것이다.

시셸의 눈에 윤진 언니가 어떻게 보일까 생각하다가, 그러면 나는 어떨까, 그들의 눈에 나는 어떻게 보일까 생각하고 웃었다. 웃음이 쓰디썼다. 나는 진화 1세대들이 20대 후반, 30대 초반이 된 지금에 와서야 본격적으로 태어나기 시작하는 진화 1세대의 자손, 그러니까 2세대인 동시에, 진화 1세대의 일탈인지 기적인지에 의해 어머니의 태에서 태어난, 그러니까 이도 저도 아닌 어정쩡한 존재였다. 그렇게 태어난 날이 하필이면 크리스마스이브였고, 그렇게 태어난 장소가 하필이면 예루살렘이었으며, 어른들에게 혼날까 봐 집을 나와 숨어 지내다가 아이를 낳다 보니 하필 어디의 마굿간 비슷한 곳이었다. 그 이유 때문에 나는 슈슬리사가 이 땅에 내려오고도 서른 해가 더 지난 지금까지도, 하느님이 흙으로 인간을 빚어 낙원에서 살게 하였는데 그만 호기심에 선악과를 잘못 서리하는 바람에 인간이 이렇게 고통스럽게 살고 있다는 헛소리를 믿고 있는 사람들에게 쫓겨다니고 있었다.

자기 인생 하나 어떻게 하지 못하는 내가 그들의 구원자라고. 웃기고들 있어. 아무것도 모르는 채 낙원에서 살아가는게 그렇게 좋다면, 다시 태어날 때는 저기 때 되면 밥 나오고 온도 습도 맞춰 주는 가운데 먹고 자고 먹고 자고 하는 것 말고는 별다른 고뇌도 없을 가축으로 태어나서 사육이나 당하라지. 나는 시셀과 함께 있을 때는 감히 가까이 다가오지도 못하는 그 광신자들을 경멸하듯 바라보다가 문득 나 자신이 한심해졌다. 그래도 과해서 탈이지 이 땅에서 적어도 나를 무시하려들지 않는 '지구인'은, 신부님과 윤진 언니를 빼면 그 광신도들밖에 없기는 했다. 그게 열다섯 살 내 인생이 한없이 비참하다고 말할 수 있는 이유 정도는 되겠지.

그 광신도들을 제외하면 이곳 사람들은 아직도 피부색이 다르다고 사람을 빤히 쳐다보는 버릇을 버리지 못했다. 그저 학교 마치고 해안가 쪽으로 잠시 나가 본 것뿐이었는데, 술 취한 할아버지가 다가와 나를 억지로 끌고가며 얼마냐고 묻는 일도 있었다. 누군가에 말하면 설마 그런 일이 있겠느냐며 기겁을 하는 일들, 가난한 다른 나라에서 온 여자, 혹은 그런 여자의 가난한 어린 딸이 아니겠느냐며, 조롱하고 돈으로 사려 하는 그 모든 일들이 내게는 현실이었다. 그러고 보니 가엾은 내 어머니는 지금의 내 나이에 나를 낳고서 바로 그 이유로 남자들에게 끌려갔다지. 가엾어라. 가엾고 가엾어라. 나는 목에 걸고 있던 헤드셋을 귀에 눌러 썼다. 그러자 내 앞에서 차마 하지 못하는 말들, 내 등 뒤에서 사람들이 지껄이는 그 소리가 음악이 흘러나오지 않는 그 헤드셋에 둔탁하게 걸러지며 귀에 들어왔다. 나는 이곳 차이나타운에서, 공자 상을 지나 공원까지 이어진 계단을 단숨에 밟아 달려가, 물고기 비늘처럼 꿈틀거리며 빛나는 저 바다를 향해 그대로 뛰어내리고 싶었다.

나는 어디에 있으면 좋을까.

어디에 있어야 나는, 내 두 발이 땅을 단단히 딛는 것을 느껴 볼 수 있을까. 어디에 가도 나는 내 두 발이 땅

위에서 반 뼘 위를 딛는 듯 불안하기만 했다. 그럴 나이라고, 그럴 때라고. 몸이 변화하고 마음도 함께 변화하는 때라고 그래서 늘 불안한 거라고 학교에서는 말했지만 누가 안다는 건가. 진화 1세대의 마음을 이전 세대가 몰랐듯이 이후 세대도 마찬가지다. 차라리 이게 누구나 겪는 성장통이면 좋겠다고 생각했다. 성장통이라면 언젠가 반드시 사라지고 말 감각일 테니까.

하지만 그렇지 않았다. 나는 이 감각이 어쩌면 영영 내 발목에서 떠나지 않으리라고 종종 생각했다. 처음부터 늘 그랬다. 지구의 중력이 나를 붙잡아 주지 않는 것 같은 허무한 감각. 내가 늦게 들어오면 걱정하시는 신부님과 걸핏하면 나와 가시돋친 말을 주고받으면서도 한참 성장기에 아침 거르면 안 된다고 꼭 내 몫으로 우유 한 잔씩을 식탁 위에 따라 놓고 나가는 윤진 언니가 있는데도, 나는 늘 혼자 붕 떠 있는 것만 같았다. 시셀은 어렸을 때 양육자가 너무 자주 바뀐 것이 원인일 거라고 말했지만 누구를 탓하려는 것도 아니었다. 그저 느끼고 싶었다. 내가 이 별과 단단히 결합되어 있다는 어떤 인연을. 그 강력한 중력을. 만약 그런 게 있다면 그 중력은 바로 내가 여기서 살아도 된다는 증명과도 같은 것일 텐데.

"이사나."

나는 젓가락을 들고, 멍한 표정으로 시셀과 윤진 언니

를 바라보았다. 무슨 이야기를 하고 있었는지 하나도 귀에 들어오지 않았다. 윤진 언니는 짬뽕을 앞에 두고 빈 젓가락질만 하고 있는 내가 걱정스러웠는지 내 얼굴을 주의 깊게 쳐다보았다.

"무슨 딴생각을 그렇게 해. 네 감독관이 지금 중요한 말씀을 하시는데."

"응? 중요한 이야기?"

"이사나, 지금 양해를 구하던 중이었어요. 제 친구 한 명이 이 근처 대학에 교환교수로 와서 연구를 하기로 했는데, 당분간 성당에서 같이 지낼 수 있을까 해서요."

"시셸의 친구? 슈슬리사요?"

"예. 행성과학자인데, 이 근처의 바다를 연구하고 싶다고 했거든요."

슈슬리사만큼 종교와 상관없는 이들이 종교 시설인 성당에서 지내게 된다는 게 묘했지만 한편으론 안심이 되었다. 슈슬리사가 있는 한 그 광신도들이 집 앞에서 진을 치거나 어디서 튀기가 돌아다닌다고 대놓고 손가락질하는 일은 줄어들 것 같았다. 윤진 언니도 시셸에게 도움이 될 수 있어서 기쁜 듯했다. 나도 고개를 끄덕였다. 어차피 신부님은 별채에 한 명이 사나 두 명이 사나 신경도 쓰지 않으시고, 종종 묻지도 않은 식객들도 와서 몇 날 며칠씩 머무르다 사라지는 마당에 외계인 한두 명

정도야. 시셸은 미소 지었다.

"고마워요. 그럼 잘 부탁해요."

**

시셸이 성당에 다시 나타난 것은 이레 뒤, 나와 시셸의 정기 면담 날이었다. 그는 큼직한 캐리어를 끌고 성당 문을 열고 들어왔는데, 그 뒤로 성당 앞에서 나를 두고 구세주니 뭐니 헛소리를 하던 인간들이 손으로 입을 가리고 더러는 시셸의 등을 향해 손가락질을 했다.

"안녕, 이사나."

"뭐예요? 저 사람들 왜 저래요?"

"지난번에 이야기 한 친구를 소개할게요. 인사해요. 사비리키, 이쪽은 이사나."

시셸의 뒤를 따라 성당 앞마당으로 들어선 것은 높이가 1미터는 족히 넘을 법한 거대한 젤리였다. 탱글탱글하고 말갛고 반투명한데 햇살 아래 묘한 오렌지색을 띤 데다 형태도 원뿔의 중간을 뚝 잘라 놓은 모양 같은 것이, 마치 학교 급식에 간식으로 종종 따라나오는 과일 젤리처럼 보였다. 그리고 그 거대한 젤리는, 뒤쪽으로 조금 쏠린 듯한 조직, 아마도 짧지만 꼬리라고 불러야 할 만한 것으로 바닥을 밀며 시셸의 옆쪽으로 움직여 멈추었다. 그 탱탱하고 매끄러운 윗면에서 긴 더듬이 같은 것이 일어났다.

"만나서 반가워요."

악수를 청하는 것은 분명했지만, 만져 보면 무슨 느낌이 들지 짐작도 가지 않았다. 시셸도 옆에 있고, 어디로 도망칠 수도 없는 상황이라 어색하게 손을 내미는데 내 등 뒤에서 비명이 들려왔다.

"꺄아아악!"

돌아볼 필요도 없이 윤진 언니였다. 젤리, 아니, 사비리키라 불린 외계인의 살빛이 흐린 보랏빛으로 변했다.

"이런."

"아, 그러니까… 윤진 언니예요, 진화 전 세대고…."

나는 그만 윤진 언니가 가장 싫어하는 표현으로 그를 소개하고는, 윤진 언니와 외계인 사이에서 어쩔 줄 몰라 하다가 시셸을 바라보았다. 시셸은 이런 문제에 끼어들고 싶지 않은 듯한 표정으로 나를 바라보았다. 무슨 시험에 든 것 같은 기분이 들었다. 외계인들이란 음흉하기가 무슨 구렁이 백마흔 마리쯤 든 영감님들보다 더하다니까. 윤진 언니는 그렇다 치고, 신부님이 대체 뭐라고 하실지, 연세도 있으신데 혹시 놀라서 119에 실려가시진 않을지, 주저앉은 윤진 언니가 해야 할 걱정까지 혼자 다 떠맡은 채로 나는 고개를 흔들다가 윤진 언니에게

다가갔다.

"저기, 그러니까 저건 사비리키라고 하는데 시셀의 친구인 외계인인 것 같은데."

"같은데…?"

윤진 언니는 시셀의 부탁에 자기가 먼저 뺨을 붉히고 온갖 수줍은 척은 다 하면서 좋다고 해 놓았으면서, 마치 이 모든 일이 나 때문에 벌어진 듯한 표정으로 나를 바라보았다.

"사람 안 해쳐?"

"저기, 언니. 침착하시고. 봐봐, 숟가락만 들고 가면 간식 시간일 것처럼 생겼는데 뭐가 무서워."

"저런 건 줘도 안 먹어!"

나는 사비리키의 빛깔이 묘한 파란색으로 변해가는 것을 보며, 얼른 윤진 언니를 방으로 끌고 들어갔다. 윤진 언니가 뭐라고 소리를 질러댄 것 같다. 이럴 때 보면 대체 누가 누구의 보호자인지 모르겠지만.

"…들어오세요."

"감사합니다."

어쩔 수 없지. 나는 사비리키를 별채의 손님방으로 안내했다. 손님방은 내 방 바로 옆이었다. 벽 하나 사이에 두고 저 묘한 생물과 함께 지내야 한다는 것도 걱정이었지만, 한편으로는 사비리키가 편히 쉬려면 손님방 침대를 빼는 편이 낫지 않을까 싶기도 했다. 사비리키는 짐을 풀기 시작했고, 나는 간식 준비를 하겠다며 일단 마당으로 나왔다. 어쩐지 이 세상 걱정이란 걱정을 나 혼자 다 감당한 듯한 기분이 들었다. 시셸은 그런 내가 우스운지 소리 죽여 웃었다.

"장난 너무 심했어요, 시셸. 윤진 언니가 놀랐다고요."

"이사나는 전혀 놀라지 않았던가요? 분명히 표정이 변하는 걸 봤는데."

"지성체라고 다 눈 두 개, 코 하나, 귀 둘, 입 하나 달린 이족 보행 생물이라는 법이야 없지만…. 그래도 시셸의 친구라고 했으니까 비슷할 줄 알았죠."

"이사나도 내 친구예요."

나는 시셸이 진심으로 그렇게 말하는 건지, 아니면 나를 시험하려고 그렇게 말하는 건지 정확하게 판단이 서지 않았다. 월등한 종인 슈슬리사의 눈에는, 그들만큼의 진보를 이루지 못한 지성체는 여튼 다 평등하게 부족해 보이는 걸까? 그렇다고 해도, 이족 보행을 하는 종과 저 매끈매끈한 푸딩처럼 보이는 피부를 지닌 거대 괄태충이 똑같이 보인다는 것은 납득이 가지 않았다.

"…하긴, 개는 인간의 친구고 고양이도 인간의 친구이긴 하죠."

나는 자조했다. 시셸이 감독관다운 엄격한 표정을 지

었다.

"이사나."

"사실이잖아요?"

"당신이 어릴 때 기록을 읽어 봤는데, 예전에 마리 씨에게도 같은 말을 하지 않았던가요."

"…"

"슈슬리사는 인간의 친구라는 말이, 개는 인간의 친구라는 말과 다른 거냐고."

고개를 끄덕였다. 시셀은 언젠가 비슷한 상황이 오면 이 이야기를 하겠다고 벼르기라도 한 듯, 가볍게 헛기침을 하고 바로 말을 이었다.

"한 가지는 분명히 말해 둘 수 있어요. 진화는 한 방향으로 일어나지 않고, 모든 지성체가 다 이런 모습을 하고 있는 것도 아니에요. 지구에도 우리가 판단하는 지성체의 기준에 맞는 종이 더 있었죠."

"고래요?"

"맞아요. 그쪽도 진화 가속의 후보였어요. 정도의 차이는 있을지언정 그들도 지성체였죠. 우리도 나름대로 몇 번이나 토론을 거듭해 왔어요. 과연 이 두 종 중 어느 쪽을 빨리 진화하도록 돕는 게 나을지에 대해서."

"무슨 말씀인진 알겠어요. 그러니까 사비리키도 우리와 마찬가지로 지성체니까 존중하라는 말씀이시잖아요.

생긴 건 많이 다르지만."

"조금 이해하기 편하게 말해 줄까요?"

"이해하고 있어요."

"아니, 이 이야기를 들으면 생각이 좀 달라질 거예요. 이사나는 지구인이고 사비리키는 슈슬리사가 아니에요."

나는 혼란스러웠다. 그때까지 내가 알기로 지구에 온 외계인들은 전부 슈슬리사였다. 아니, 물론 커다란 젤리처럼 생긴 사비리키와 여기 시셸이 같은 종이라면 그것도 이상한 일일 것이다. 하지만 그러면 사비리키는 대체 뭐지?

"처음에 내가 왔을 때 이사나에게 말했어요. 내가 살던 곳은 지구보다 중력이 낮아서, 보조 촉수를 달까 했다고."

"앗…."

"슈슬리사는 우주에서 가장 뛰어난 종도 아니고, 또 단일한 존재도 아니에요. 우리는 여러 행성의 서로 다른 조상들을 가진 이들이었고, 수 세대에 걸친 진화 가속을 통해 슈슬리사가 된 거예요."

시셸은 미소 지었다.

"사비리키의 고향인 로크바의 지성체들은 우리 은하에서 가장 지적으로 발달한 이들이에요. 로크바 중에는 사비리키처럼 지금도 연구에 매진하는 이들이 많은데,

이들은 진화 가속을 받으면서도 자신들이 필요한 만큼만을 개선했어요. 종의 미래에 대해 함께 다 함께 숙고한 끝에, 그 자손들이 우주로 나왔을 때 생존 확률을 높일 정도로 호흡기와 표피를 개선하는 데 그쳤지요. 그 차이를 알겠어요?"

"우리가 슈슬리사라고 생각하는 형태로 바뀌느냐, 그렇지 않느냐…."

나는 중얼거렸다. 하지만 바로 알았다. 그게 아니다. 그보다 좀 더 본질적인 것이다. 그때 시셀이 갑자기 셔츠를 걷어올렸다. 사람으로 치면 갈비뼈 바로 아래쪽에, 뭔가를 끼웠다 뺐다 할 수 있을 것 같은 홈이 패여 있는 것이 보였다.

"내 조상들에게는 촉수가 있었고, 그래서 우리는 촉수를 선택적으로 결합시킬 수 있어요. 이건 모든 종에게 가능한 일은 아니지요. 지금의 나와 내 동족들은 슈슬리사이지만, 과거에는 아주 다른 종이라는 뜻이에요."

"지금은 지구인이지만, 여러 세대 후에는 우리가 슈슬리사가 될 거라는 이야기인 거네요…?"

납득이 가면서도, 어쩐지 속이 뒤집히는 기분이었다. 그때 머릿속에서 벼락이 치는 듯한 느낌이 들었다.

"하지만 슈슬리사가 아니라 우주에 나갈 수 있는 지구인이 될 수도 있고…?"

"바로 그거예요."

선택의 여지라는 것이 있었다.

그 누구도 그런 이야기를 해 주지 않았기 때문에, 나는 교육열이 높은 부모가 자기가 세운 계획대로 아이들을 키우듯 슈슬리사의 계획대로 진화를, 아니 품종 개량을 거듭하며 미래로 나아가야 하는 줄 알았다.

그런데 그게 아니었다. 나는 사비리키의 존재보다 그 사실에 더 가슴이 뛰었다.

"야심도 없고, 전쟁 같은 데는 더욱 소질이 없던 로크바와 만나기 전까지, 슈슬리사는 다른 행성들을 정복해서 동화시키려 하는 호전적인 종이었어요. 슈슬리사는 로크바와 만나면서 비로소 다양한 종과 문화 사이에서 평등하게 살아가고, 슈슬리사의 앞선 기술력을 전 우주를 위해 사용할 방법들을 고민하게 되었죠. 자, 그럼 이제 슈슬리사를 대할 때처럼 정중하게 그를 대해줄 수 있겠어요?"

"그런 말 하지 않았어도 정중하게 대할 생각이었어요. 난 조금 놀란 것뿐이에요."

하지만 걱정이 되었다.

"그런데 이 동네 사람들이 어떤 반응을 보일지는…."

"물론 알고 있어요."

시셸이 대답을 하다가, 문득 조금 곤란하다는 듯한 표

정을 지으며 사비리키의 방을 쳐다보았다. 늘 느긋하기만 할 것 같은 그가 아주 가끔 그런 모습을 보일 때마다, 나는 완전하지 않은 이 세상에서 신이 아닌 그들이 전능한 신 취급을 받으면서 나름대로 스트레스를 받을 지도 모른다고 생각했다.

"그러니까 사비리키를 잘 좀 부탁해요. 난 처음부터 말리긴 했지만, 학자가 고집을 부리기 시작하면 감당할 수가 없어요. 겪어 보면 알겠지만."

"언니한테 실망했어요, 시셸? 그런 반응 보여서?"

"아뇨."

시셸은 어깨를 으쓱해 보였다.

"예상했던 반응인 걸요."

시셸이 실망하지 않았다는 말을, 나는 윤진 언니에게 전하지 않았다. 윤진 언니가 시셸의 그 말이 무엇을 의미하는지 알아듣는다면 상심할 게 분명하니까. 그리고 혹시라도 윤진 언니가 그 말을 듣고 안심한다면, 그건 또 그 나름대로 언니에게 실망해 버릴 것 같아서. 나는 시셸과 사비리키와 함께 차를 마시고, 사비리키가 머리에서 나온 촉수를 그대로 잔에 담가 빨대처럼 사용하여 차를 마시는 것을 보며 조금은 역겹고 신기하다고 생각했다. 의외였던 것은 신부님의 반응이었다. 외출했다가 돌아오셔서 집 현관문을 열자마자 괄태충을 닮은 사비리키의 꼬리를 발견하신 신부님은 태연히 한말씀만 하셨다.

"그, 지난번 말한 손님인 모양이구먼."

사비리키는 발도 없이, 마치 꼬리를 저어 움직이는 것 같은 동작으로 현관으로 나왔다. 윤진 언니는 되도록 사비리키에게서 멀리 떨어지려는 듯 벽에 찰싹 달라붙어 있었다.

"제준이나시오 신부님이시지요. 사비리키입니다."

"손님 방이 좁아서 어쩐다."

"아닙니다."

대화는 그게 전부였지만, 신부님은 사비리키가 내미는 촉수를 잡고 짧게 악수를 하고 들어가셨다. 어째서인지 악수를 한 이후로 신부님은 조금 더 사비리키에게 호의가 담긴 미소를 지어 보이셨다. 나는 사비리키의 촉수는 어떤 감촉인지, 저 젤라틴으로 코팅한 것 같은 피부는 눌러 보면 어떤 느낌일지 궁금해서, 사비리키에게 한번 만져 봐도 되냐고 물어볼까 생각했다. 그때 사비리키가 조금 전 신부님과 악수했던 촉수를 배배 꼬며 말했다.

"이해할 수 없지만 신부님께서 제 맛을 궁금해하시는 것 같군요."

"…아?"

"새콤달콤한 맛을 떠올리신 것 같습니다. 깨물어 봤자

생각보다는 맛이 없을 텐데."

"저기, 상대방의 생각을 읽거나 그런거예요? 텔레파시나?"

"로크바의 촉수 중 가운데 촉수는 자기 감정이나 생각을 전달하는 데 쓰여요. 물론 그만큼 상대방의 감정도 밀려들어오지만."

설마 한입거리도 안 된다고, 먹이를 앞에 둔 육식동물 같은 생각을 하신 것은 아닐 테고. 다만 사비리키의 이 생김새와 탱글탱글한 젤리 같은 표면을 보시면서, 신부님은 아마 점잖은 표정 뒤로 이건 뭐 거대한 과일 젤리가 굴러다니는게 아닌가 싶은 생각을 하시긴 하셨을 거다. 나는 웃다가, 사비리키에게 과일 젤리들이나 푸딩들의 이미지를 보여 주었다.

"…먹는 거군요."

"사실은 저도 처음에는 이게 갑자기 커져서 우리집에 들어왔나 생각했어요."

"그랬죠, 그래서 숟가락만 들면 간식 시간이라고…."

"그건 언니가 너무 놀란 것 같아서… 죄송해요."

"아닙니다."

사비리키의 촉수와 윗부분이 묘한 초록빛을 띠다가 돌아왔다. 나는 그것이 사비리키가 웃음을 참고 있다는 뜻이라고 이해했다.

"젤리 같은 것 먹을 수 있어요? 괜찮다면 내일 사다줄게요. 혹시 지구인들의 마트에 가 보고 싶다면 같이 가도 괜찮고요."

**

사비리키는 바깥에서 만나는 모든 것에 대해 과학자다운 호기심을 갖고 대했다. 특히 바다에 대해 연구하러 온 행성과학자답게 바닷가의 풍경과 시설들에 관심을 보였다. 차이나타운에서 한참 비탈길을 걸어 올라간 곳에 자리한 공자 상에서, 좀 더 올라가면 나오는 공원의 광장 구석 유람선의 이물처럼 꾸며 놓은 잔망대에서, 그는 바다를 바라보며 햇살 아래 기분좋게 꿈틀거렸다. 나란히 걷고 있으면 커다란 개처럼 느껴지는 그가 다리도 없이 어떻게 이 비탈을 올라올 수 있는 게 신기하기만 했다. 돌아오는 길, 사비리키는 지친 기색조차 없이, 나는 들어 보지도 못한 먼 세계의 이야기를 들려주었다. 언제나 오로라가 빛나는 초록빛 하늘과 해초처럼 끈적이는 바다가 있는 행성들을. 혹은 사비리키가 젊었을 때 한참 머물렀던, 쌍성인 두 개의 태양이 번갈아 뜨고 지는 끝없는 사막이 펼쳐진 행성들을.

"그렇게 더운 곳이면 힘드셨겠어요."

"그래도 그곳 사람들은 내 피부를 부러워했어요. 겉 표면 층이 체액의 증발을 막아서 그래도 버틸 만했거든요. 사실 그곳은 우리 로크바들의 모성과 비슷한 곳이어서 곧 익숙해질 수 있긴 했어요. 대기의 조성이 다른 것을 빼면."

"아, 맞다. 대기의 조성이 다른데 어떻게 숨을 쉬는 거예요?"

"나 말인가요?"

"아니, 사비리키도 사비리키지만 슈슬리사들도요. 모든 행성이 지구 같진 않을 거잖아요."

사비리키는 촉수를 까딱거렸다.

"어느 정도는 적응 훈련을 해야 해요. 약도 먹고."

"약을 먹어요?"

"적응을 도와주는 약이죠. 지구인들도 시차가 있는 곳에 갈 때에는 약을 먹어서 수면 조절을 하지 않나요? 그게 조금 발전된 형태일 거예요. 일단 슈슬리사는 기본적으로 질소 호흡을 하고, 내 경우는 질소와 산소의 혼합 기체로 호흡을 하지만, 산소가 충분하지 못한 곳에서는 산화물 크림을 피부에 바르는 것으로도 충분해요. 사실 지구는, 내가 그동안 다녔던 행성들 중에서는 정말 내 체질에 잘 맞는 곳이에요. 기압은 다소 낮지만. 사실 대기 조성만 문제가 되는 게 아니거든요. 우리의 경우는 높은 압력에는 잘 견디지만, 기압이 낮은 환경에서는 위험할 수 있어요."

"괜찮아요?"

"그래도 여긴 질소 분압이 높아서 숨쉬는 데는 무리가 없어요. 내 친구 중에는 멜크샴 출신도 있는데, 그들은 황화수소로 호흡을 하고, 산소를 마시면 순식간에 호흡기 세포들이 산화해 버려요. 반면 지구인들은 지금 상태로는 황화수소 대기에서는 살 수 없겠죠. 두 종이 약과 적응 훈련으로 상태를 조절해서 만날 수 있을 만큼 우주와 다른 환경에 익숙해지려면 아직 더 많은 시간이 필요할 거예요. 진화 가속 이론에서 중요하게 여기는 것도 사실 이 부분이고요."

"사비리키의 고향인 로크바는 진화 가속은 했지만 슈슬리사가 되지 않는 길을 택한 거죠?"

"로크바들이 중요하게 생각하는 것은 지식과 경험이니까요. 우리는 다른 많은 세계를 경험할 수 있을 만큼, 우리의 부족한 부분을 개선하는 것으로 충분했으니까요. 앞으로 지구인들이 더 발전한 문명을 받아들일 수 있을 만큼의 신경전달속도와 우주에서도 견딜 수 있을 만큼 튼튼한 몸, 지구에서 경험하지 못한 많은 것들에 대한 면역을 갖추고, 산소의 비율이 지구와 다른 곳에서도 어느 정도의 조치를 통해 살아갈 수 있도록 바꿔 나갈 것처럼."

"지구인들은… 아마도 바꿀 수 있다면 아예 슈슬리사가 되고 싶어 할 거예요."

나는 풀이 죽은 채 속삭였다.

"어떤 사람들은 우주에서 1등 하는 그런 종이 될 수 있다면 뭐라도 할 걸요."

"그건 선택할 수 있는 거예요, 이사나."

사비리키는 시셸의 친구라고 했지만, 수많은 별들을 누벼 온 노련하고 경험 많은 그의 이야기를 듣다 보면 사실은 그가 시셸보다 몇 배는 더 긴 시간을 살아왔다는 것을 알 수 있었다. 적어도 지구인을 직접 상대하며 데이터를 수집하는 말단 연구원이 아니라는 것만은 분명했다. 그는 내가 최대한 편안하게 느낄 수 있도록 배려하며 이야기하고 있었고, 경력이나 나이를 떠벌리지도 않았지만, 그에게서는 깊은 지혜와 묘한 침착함이, 인간으로서는 감당할 수 없는 어떤 세월의 자취가 느껴졌다. 누구라도 경악하고 이성을 잃을 만한 어떤 상황에서도, 그는 잠시 촉수를 흔들다가 제일 먼저 마음을 가라앉히고 모두를 진정시킬 수 있을 것 같았다. 그랬기 때문일까. 그가 등 뒤로 촉수를 휘둘렀을 때까지, 나는 무슨 일이 일어났는지 인지하지도 못했다. 두 번째로 날아든 돌이 우리가 앉아 있던 벤치의 등받이를 때리기 전까지는.

"아, 씨. 뭐야!"

나는 사비리키의 피부가 경련하는 것을 느끼고 바로 일어났다. 돌을 맞은 모양이었다. 몇 걸음 떨어진 곳에서 어린 사내아이가, 세 번째로 던질 자갈을 골라 주워 들다 나를 보고 머뭇거렸다.

"야, 너 뭐야."

아이가 울음을 터뜨리자 그 아이의 아빠인 듯한 남자가 달려와 아이를 끌어안다가 사비리키를 보고 비명을 질렀다. 사비리키는 아무것도 하지 않았는데도.

"그, 그 괴물은 뭐야! 학생!"

"애가 돌을 던지잖아요. 사람 앉아 있는데."

"사람 아냐, 괴물한테 던졌어."

"괴물 좋아하네. 외계인이다, 외계인. 너희가 두려워하는 저 슈슬리사 같은."

"외계인이라고?"

남자는 여전히 자기가 잘한 줄 알고 빽빽거리는 아이를 끌어안으며 이쪽을 노려보았다.

"무슨 과학 실험이야? 새로 나온 외계 생물인가?"

"아니거든요. 괴물도 아니고 이 지역을 연구하러 온 학자예요."

"거짓말."

"거짓말이 아냐. 뭣하면 내 감독관에게 확인해 봐도

좋은데?"

"거짓말이야. 슈슬리사 외계인들은 우리 인간처럼 생겼어. 왜냐하면 외계인이 우리 인간을 만들 때, 우주에서 제일 뛰어난 종이 되라고 자기들이랑 닮게 만들었으니까! 교회에서 그랬단 말야!"

"야, 야. 조용히 해."

아이가 악을 썼다. 감독관이라는 말에 짚이는 게 있었는지 남자가 아이의 손을 잡아끌며 내뺐다. 나는 그 뒤통수에 대고 고래고래 소리쳤다.

"위험하지 않은 줄 알았으면, 애한테 사과라도 시키고 가요! 지구인이든 외계인이든, 사람 앉아 있는데 그렇게 돌 던지는 거 아니라고!"

그때 사비리키의 촉수가 내 손목을 감쌌다. 순간 이 촉수가 입인지 손인지 감정 전달용인지, 어느 쪽인지 몰라 혼란스러웠다. 그때 사비리키가 촉수로 내 두 손목을 꼭 감아 붙잡고는, 또 다른 촉수 하나를 내 손 위에 겹쳤다.

괜찮아. 난 괜찮아요. 그런 감정이 내게 밀려들어왔다. 사비리키의 마음이 나보다 훨씬 굳건하기 때문인지, 놀랍게도 마음이 금세 가라앉았다. 마음이 가라앉자마자 나는 내게 마음을 전달한 사비리키의 그 촉수를 향해 손을 뻗었다.

"왜 그래요?"

"…아니, 생각한 것처럼 물컹거리지 않아서요."

"여긴 기압이 낮아서 더 그럴 거예요."

사비리키는 조용히 웃었다. 나는 어쩐지 아주 조금 부끄러웠다. 냉장고에서 갓 꺼낸 젤리와 다른, 인간보다는 낮지만 분명한 온기가 느껴졌다. 그는 천천히 움직이고 천천히 이야기를 한다. 헤아릴 수도 없이 많은 시간을 살아왔고 또 살아갈 존재인 것처럼. 소년 같은 무한한 호기심과 이 침착함이 공존할 수 있다는 것에 나는 조금 감탄했다. 나는 처음으로 동경할 수 있는, 존경하고 등을 바라볼 수 있는 어른을 만난 것 같은 기분이 들었다. 그건 신부님에게서 느끼는 애정이나 배려와는 또 다른 것이었고, 그래서 눈물이 날 것만 같았다. 이 세상에 시작이 있었던 것 중 그 어떤 것도, 끝이 없었던 것은 없다. 영유아 시절부터 학령 아동이 될 때까지의 시기를 고정된 양육자 없이 지냈던 사람에게, 영원불멸이라는 말의 의미를 가르치는 것은 아마도 불가능할 거라고 생각했다. 이 침착하고 고요하며 현명한 존재에게 있어, 나는 그저 잠시 지구의 바다를 멀리서 바라볼 수 있도록 안내했던 것이 고작인 작은 인연일 수밖에 없다는 게 불현듯 서러워졌다. 나는 눈을 깜빡이며 입을 꾹 다물었다. 어째서, 나는 지구인으로 태어나 버렸을까. 울고 싶었다.

**

 계단을 오르내리기 불편하지 않을까 생각했지만, 사비리키는 곧 대중교통을 이용하여 연구소까지 다니는 데 익숙해졌다. 버스에 오르내리는 것도 내가 생각한 것만큼 곤란한 일은 아니었다. 처음에는 천천히 계단을 타고 올라가던 그는, 사나흘쯤 지나서부터는 촉수로 버스 기사석을 둘러싼 금속봉을 휘감아, 단숨에 몸을 날려 버스에 오를 만큼 노련해졌다. 사비리키는 덜컹거리며 바닷가를 따라 달리는 버스를 좋아했지만 함께 버스를 타는 사람들 입장에서는 또 그렇지만도 않았던 모양이다. 붐비는 시간대를 피해서 굳이 새벽같이 일어나 텅 빈 버스를 타고 출근을 하고 있는데도 불구하고.

 "오늘 구청에서 무슨 소리를 들었는지 알아?"

 윤진 언니는 구두를 벗고 들어와 제 방까지 다 가기도 전에 스타킹을 반 넘게 내리며 중얼거렸다.

 "버스에 탔더니 전염병을 옮기는 외계 생물이 있다는 거야."

 "무슨 전염병?"

 "눈병. 젤리 같은 외계인한테 스치고 나서 눈병 걸렸다던데?"

 "자기가 안 씻어서 걸려 놓고 무슨 헛소리야."

그러게. 윤진 언니는 건성으로 대답하며 방에 들어갔다가 시원한 옷으로 갈아입고 다시 나왔다. 언니는 머리카락을 슈슈로 대충 묶고, 목이 늘어난 티셔츠에 면파자마 차림으로 나와 내가 엎드려 뒹굴며 책을 읽고 있는 옆에 와서 앉았다.

"덥다. 씻기도 싫어."

"그러다가 시셸이 오면 또 막 당황하려고."

"학생은 좋겠다. 방학이라고 집에서 뒹굴 수도 있고."

"나만 빼고 다른 애들은 다들 바쁘거든요."

"출근하기도 싫어, 이런 날은."

"내 이야기 듣긴 듣는 거야?"

"…이사나."

"왜."

"나도 힘들어."

윤진 언니는 몸을 웅크리다가 아예 마룻바닥에 벌렁 드러누웠다.

"나도 힘들다고."

나는 대답하지 않았다. 물론 윤진 언니도 힘들 수 있다. 내가 힘들고 속상해서 엉엉 울 때마다 날 붙잡고는 세상에 힘들지 않은 사람이 어디 있느냐고 야단치던 언니니까. 그렇지 않더라도, 윤진 언니도 힘든 것을 꾹 참고 살아가고 있다는 것 정도는 안다. 딱 윤진 언니와 동갑내기들인 마지막 자연 출산 세대들의 상대적 박탈감에 대해서도 들어보지 못한 것은 아니다.

하지만 심통이 났다. 힘들고 속상해서 어리광을 부리고 싶은 건 알겠지만 나라고 힘들지 않은 것은 아니다. 무엇보다 방학인데도 내게 손가락질하는 영감들과, 나 보고 구세주라고 노래를 불러 대는 광신자들이 귀찮아서라도 이렇게 집에만 얌전히 처박혀 있는 것이 좋을 리 없었다. 어리광을 부려도 내가 부리는 게 맞다고 생각했다. 어차피 똑같이 힘든 거라면 내가 언니를 이해하기보다는 윤진 언니가 나를 이해하는 게 더 쉬울 테니까.

"적어도 언니는 혼자는 아니잖아."

"뭐?"

"이도 저도 아닌 어중간한 입장은 아니잖아."

"…어린애란 팔자 좋구나."

"난 어린애니까 나한테 어리광부리지 마."

"우리 엄마는 나한테 정말 어리광 많이 부렸어. 짜증 날 만큼."

"…?"

"어른이라고 어리광 부리지 않는다고 생각하는 건 오산이야, 오산."

"뭐가 문젠데."

"…"

"뭐가 문젠데 다 큰 어른이 어린애한테 찔통을 부려."
"이사나."
윤진 언니는 드러누운 채로 낮게 중얼거렸다.
"난 그냥 평범하게 살고 싶었어. 그냥 아주 평범하게."
"언니 정도면 평범하지, 뭐."
"그런 거 말고, 좀 평범하게 말야."
"뭘 말하는 거야. 반에서 30명 중에 한 15등 하는 거?"
"야."
"그럼 뭔데, 사람이 좀 알아듣게 말을 하란 말야."
"그냥."
듣고 싶지 않았다. 아니까, 무슨 말이 나올지. 짐작이 가니까.
"그냥 남들같이."
"…나처럼 짐 되는 애 같은 것도 없고?"
"말 좀 오해 없게 하자. 그냥 식객이라고 하든가! 짐 되는 애라고 하니까 내가 어디 가서 낳아 온 것 같잖아!"
"하긴, 우리 엄마는 언니보다도 어리니까. 맞지?"
"아마도."
내가 엄마 이야기를 꺼내자 윤진 언니는 더 이상 한탄 같은 것을 해도 소용없겠다 싶었는지 입을 다물었다. 나 역시 마찬가지였다. 윤진 언니는 아마도, 언니에게는 삼촌 되시는 신부님 수발을 들며 사제관에서 살고 싶지도, 거기다 나 같은 식객은 물론이고 사비리키까지 떠맡고 살고 싶지도 않았을 거다. 드라마에 나오는 멋진 여자들처럼, 작지만 편리한 집을 혼자, 혹은 친구와 둘이서 얻어 SNS에 올라오는 집들처럼 근사하게 해 놓고 살고 싶은 마음도 있었을 테지. 조카뻘 되는 나이에 같은 민족도 아니라서 눈에 띄고, 예민하기까지 한 사춘기 여자애를 신경 쓰고, 얌전히 책을 읽고 데이터만 수집한다고는 하지만 보이는 것만으로도 신경이 곤두서는 '촉수괴물'과 같은 공간에서 지내는 것을 참아내야 하고, 연세 많은 숙부님의 수발을 들어야 하고. 언니도 분명히 힘들다는 것은 안다. 나는 그 말을 굳이 꺼내지 않았다. 그 말을 해 버리면 내가 여기 있는 것 자체가 미안해지니까. 대신 퉁명스럽게 중얼거렸다.

"양육자는 수도 없이 바뀌었지만 난 잘 컸어."

"야."

"못 하겠으면 시셸한테 못 한다고 그러면 되잖아."

"너, 애가 왜 그렇게 못됐니."

"그냥 사실을 이야기하는 거야. 나 벌써 고등학생이고, 슈슬리사들이 어떻게든 보호자를 얻어 주려고 과보호하는 것도 이해가 안 가는 건 아닌데, 이 나이에 벌써 기숙사 고등학교 들어가서 부모와 떨어져 사는 애들 많아. 여차하면 나, 정부에서 부모 없는 애들 성년 되면 주는 독립자금이라도 받아서 나가서 살아도 되니까, 신경 쓰지 마."

"못됐어, 너 정말로."

윤진 언니는 내 얼굴에 쿠션을 집어던졌다. 정말로 화가 난 것은 아니었다. 그냥 잠깐 푸념하고 싶었던 것뿐일 거다. 나는 몸을 일으켜 윤진 언니를 보고 웃었다. 윤진 언니는 내가 내미는 쿠션을 다시 받아 제자리에 밀어놓았다.

"전염병 옮기는 괴물이라고, 난리도 아냐."

"전염병도 없고, 괴물도 아냐. 전부 사실이 아니라고."

"사실이 아니라도. 사람들 보기에 괴물이면 괴물인 거야. 슈슬리사들이 신원을 보장한다고 해도, 거부감 느끼는 것까진 어쩔 수 없어."

"그렇게 보는 사람들이 잘못된 거겠지."

"사람들이 불편해하고 겁도 먹는단 말야. 그러지 말고 다음에 시셸에게 슬쩍 이야기해 보면 안 될까?"

"뭐라고 이야기하라는 거야. 사비리키랑 못 살겠으니 방을 빼라고?"

"당장은 아니라도… 여긴 비탈이 져서 그 몸을 하고 왔다 갔다 하기도 불편할 거고."

사비리키가 얼마나 날렵하게 움직이는지 알면 윤진 언니는 아마 기절할지도 몰라. 키득키득 웃는데 윤진 언니가 정색을 하고 내게 가까이 다가와 앉았다.

"정말이야. 네가 좀 말해 봐. 시셀이 가장 중요하게 생각하는 건 너니까. 나는 뭐, 상관없긴 한데, 사람들이 수군거리잖아. 그런 게 싫어. 그렇지 않아도 너 따돌리고 못살게 구는 애들 있는데, 저 외계인 때문에 더 그러면 보호자로서 곤란하기도 하고. 그렇지 않아도 민원인들 와서 그러더라. 저 징그러운 외계 생물 때문에 집값 떨어진다고."

"어휴, 집값. 또 집값. 그 인간들은 예수님이 살아와서 맨발로 돌아다니고 부처님이 살아와서 굶고 있어도 노숙자가 있어서 집값 떨어진다고 난리 칠 거야."

"여튼 나도 입장이 난처해. 어떻게든 좀 해 보자."

"직접 말해. 시셀에게."

"어떻게 그래."

"왜, 시셀 좋아하는데 그 앞에서 차별주의자처럼 보이기 싫어서?"

"차별주의자가 아니라, 민원이 있으니까."

"언니는 비겁해."

나는 흥, 하고 고개를 돌렸다. 나는 언니에게 동조해 줄 생각도, 언니를 대신해 시셀에게 그런 한심하고 종차별적인 이야기를 하지도 않을 거다. 무엇보다도 나는 사비리키가 좋았다. 좀 더 사비리키와 함께 있고 싶었다.

그러니까 이런 이야기에 흔들리지 않기로 했다. 할 일 없는 인간들. 하늘에 우주선이 떠 있고 바다에는 인간들과 슈슬리사들이 함께 탐사에 나선 거대한 함정들이 가득한데도, 좁디좁은 땅에 발이 묶인 채 집값 내려가니까 그 외계 생물 좀 치우라는 소리나 하고 있는 어리석은 어른들. 그러면서도 사비리키에게 덤벼들 생각은 하지 못하는 게 용하기는 했다. 그들이 생각하는 어떤 생물과도 닮지 않았으니까, 어떻게 공격이라도 해 올까 싶어서 슬슬 피하면서 공무원들에게 그 일을 떠넘기는 것까지, 어쩌면 저렇게 비겁하기 이루 말할 수 없는 사람들이 나이 먹었다고 어른 행세를 하고 사는 것일까? 사비리키의 침착함이나 좀 배우라지. 나는 그런 쓸모없는 생각들이 빚어낸 해프닝에 끼어들고 싶지 않았다. 그러니까 이런 이야기일랑 모르는 체하리라고 속으로 다짐했다.

그보다는 과연 시셀이 윤진 언니를 어떻게 생각하느냐가 더 중요한 문제일 것 같긴 했다. 하지만 어떨까. 지구의 인간들이 슈슬리사의 친구라는 그들의 말이, 과연 개는 인간의 친구라는 말보다 더 진정성이 깃든 이야기이기는 한 걸까. 나는 믿을 수 없었다. 선명하게 붉어진 언니의 뺨을 보며, 인간과 슈슬리사 사이에 사랑이 성립할 수 있을까, 삼류 소설 띠지에나 붙어 있어야 어울릴 것 같은 그런 명제를 두고 고민해야 했다. 그런 소설의

히로인들이야 결국 무뚝뚝하고 인간에 대해 잘 알지 못하는 데다 종종 뭔가 밝힐 수 없는 상처와 한을 품고 있는 슈슬리사의 마음을 열고 함께 우주로 날아가곤 하지만, 그게 정말 가능한 일일 리가 없잖아. 평범하게 살고 싶다는 저 말과 전혀 어울리지 않는 언니의 욕망에 대해 생각하다가 한숨을 쉬었다. 이건 그냥 안 되는 거다. 가당치도 않은 마음이었다. 정말로. 그건 내가 사비리키와 언제까지나 같이 있을 수는 없다는 것과 마찬가지로 분명한 사실일 거다. 기분이 더러워졌다.

**

사비리키는 그날 밤, 해가 저물고 9시 뉴스가 시작되도록 돌아오지 않았다. 그는 초과 근무 같은 것은 하지 않았다. 밤늦게까지 연구를 하는 것은 열정의 상징일지는 몰라도 능률과는 거리가 먼 일이라고 말한 적도 있었다. 그렇다고 연구소에서 회식 같은 것에 끌려갔을 것 같지는 않았다. 늦으면 늦는다고 말을 했을 테니까. 걱정이 되었다. 나는 윤진 언니나 신부님께 사비리키를 마중 간다고 말하기가 괜히 부끄러워서, 요 앞 편의점에 간다고 하고 밖으로 나왔다.

버스 정류장에 가서 기다려 볼까. 사비리키가 휴대폰

을 들고 다니면 좋을 텐데, 그는 정신 산란해진다는 이유로 그런 것도 들고 다니지 않았다. 그런 것 없이도 시셸과는 연락할 방법이 있다고 들었는데, 역시 지구에 아직 알려져서는 안 되는 단계의 기술이라며 제대로 설명해 주지도 않았다. 차라리 시셸에게 연락을 해 볼까. 고민을 하면서 골목을 지나려는데, 뭔가 골목 안쪽에 물컹한 쓰레기봉지 같은 것이 꿈틀거리고 있었다.

설마.

설마, 설마, 설마. 나는 나를 향해 흔들리는 촉수를 바라보고 바로 달려가 사비리키를 부축했다. 그러나 사비리키는 그저 평온한 빛깔을 띤 채 나를 향해 촉수를 흔들어 보일 뿐이었다.

"사비리키?"

"이걸 좀 봐요."

사비리키는 고양이를 들여다보고 있었다. 새끼고양이. 내 두 손안에 들어올 법한 약하고 어린 생물을 촉수들로 감싸안은 채로, 그는 그대로 있었나 보다.

"고양이예요. 귀엽죠?"

"예. 마치 라타시스의 선조를 본 것 같네요."

"라타시스?"

"이 친구들과 많이 닮은 종이 있어요. 호전적이고 방향감각이 뛰어나서 우주군에서도 에이스 파일럿들 중에

라타시스가 많은데. 그들도 지구인들처럼 산소 호흡을 하죠."

"고양이를 닮은 지성체가 있다고요?"

"슈슬리사가 인간과 비슷한 면이 많은 것에는 놀라지 않으면서, 고양이를 닮은 지성체가 있다는 말에는 왜 놀라는 거죠?"

"…아."

"꾸짖는 게 아니에요, 이사나. 그냥 이야기를 하는 거예요."

사비리키는 앉으라는 듯 촉수로 내 등을 톡톡 치며 말했다.

"지구에서도, 배의 발생 단계를 보면 초기에는 비슷하다가 후기에는 서로 제 종의 모양을 따라가죠. 그렇죠?"

"예. 마치 진화의 단계처럼…."

"우주는 넓고, 서로 다른 지역과 환경에서 나고 자랐어도 비슷한 요소를 지닌 종들은 많이 있어요. 지구인들은 지금, 지구인들이 이해하기 쉬운 비유로 말하자면 갈라파고스에서 처음 밖으로 나온 핀치새처럼 어리둥절하겠지만, 시간이 지나면 이해하게 될 거예요. 이건 당연한 것이고, 지구 안에서만 살아왔던 당신들은 아직 경험이 더 필요할 뿐이니까."

"…난, 나는 좀 더 잘 이해할 거라고 생각했어요."

가슴이 먹먹했다. 나는 갈라진 목소리로 속삭였다.

"나는, 그 다르다는 것에 대해 조금은 더 잘 알 줄 알았어요."

"경험의 문제예요, 이사나."

"자기랑 다르다고 깜짝 놀라고, 빤히 쳐다보고, 그러지 않을 줄 알았어요. 나, 솔직히 말하면요… 당신을 보고도 아무렇지 않은 척했지만 처음에는 조금, 아주 조금이지만 놀랐어요."

"놀라지 않는 게 이상한 거예요. 당신의 세계에 나와 같은 종은 없었으니까. 당신이 알던 지구 생물 중에 질소 호흡을 하는 종이 있으면 말해 봐요. 뿌리혹박테리아 말고."

"없진 않겠죠."

"없진 않겠지만 바로 떠올릴 만큼 친근하지 않아요. 산소 호흡을 하는 종과 질소 호흡을 하는 종은 그다지 가깝지 않잖아요?"

"모든 생물의 진화 최초의 모습은 다 비슷한 것이라는 사실은 알고 있어요."

나는 내 어깨를 감싼 촉수 끝을 손으로 붙잡으며 중얼거렸다.

"처음에는 그냥 세포 덩어리, 배아 형태였다가 새도 되고 돌고래도 되고 인간도 된다는 것을 배웠어요. 하지만 뭐랄까, 이게 우주에서 딱히 유리한 생김새가 아닐 수 있다는 것을 알면서도, 지성체라면 으레 이족 보행을 하고 있을 거라고 생각했어요. 인간이 그렇고, 슈슬리사도 그렇잖아요. 그래서… 모든 지성체의 진화의 결과가 그렇게 한 방향으로 갈 리 없다는 것을 알면서도요."

"이사나, 난 지구에 오기 전에 지구에서 만들어진 SF 영화들을 보면서 왔어요. 지구인들이 다른 지성체에 대해 갖는 생각이 궁금했거든요."

"…어땠는데요?"

"당신을 귀찮게 하는 그 종교의 신도, 사람의 모습을 닮지 않았던가요?"

사비리키는 촉수 끝으로 고양이를 쓰다듬었다. 나는 몸을 숙여 사비리키가 쓰다듬던 고양이를 안아 들었다. 사비리키의 몸에 얼룩덜룩한 보랏빛 자국이 남아 있었다. 사비리키는 어쩌다가 이 골목에서 새끼고양이를 만나게 된 걸까. 아무리 외계인이라고 해도, 멍 자국이라고 밖에 부를 수 없는 그 자국들을 못 본 체하며 나는 짐짓 딴청을 부렸다.

"어미는 어디로 갔을까요?"

"며칠째 여기 혼자 있었어요."

"…죽었을까."

"데려가도 된다면 데려가도 좋지 않을까요."

"이 녀석들을 진화 자궁으로 가속시키면, 어떤 모습이 되는 걸까요."

고양이는 작고 따뜻했다. 제대로 먹지 못했는지 얇은 가죽 아래 뼈가 잡히듯 느껴졌다.

"아까 말한 그, 우주군에 많이 들어간다는 종족처럼 될까요? 아니면 슈슬리사처럼 파란 얼굴에 두 발로 걸어다니게 될까요."

"글쎄요, 그건 이 아이들의 의지에 따라 달라지겠죠?"

"의지?"

"의지라는 말이 너무 추상적이라면, 선택이라는 표현도 있겠죠."

"선택…."

"수동적으로 진화 프로그램을 있는 그대로 따라가는 종들은, 그저 슈슬리사가 될 뿐이에요. 그 이상도, 그 이하도 아닌. 종으로서의 지구인들은 사라지고 슈슬리사 중의 하나가 되는 거죠. 하지만 지구인이, 우리들 로크바처럼 자신들의 정체성을 유지하면서, 스스로 나아갈 방향을 선택해서 필요한 것들을 능동적으로 선택하며 진화 프로그램을 따라간다면 그 결과는 달라지겠지만."

나는 고양이를 안은 채로, 사비리키의 움직임에 맞추어 천천히 걷기 시작했다. 사비리키는 얇은 피부 아래로 꿈틀거리는 복족을 움직이며 비탈길을 걸어 올랐다. 낮보다는 서늘해진 바람은 여전히 바다의 습기를 머금어 눅눅했고, 혀를 내밀면 짭짤한 맛이 느껴질 것만 같았다. 공연히 눈이 따끔거렸다. 숨이 막히도록 끔찍한 것들. 나는 결코 이 중력을 벗어날 수 없다. 나는 결코 지구인이 아닌 다른 종이 될 수가 없다. 내가 선택하지 않은 나의 출생도, 나의 종도, 나의 그 모든 정체성도, 나는 그저 숙명으로 지고 갈 수밖에 없다. 나는 묵직해 보이는 몸을 하고 이 비탈을 가볍게 움직여 올라가는 사비리키를 바라보며, 울고 싶었다.

"…누가 때린 거예요."

"다치지 않았어요."

"멍들었잖아요."

"예전에, 옆 나라에서 이 나라를 침략했을 때, 옆 나라에 지진이 났어요. 그때 옆 나라 사람들은 이 나라 사람들을 잡아서 강제 노역을 시키려고 끌고 갔는데, 막상 지진이 나고 전염병이 돌자 그랬다는 거예요. 끌려 온 사람들이 우물에 독약을 풀고 다닌다고. 우리를 다 죽일 거라고. 그 사람들, 아무 해도 끼치지 않았을 텐데."

"음."

"당신은 지구를 연구하러 온 거잖아요? 어떤 해도 끼치지 않잖아요?"

"어떤 해도 끼치는 일 없도록 늘 노력하고 있죠."

"그런데도 여기 사람들은, 자기들이 눈병 따위에 걸린 것까지 당신 탓이라 비난하고, 민원까지 넣더라는데…."

"윤진 씨가 곤란했겠군요."

"대체 왜들 그러는 걸까요, 정말. 자기들하고 다른 것을 보고 뭐 낯설어서 놀랄 수도 있고, 그건 아는데… 알려고 노력도 하지 않잖아요. 당신들은 우리를 알려고 여기까지 오는데."

"내가 여기 처음 오던 날, 마중을 나온 시셀은 시내까지 택시를 타자고 했어요. 하지만 내가 고집을 부렸지요. 대중교통으로 움직이는 쪽이 더 빨리 움직일 수 있기도 했고, 또 이곳의 지성체들이 궁금했으니까요. 어땠는지 상상할 수 있나요?"

"제가 상상하는 것보다 더 안 좋은 상황이었을 거라는 생각은 드는데요."

"아마 그랬을 거예요. 사실은 시셀이 많이 곤란했죠."

사비리키의 촉수가, 고양이를 안아 쥔 내 손을 톡톡 건드렸다.

"동물은 가방에 넣어 달라고 하는 사람에게, 내가 그와 마찬가지로 지성을 갖춘 탑승객이며 제대로 차표를 구입했다고 설명하는 게 보통 일이 아니더군요. 시셀이 슈슬리사니까 그 정도로 끝났지, 보통 지구인이었다면 아마 곤욕을 치렀을 거예요."

"여기 사람들에게 슈슬리사란 뭐, 신 비슷한 거니까요…. 사실은 그런 것도 아닌데."

나는 의기소침해진 채로, 고양이를 한 손으로 받쳐 안고는 다른 손으로 사비리키의 촉수를 붙잡았다. 비참한 기분이 들었다. 이렇게 서로 닿고 있다고 해도 지금뿐이다. 마음은 결코 닿지 않을 거다. 설령 마음이 닿는다고 해도, 반드시 끝이 나고 말 만남이다. 몇 년 뒤 나는 어른이 되고 독립을 하게 될 것이고, 설령 그때까지 그가 나와 함께 산다고 해도, 그에게 있어 지구인의 몇 년이란 고작 찰나에 불과할 테니까.

"인간보다 훨씬, 감정도 풍부하고, 변덕스럽고, 자기 멋대로 동정심과 연민에 지구인의 아이 하나를 맡았다가 버리기도 해요. 그래도 변명이라도 들어보려고 하는 것은 지구인보다 조금 나을까. 그들은 신이 아니에요. 그들이 여기 내려오고 30년이 지나도록 아직도 그들이 신에 가까운 존재라고 믿는 멍청한 사람들이 드글드글하지만 역시 아니잖아요. 그렇죠? 난 이런 건 슈슬리사에게는 물어볼 수도 없고, 여기 사람들은 그들이 신인 줄 아니까 결국 평생 알 수 없을 거라고 생각했어요. 그들은 우리보다 문화가 발달하고 앞날을 좀 더 예측도 하고, 좋아하는 것이나 싫어하는 것에 대해서도 좀 더 예의를 차리고 체면을 차릴 수 있을 뿐이지, 결국은 우리보다 더 감정적인 거죠? 그들은 신이 아닌 거죠?"

"물론 아니죠. 하지만 이사나, 피해의식을 가질 필요는 없어요. 당신의 예전 담당자는, 아직 어렸던 것뿐이고, 그 역시 당신을 위해 노력했던 것은 사실이니까."

"예?"

"전에 말했잖아요. 살갗에 닿으면 많은 것이 느껴진다고. 추억이나 기억도 그래요."

사비리키는 내게 촉수들을 내밀었다. 마치 안아 주고 싶어도 팔이 없어서 안아 줄 수 없다는 듯이. 고작 발밑만을 비추는 가로등 불빛이 그의 반투명한 피부에 닿았을 때, 그의 피부는 익어가는 사과처럼 불그레한 빛을 띠었다. 나는, 말하고 싶었다. 말하지 않아도, 닿는 것만으로도 나를 느껴 버리는 그의 예민한 감각에, 어쩌면 이 마음은 이미 읽혀 버린 것일지도 모르지만. 나는 울고 싶었다. 이런 것을 말한들 무슨 소용일까. 나는 아무것도 알지 못한 채 너무 빨리 어른이 되고, 또 순식간에 늙어 버릴 텐데, 혹시나 그가 이곳을 떠났다가 언젠가 다시 돌아온다고 하더라도, 그때의 나는 살아 있다손 쳐도 이미 늙어 버렸을 거다. 그런 찰나의, 한없이 무심하고 덧없을 마음 같은 것은, 나는 전할 생각도 없었지만 전할 방법도 몰랐다. 어째서 나는 그와 다른 시간대를 살아가게 되면서도 그를 사랑하게 되었을까. 그때 내 손에 잡힌 사비리키의 촉수가 꿈틀거렸다. 나는 깜짝 놀라 촉수를 놓으며 사비리키를 바라보았다. 그리고 뒷걸음질을 쳤다.

"이사나?"

"저기, 아무 말도 하지 말아요."

나는 그대로 몸을 돌려 도망치려고 했다. 그때 사비리키가 촉수를 뻗어 마음만 먹는다면 뿌리칠 수 있을 만큼 부드럽게 내 손목을 붙잡았다.

"나도 당신이 좋아요, 이사나 빈트 마리얌."

"…."

"당신을 사랑해요. 당신과 온전히 같은 감정일 수는 없겠지만."

얼굴이 벌겋게 달아올랐다. 이 손목과 뺨의 열기를 사비리키가 고스란히 느낄 거라고 생각하니 죽고 싶었다. 난 그저, 그를 동경했다. 그의 침착함을 부러워했다. 나는 언젠가 내가 가고 싶은 먼 바다를 꿈꾸는 그 마음으로 그를 바라보았다. 그뿐이었다. 나는 지구인이고, 지구의 시간으로 고작 백 년이나 살면 잘 사는 거다. 그와는 다른 별에서, 다른 시간을 살아갈 뿐이다. 분명히 끝이 보이는 관계를 굳이 말하고 설정하고 만들어갈 생각은 없었다. 그저 그뿐이었다. 그뿐이었는데.

"개의 1년은 인간의 7년이래요."

나는 울먹였다. 아무것도 아니라고 웃으면서 대답하는 그런 모습을 마음속으로 상상해 보려 애썼지만, 울음이 그 자리를 먼저 비집고 나왔다. 결코 갖지 못할 것에 대한 안타까움과 절망이 저 뻘밭을 채우며 밀려드는 바닷물처럼 나를 떼밀었다. 사비리키는 나를 좀 더 단단히 감싸안은 채, 촉수로 내 등을 토닥거렸다.

"강아지는 순식간에 성견이 되었다가 순식간에 늙어버리는데, 우습잖아요. 그런 개가 인간을 사랑한다면, 그렇지 않더라도 개가 인간을 정말로 사랑할 수 있다고 해도, 그건 보통 생각하는 사랑과는 다른 거잖아요."

"좋아한다는 그 순수한 마음만 있는 존재와의 사랑은 일방적이지만, 당신은 나와 마찬가지로 지성체예요. 이 감정은 일방적인 것이 아니라, 서로 소통할 수 있는 종류의 마음일 거예요, 이사나."

"개의 아이큐가 70이라고 그래요. 인간 평균이 100이고요. 개에게서 인간하고, 인간에서 슈슬리사 중에 어느 쪽이 지적으로는 더 가까울까 생각한 적이 있었는데… 당신은 슈슬리사들보다 더 현명한 종족이라면서요."

"개가 인간을 사랑하는 것과 같다면, 인간이 개에게 네가 나를 사랑하느냐고 물었을 때 이런 변명을 할 수 있던가요."

"그건 아니에요. 하지만…"

"나는 이 사랑이 첫 번째 사랑도 아니고, 언제까지나 당신을 사랑한다고 말하지도 않아요. 다만, 나는 내가 존재하는 한 당신을 계속 기억할 겁니다. 이사나, 울지 말아요. 내가 차마 당신에게 말하지 못했던 그 마음과 같은 것이 당신에게서 느껴져서, 말하지 않을 수 없었어요. 내가 미안해요."

이런 꼴을 누가 본다면 뭐라고 생각할까. 인적 없는 골목에 감사하며, 나는 CCTV도 차마 들여다보지 못할 이 어두운 골목 한구석에서 사비리키에게 속삭였다. 이래도 괜찮은 건진 모르겠는데, 나도 당신이 좋아요. 정말로 좋아해요, 사비리키.

**

고백을 했다고 해서, 사비리키와 나 사이에 눈에 띌 만한 변화가 생긴 것은 아니었다. 남들처럼 당당히 입맞추고, 더러는 고백한 그 달이 지나기도 전에 섹스를 하는, 그런 연애 같은 것은 성립할 수도 없었다. 지구인과 제법 비슷하게 생긴 슈슬리사와의 관계에 대해서도, 황당할 정도로 일방적으로 지구인의 감각에 맞춘 로맨스 소설 말고는 마땅한 데이터가 없는 판에, 하물며 거대 과일 젤리처럼 생긴 이 로크바와 지구인이 키스를 하거나, '번식을 위한 교미 행위'와 비슷한 일을 하는 것에 대해서는 참고할 만한 자료가 전혀 없었다. 차마 그와의 관계에 섹스라는 단어를 대입해 보지도 못한 채 최대한 백과사전에나 나올 것 같은 단어를 동원해서 그 일을 떠올려 보았지만, 어느 쪽이라도 난감하긴 마찬가지였다.

"로크바의… 번식 말인가요?"

결국 돌파구는 시셸밖에 없었지만, 시셸은 그 말을 듣자마자 대체 나와 사비리키 사이에 무슨 일이 벌어진 것인가 싶었는지 내게 이것저것 계속 캐물었다. 내가 한마디도 하지 않고 그저 시셸을 바라보기만 하자, 그는 결국 포기한 듯 의자 등받이에 몸을 기댔다.

"당신의 사랑 연습이라면 아마도 내가 그 상대가 될 줄 알았는데."

"진지하게 좋아할 생각도 없었잖아요."

"물론 그렇죠. 하지만 왜 사춘기 소녀의 감독관으로 나 같은 미남을 보냈겠어요?"

"다분히 의도적인 안배라는 말이네요. 누구의?"

"…"

"더러워."

"나 지금 상처받았어요."

"받으라고 해요. 감독관씩이나 되어서 미성년자에게 미인계, 아니, 미외계인계나 쓰려고 했으면서."

"…."

"슈슬리사는 좀 더 양심적인 종족인 줄 알았는데."

"죄송합니다. 그런데 연애를 할 생각으로 온 건 아니에요. 당신이 나한테 호감을 갖게 되면, 변수들이 줄어들어서 관리가 좀 편할 것이라는 생각은 했지만요."

"뻔뻔해."

나는 시셀에게 화를 내다가, 투덜거리다가, 나중에는 놀려 댔다. 어쨌든 시셀은 자신의 보호 감독하에 있어야 하는 내가 사비리키와의 관계를 진척시킨 것이 매우 당혹스러운 모양이었다.

"어쨌든 이 일은 보고할 수밖에 없어요. 인정하죠?"

"언제는 보고서 안 쓴 슈슬리사처럼 그러시네요."

"이봐요, 이사나. 나라고 해서 사춘기에 접어든 청소년의 비밀을 전부 기재하진 않아요. 당신은 충분히 사비리키에게 기준치 이상의 관심을 보이고 있었지만, 난 그걸 내가 못 본 것으로 해 두었단 말이죠. 하지만 당신이 사비리키에게 고백을 해 버렸다면…."

"사비리키가 먼저 말했거든요!"

"아, 진짜."

시셀은 머리를 쥐어뜯었다. 나는 조심스럽게 그의 눈치를 보며 물었다.

"…그래서, 보고하게 되면 사비리키는 다른 곳으로 가

게 되나요?"

"사비리키는 우리의 손님이에요. 그가 원하는 한 여기 머무를 수 있어요."

"그러면 어리석은 사랑에 빠진 탓에 내가 다른 곳으로 가게 되는 모양이네요."

"그렇지도 않아요. 모처럼 양육자와 적당한 사이를 유지하며 잘 지내고 있는데, 성년까지 이 상태를 유지하는 편이 합리적이죠. 게다가 요즘은 학교도 꼬박꼬박 가고."

"원래 자산함을 타는 게 내 꿈이었잖아요. 해양 연구를 하려면 무슨 공부를 해야 하는지 사비리키가 이야기해 줬어요. 지금보다 공부 시간을 더 늘릴 거예요."

"좋아요. 당신에게도 사비리키와의 관계가 충분히 긍정적인 것 같으니까, 상부에서도 아마 크게 뭐라고 하진 않을 거예요. 사비리키에게 주의 정도는 내려오겠죠. 사비리키는 워낙 신중하고 분별도 있어서 당신에게 문제가 될 만한 행동을 하진 않겠지만, 일단 그쪽은 성인이니까."

시셸은 상부에 올릴 보고서에 뭐라고 이 상황을 설명할 것인지 나와 조금 더 의논했다. 그가 보고서를 완성하자, 나는 조금 피곤해져서 책상에 엎드렸다.

"있잖아요, 시셸. 시셸은 사랑해 본 적 있어요?"

"당연히 있지요. 난 당신보다 몇 배는 더 살았는데."

"난, 사랑이란 어떤 종류의 결여에서 오는 것이라고 생각했어요. 지금은… 이건 그냥 내 결여된 부분을 채우기 위한 그런 욕망은 아닐까 싶고. 괜찮은 걸까요? 그는 제대로 된 어른이고, 나는 아직 불안정한 어린애인데."

"원래대로라면 알 만한 성인이 당신 마음을 받아 주는 게 문제죠. 다행히 로크바는 정신적인 사랑을 중시하고, 육체적인 교감 없이도 충분히 만족할 수 있는 이들이고요. 아직 진화 가속이 덜 끝난 지성체와의 접촉에는 따로 윤리규정도 있으니까, 그냥 안전하게 사랑을 연습한다고 생각하고 만나도 좋아요."

"예…."

"그리고 결여는 무슨 결여예요. 그는 정말 뛰어난 학자이지만, 여기서 그는 젤리 닮은 애완동물, 전염병을 옮기는 외계 생물, 그런 취급을 당해요. 지구인들이 상대의 외모에 대해 갖는 편견에 대해 슬플 정도로 잘 알다 보니, 나는 당신이 그럼에도 불구하고 사비리키의 곁에 있고 싶다고 생각하는 게 조금 대단하게 느껴져요."

"그건…."

"어릴 때에도 해양 연구를 하는 자산함에 타겠다고 생각하긴 했지만, 이제 와서 정말로 그 목표를 다시 세운 건 말이에요. 결국 그와 함께 하고 싶다는 이야기 아닌가요?"

"그러고 싶지만… 우리가 살아갈 시간이 너무 달라서."

"그거야 뭐 다른 종과 사랑에 빠진 이들이 흔하게 겪는 문제죠. 인생에 사랑이 한 번만 찾아오는 건 아니니까 천천히 생각해요. 일단은 친해지는 차원에서 사비리키의 세포를 배양해 보는 건 어때요? 작년에 헬라 세포 들여다볼 때 우리 사무실에서 쓰던 실험도구들, 그대로 꺼내 줄 수 있는데."

"사비리키가 동의할까요?"

"싫어하지 않을 거예요. 로크바들의 촉수 상피세포에는 다양한 성질이 있거든요. 조금만 약품 처리를 하면 이것저것 배양할 수 있어요. 그 부분의 세포만 떼어서 다른 종과 키메라를 만들기도 쉽고. 그래서 자기 몸에다가 이것저것 샘플들을 배양해서 다니는 로크바 학자도 본 적이 있는데."

"그런 게 가능해요?"

"가능해요. 오늘 돌아가면 전에 쓰던 것들을 다 꺼내놓을테니, 내일부터 다시 사무실 나와요. 전에도 좋아했잖아요?"

나는 고개를 끄덕였다. 사비리키의 세포라니. 키메라라는 말을 할 때, 시셀은 분명히 웃었다. 해 봐도 된다는 뜻일 거다. 나와 사비리키의 속성을 조금씩 가진 배양체를 만들어 볼 수도 있을 거다. 두근거렸다. 그 세포들 자체가 오래오래 살아남을 수는 없겠지만, 여기다 지난번 얻어 두었던 헬라 세포를 활용하면 뭔가 방법이 생길지도 모른다. 언젠가 사비리키와 헤어지게 된 뒤에, 그를 추억할 수 있는, 계속 살아서 분열하는 세포덩어리들을 만들어 낼 방법이. 사비리키가 이런 내 생각을 징그럽다고, 너무 집착하고 있다고 생각하지 않았으면 좋겠다는 생각도 했다. 조금은 부끄러워서.

문득 윤진 언니의 마음은 시셸에게 닿았을까 궁금해졌다. 시셸은 이런 문제에 대해 어떻게 대답할까. 만약에 시셸이 윤진 언니의 마음을 알게 된다면, 그들의 관계는 어떻게 변하게 될까. 지구인에게는 신처럼 보이기까지 하는 저 슈슬리사가, 인간의 어떤 결여를 어떻게 사랑할 수 있을지 궁금했다. 아주 조금은 심술궂은 생각일지도 모른다고 생각하며, 시셸의 얼굴을 왼쪽 오른쪽으로 고개를 돌리며 올려다보았다.

"이사나?"

"나를 유혹 못 해서 어떡해요, 시셸. 임무에 실패한 거 아니에요?"

"아니거든요."

"근데 그거 알아요? 당신을 엄청나게 좋아하는 지구인이 있어요."

＊＊

 윤진 언니는 서른한 살이었다. 나를 낳은 내 친엄마보다도 나이가 많을 터였다. 명작이라고 불리는 고전 소설들을 읽어도, 노래 가사를 보아도, 사랑에 목매고 죽고 사는 것은 내 나이, 10대 중반부터 20대 중반까지의 이야기였다. 서른 살 넘은 사람들도 사랑하고 이별하고 살겠지만, 자기 길을 택해서 자신의 삶을 쌓아 올려가는 나이에 사랑이 인생의 전부가 될 것 같지는 않았다. 그 이후의 사랑은, 그저 소소한 해프닝일 거라고만 생각했다. 그러니까 시셸이 윤진 언니의 감정을 묻건 말건, 혹은 그 감정에 대해 분명한 거절을 표하더라도, 그런 것이 윤진 언니의 인생을 어떤 식으로든 뒤흔들거나 망가뜨릴 것이라고는 생각해 본 적 없었다.

 그래서 개학한 지 얼마 지나지 않았고, 사비리키의 세포들도 시셸의 사무실 구석에서 무난히 잘 배양되던 어느 날, 학교에서 돌아와서는 방에 가방을 던져 놓고 화장실 문을 열었다가, 뜻밖에도 천장 쪽 배관에 목을 맨 윤진 언니를 보았을 때, 나는 출근했어야 할 사람이 왜 여기 있나 싶어 몇 번이나 눈을 깜빡였다. 눈앞에 죽은 사람이 매달려 있는 풍경이 너무 비현실적이라 비명은 나오지도 않았다. 나는 손을 씻고, 차가운 물로 세수도 했다. 그런 뒤에야 문득 정신이 들어, 언니의 맨 발등을 손으로 건드려 보았다. 단단하지도 물렁하지도 않은, 뭔가 상태가 좋지 않은 고깃덩어리를 만지는 것 같은 느낌이었다. 차고, 기분 나쁜 냉기가 돌았다. 그때, 언니의 잠옷 바지에 남은 얼룩이 눈에 들어왔다. 아, 죽은 거구나. 그 생각이 그제야 머릿속을 치듯이 다가왔다.

목을 매고 죽은 사람은 혀를 이만큼 빼문다는 말을 들었지만, 언니의 얼굴은 풀어내린 머리카락에 가려 제대로 보이지 않았다. 욕조 안쪽으로 들어가 굳이 언니의 얼굴을 확인할 용기는 없었다. 나는 다시 한 번 손을 씻고 화장실 밖으로 나왔다. 멍했다. 나쁜 꿈을 꾸고 있는 것만 같았다. 나는 잠시 주저앉았다가 사비리키에게 연락했다. 사비리키는 곧 돌아오겠다고, 어서 경찰에 신고하라고 말했다. 그다음으로는 시셸에게 상황을 알리고, 경찰에도 신고했다. 경찰과 통화하고 나서야 뭔가 잘못되었다는 생각이 들었다. 여긴 사제관이라고. 성당 뒷마당이야. 이런 데서 자살을 하다니. 신부님이 아시면 뭐라고 하시겠어. 한숨을 쉬다가, 나는 울지 않는 내 자신이 혐오스러워졌다. 윤진 언니가 죽었는데, 이 와중에 이따위 생각이나 하는 나는 대체 어떻게 생겨먹은 거야. 괴물 소리를 들어도 싸다는 생각을 했다. 너무 현실감이 없어서 눈물도 나지 않는 거라고 애써 생각을 했지만,

아무리 그래도 다른 사람도 아니고 윤진 언니였다. 이 와중에 언니의 죽음을 있는 그대로 슬퍼하거나, 언니를 가엾게 생각하지도 못하는 괴물 같은 나를 발견하는 것도 모자라 그런 자신을 연민하기까지 하다니. 나는 애써 슬픈 생각들을 떠올려 보았지만, 눈물 대신 오히려 눈알이 뻑뻑한 느낌만 들 뿐이었다.

살릴 수 있지 않을까. 이번 주말이면 사비리키의 세포들과 합성해 보려 했던 헬라 세포 생각이 났다. 죽지 않고 계속 분열하는 인간 세포, 헬라 세포의 주인이었던 헨리에타 랙스는 윤진 언니와 같은 서른한 살에 죽었다. 그 본체인 사람이 죽은 뒤에도 계속 살아남은 세포 생각이 났다. 나는 마루에 앉아 경찰이 오기를, 경찰이 아니라도 누구든 빨리 와 주기를 기다렸다. 눈물이 마구 쏟아졌다.

"계속 스트레스를 받았습니다. 직장에서의 일로."
"자연 출산 마지막 세대들의 스트레스에 대해서는 알려진 바와 같이."
"상대적 박탈감."
"그럴 만한 징후는 없었습니다. 어제도 여기 왔다 갔지만 평소와 다르지 않았어요."

시셸은 나를 대신하여 할 말은 다 했다. 어차피 나는 미성년자였고, 내 말이 딱히 중요하게 여겨지기 어려웠고, 뭔가 할 수 있는 말도 없었다. 시셀의 말들은 일단은 다 사실이기는 했다. 윤진 언니는 자연 출산 마지막 세대였고, 그 세대들의 상대적 박탈감과 높은 자살율이 사회 문제가 되기도 했다. 언니는 때로는 그 점을 들어 자신이 '생존자'라고 말하기도 했지만, 이제는 통계상으로 그 '희생자' 쪽에 설 수밖에 없을 거다. 나는 구석에 앉은 채, 그저 바라보기만 했다. 윤진 언니의 시신이 바닥에 내려졌다. 언니의 얼굴을 보고 싶었지만 경찰이 나를 안쓰럽게 바라보며 내 앞을 가로막았다.

"이 댁의 위탁아동입니다. 신부님께서 저희를 대신하여 이 아이를 맡아 주셨지요."

시셀은 그렇게만 설명했다. 성당에 얹혀 살고 있는, 뭔가 출신이 복잡하다는 아이 이야기를 들은 적이 있었는지 경찰은 아, 그 아이요, 하고 나를 잠시 돌아보고는 바로 다음 이야기로 넘어갔다. 나는 안심해야 하는 건지 아니면 절망해야 하는 건지 알 수 없는 기분으로 그들을 바라보았다. 몸이 그대로 늘어져 바닥에 들러붙을 것만 같았다. 날이 덥기 때문일까. 살아 있던 사람이 죽은 그 아찔한 감각, 새파란 가방에 담겨 실려가는 윤진 언니의 기이하도록 서늘한 몸뚱이에서 풍기는, 무언가가 썩기 직전의 단내와 지린내. 그 모든 것들이 나를 미치기 직전까지 몰아갔다. 신부님께 이 일을 알려 드려야 하는데.

오늘 교구 회의가 있다고 하셨는데. 뭐라고 말씀을 드려야 할까. 놀라실까. 우실까. 아니면 자살하는 죄를 지었다고 화를 내실까. 신부님의 표정을 상상하는 것만으로도 목이 졸리는 기분이 들어서, 나는 어떻게든 이 일만은 피하고 싶다고 생각했다. 그때 문가에 서 있던 경찰들 사이에 실랑이가 벌어졌다.

"잠시만요."

나는 슬리퍼를 끌고 마당으로 나가, 문 앞에 선 경찰들을 밀며 골목으로 나갔다. 집 앞을 둘러싼 사람들 사이로 사비리키가 발길질을 당하고 있었다.

"지금 뭐 하는 거예요?"

"그렇지 않아도 성당 근처에 자꾸 이상한 게 돌아다닌다고 민원 넣었는데, 아직도 이런 걸 키우고 있어?"

"아저씨가 민원 넣었어요? 윤진 언니가, 그런 민원 들어온다고 계속 고민했는데!"

나는 그 말을 한 동네 아저씨에게 손가락질을 하며 악을 썼다. 뒤따라나온 시셀이 경찰에게, 사비리키에 대해 설명하는 사이 나는 동네 사람들에게 패악질을 부리듯 소리를 질렀다.

"내가 처음 여기 성당에서 살게 되었을 때도 온갖 헛소리들이 입에서 떨어지질 않더니. 외계에서 온 연구원을 보고는 괴물이라는 둥, 전염병을 옮긴다는 둥! 왜, 우물에 독 탔다는 소리는 왜 못해요? 우물이 없어서?"

"이사나!"

"윤진 언니가 왜 죽었는지 알기나 해요? 내가 여기 살아서? 아니면 댁들이, 자기들이랑 눈곱만큼만 달라도 아주 입에 거품을 물고 달려드는 댁들 때문에?"

"이사나, 그만둬요."

"시셸, 똑바로 봐요. 이 사람들, 당신이 슈슬리사가 아니었다면 당신을 존경하지도 않을 사람들이야. 난 정말 여기, 이젠 진저리가 나서 못 살겠어요. 난!"

사비리키가 촉수로 내 손목을 감았다. 순간, 손끝에 감전이라도 된 듯한 느낌이 왔다. 나는 반사적으로 내 손을 털며 뒷걸음질을 치다가, 그대로 사람들을 향해 고꾸라졌다. 이건 내 잘못이 아니다. 이 죽음은 내 탓이 아니다. 사랑했기 때문에 절망해서 자살하는 것은, 나이가 서른이 넘은 사람이 할 짓이 아니야. 이건 사랑 때문이 아니다. 그에게 죽을 이유는 과하게도 많았다. 마지막 자연 출산 세대. 그들은 학창시절 내내 고작 한 살 아래인 진화 1세대들과 끊임없이 비교당했고, 연애를 하거나 결혼 상대를 찾을 때에도 늘 밀려나곤 했다. 언니는 결코 혼자는 아니었지만 나와 마찬가지로 언제나 이방인이었다. 결코 섞여들 수 없는, 계속 거부당하는. 이 죽음은 언니 혼자의 죽음이 아니다. 이 죽음은 그 수많은 통계의 한 부분으로 끝날 일이 아니다. 윤진 언니가 죽음으로써 나의 어느 한구석이 함께 죽어 버리고 말았다는 것을 인정하지 않을 수 없었다. 나는 눈을 감았다.

**

고정된 양육자가 없었던 인생에 잠깐 쉬어가는 페이지가 있었다는 것. 나는 그 차이나타운에서의 시간들을 아마 그렇게 기억해야 할 것 같다. 이곳에서 머무르기를 원치 않는다고 사람들 앞에서 말한 것 때문에, 또다시 내 서식지를 옮길 처지가 된 모양이었다. 어차피 지금 상황에서, 신부님이 아닌 실질적인 양육자였던 윤진 언니가 세상을 떠난 마당에 여기 더 눌러앉아 있기도 어려울 것이라는 의견도 나왔다고 한다. 나는 그들이 내 앞길을 결정하기 전까지의 며칠 동안, 내 방구석에서 움츠리고 있었다. 신부님의 강권으로 두어 번 밥을 먹으러 나온 것이 고작이었다. 신부님은 며칠 새 부쩍 늙어 버리셨다. 자살은 죄가 된다고 말씀하시던 그 신부님의 조카가, 사제관에서 목을 매고 자살했다. 유서조차 없었다. 언니가 죽은 후에야 살아 있을 때 정신과에 꾸준히 다니고 있었다는 사실이 발견되었을 뿐이었다.

"이사나, 이리 좀 나와 보거라."

며칠이나 이렇게 쓰러져 있었을까. 눈을 뜨면 머리맡에 놓인 자리끼를 들이키고 다시 고꾸라졌다. 시간감각이 둔해진 가운데, 매미 소리만이 내 고막을 계속 두드렸다. 나는 꿈을 꾸는 듯, 허우적거리며 몸을 일으키려 애썼다.

"이사나."

"지금 가요…."

"사비리키 씨가 작별 인사를 한다고 왔구나."

사비리키. 나는 눈을 깜빡였다. 필사적으로 손으로 바닥을 짚으며, 나는 기듯이 문으로 다가갔다. 문득 거울에 비친 내 모습은 너무 깡마르고 흉하다는 생각이 들었다. 주저하는데, 가만히 문이 밀리고 촉수 하나가 방 안으로 들어왔다.

"전근 명령을 받았어요, 이사나."

"어째서요."

"이번에 윤진 씨의 자살 원인 중에, 민원으로 인한 스트레스가 있었어요."

"당신 때문이 아니잖아요!"

"그래요, 이사나. 그리고 당신 때문도 아니에요."

사비리키의 촉수가 내 머리를 쓰다듬듯이 톡톡 쳤다.

"시셸에게 주의 깊지 못한 말을 한 것에 대해서는 들었어요. 당신이 아마도 그 일 때문에 더 자책하고 있을 거라고."

나는 흐느꼈다. 흐느끼는 그 순간에도 언니의 비밀을 말해 버린 죄책감보다 내 어리석음을 사비리키가 알고 있는 것이 더 부끄러워서, 그런 생각을 하는 나를 죽여 버리고 싶었다. 그때 사비리키가 속삭였다.

"시셸은 아무 말도 하지 않았어요."

"…?"

"당신이 생각하는 것처럼 윤진 씨를 거절한 게 아니에요. 그는… 윤진 씨에게 뭐라고 말해야 좋을지 몰랐어요. 서로 다른 시간대를 살아가는, 다른 종을 사랑한다는 것에 대한 부담도 컸을 거예요. 계속, 생각하고 있었죠. 그 일이 있기 전까지."

나는 문을 열었다. 문 밖에, 사비리키가 파르스름한 빛을 내며 웅크려 있었다. 거대한 젤리 같은 몸, 길고 섬세한 촉수, 나는 그를 사랑하고 있었다. 그를 처음 만났던 순간을, 그에게 바다를 보여 주러 나갔다가 그를 사랑하게 되어 버린 그 모든 순간들을 나는 떠올렸다. 처음부터 끝까지 죽 이어진, 성당 창고 구석에서 발견했던 디지털화 되지 않은 오래된 영화 필름처럼, 머릿속에서 영상들이 이어져 지나갔다.

"…시셸은 내게 상의했어요."

"날, 사랑해요?"

"그래요."

사비리키는 촉수로 내 뺨을 가만히 더듬어 내려왔다. 나는 그제야 내가 울고 있다는 것을 깨달았다. 사비리키는 나를, 내 어깨를, 그 촉수로 가만히 감아 안았다. 그의 탄력 있는 반투명한 몸 속에서 희미한 진동이 느껴졌다. 나는 눈을 감았다.

"…당신이 성년이 되는 것을 보고 싶었어요. 당신이 바다로 가는 것도."

"사비리키."

"당신이 배양한 내 세포를 봤어요."

고개를 끄덕였다. 사비리키는 자신의 등에 묶인 짐에서 능숙하게, 내 새끼손가락만 한 시험관을 꺼냈다. 그 시험관 속의 조직은, 마치 사비리키의 일부인 것처럼 그가 빛깔을 달리할 때마다 같은 빛을 띠며 반짝였다.

"우리 식으로 손을 좀 봤어요."

"사비리키."

"괜찮다면, 당신의 상피 세포를 얻어 가고 싶어요."

"제 세포를요?"

"설명을 들었을지 모르지만, 로크바의 촉수조직 상피 세포는 조금 처리를 하면 다른 세포를 이식해 키울 수 있는 배지로 쓸 수 있어요. 난… 괜찮다면 그렇게 당신을 기억하고 싶어서."

한 번도 입맞추어 볼 수도 없었던 그를 위해, 나는 면봉으로 입안을 긁어 냈다. 물만 마셨을 뿐 계속 굶었기 때문일까, 그렇지 않으면 너무 울었기 때문일까. 입안은 바싹 말라 아팠다. 상피 세포 약간과 피 몇 방울. 사비리키는 가져온 시험관 안에 그 조직을 담았다. 그게 전부였다. 그게 끝이었다. 나는 그다음 날, 이곳 사제관을 떠나야 한다는 명령을 받았다. 다행히도 해양 연구원이 되겠다는 내 장래 희망과 적성이 받아들여져, 나는 해군사관학교가 있는 진해로 보내지게 되었다. 성년이 될 때까지의 보호자 겸 관찰자로서 시셸이 동행하게 되었지만, 그와 함께 사는 것은 물론 아니었다. 나는 아마도 예상했던 것보다 조금 일찍 독립 생활을 하게 될 모양이었다. 이곳에 올 때 가져왔던 낡고 작은 가방 하나에 옷과 짐을 눌러 담았다. 사비리키가 살아 있는 한 계속 분열하며 연결되어 있을 그의 세포 조직과 신부님께서 챙겨 주신 윤진 언니의 묵주를 맨 위에 담고 가방을 단단히 잠갔다.

떠나기 전 마지막으로 나는 시셸이 짐을 챙겨 오기를 기다리며, 붉은 등이 켜진 거리를, 붉어져가는 하늘 아래 잿빛과 황토빛 뒤엉킨 바다를 내려다보았다. 내게는 어머니와 같았던 윤진 언니의 죽음에 대해, 나는 언제까지나 부채감을 지울 수 없을 거다. 그것이 나 때문이 아니었다고 해도. 내가 시셸에게 했던 그 말 때문이 아니라고 해도. 나는 이 황토빛 바다를 기억할 때마다, 언니를 떠올리며 먹먹해지겠지. 그 마음속 황토빛 바다에 햇살이 내려앉을 때마다, 나는 처음으로 이 마음을 털어놓을 수 있었던 존재를 떠올릴 것이다. 존재하는 한 나를 기억하겠다고 했던, 인간도 슈슬리사도 아닌, 낯선 모습을 하고 내게 다가온 그를. 나는 바다를 내려다보며 웃고 있었다. 처음으로, 어딜 잘라야 할지 알지 못한 채 평생을 끌고 다녀온 탯줄을 잘라 버린 듯한 기분이 들었다.

5. 언젠가 먼 훗날에

"와, 저것 봐."

광화문역에서 나와 경복궁 돌담길을 따라 쭉 걷고 있는데 윤희가 국립현대미술관 방향을 가리켰다. 그쪽에는 '40년간의 동행'이라는 제목의 대형 배너가 걸려 있었다.

나는 걸음을 멈추었다. 윤희도 마찬가지였다. 우리는 핸드카트에 의지한 채 잠시 멈추어 서서 길 건너를 바라보다가, 누가 먼저랄 것도 없이 중얼거렸다.

"벌써 40년이라니…"

슈슬리사가 이 땅에 내려오고, 벌써 그만큼의 시간이 흘렀다. 국립현대미술관에서는 슈슬리사가 서울에 내려오고 40년째 되는 해를 기념하여, 다른 행성의 미술품들을 대여 전시한다고 대대적으로 홍보하고 있었다.

그리고 꼭 그만큼의 시간 동안, 우리는 거의 매주 토요일마다 신무문 앞에 나와 있었다. 아주 날씨가 궂은 날은 가끔 빠지기도 하고, 수아와 윤희와 나, 우리 셋 중 한두 명이 못 나오는 날도 있었지만, 우리는 지난 40년 동안 토요일 점심 무렵마다 그곳에서 "지구인들은 당신을 지켜보고 있습니다."라는 말이 적힌 팻말이나 작은 현수막을 들고 서 있었다. 그들이 지구인들을 진화 가속시키기로 결정했을 때에도, 서울 한복판에서 날개 달린 아이들이 퍼덕거리며 죽어갔을 때에도. 우리 고양이 미로가 고양이 별로 돌아간 그주에도. 거동이 불편해지신 윤희의 어머니를 우리들 집 근처 요양원으로 모셨을 때에도. 그 사이 수아는 우리 집 거실에 작은 출판사를 차렸고, 나는 부지런히 회사에 다녔다. 나름 장기근속자에게 주는 순금열쇠도 받아서 나올 만큼은 오래 다닌 뒤, 나는 수아와 윤희가 차린 회사, 우리 집 거실로 출근하게 되었다.

그게 벌써 10여 년 전 일이었다. 윤희 어머니도 돌아가셨고 수아도 세상을 떠났다. 이제는 나와 윤희가 남았다. 그리고 수아가 처음 시작했던 일을, 수아가 이 세상에 없어도 우리는 계속하고 있다. 우리 집 거실을 거점으로 한 출판사도, 또 매주 토요일마다 신무문 앞에 나오는 일도.

"하지만 말야, 가끔은 그런 생각이 들어."

국립현대미술관 앞의 커다란 배너를 바라보다 문득

중얼거렸다. 윤희는 내가 무슨 말을 하기도 전에 고개를 끄덕였다.

"그냥, 자기 만족이지."

"처음에는 외계인이 우리에게 무슨 짓을 할까 걱정을 했지. 갓난애들이 본보기로 당했을 때는 역시 외계인 놈들이 좋은 뜻으로 왔을 리가 없다, 저놈들이 지구인들을 멸종시키려고 온 거다, 그렇게 생각하기도 했어. 하지만…."

"아니, 그건 잘못한 거 맞아."

"그래도 사람들이 관념이 좀 바뀌긴 했잖아. 너희 어머니도 그렇고…."

"차별하면 안 된다는 관념이 생긴 건 다행이고, 총독이 한 일도 많지만, 그래도 그건 심했어. 역사책에 길이 길이 남겨야지. 학살이라고."

"그건 그렇지."

"어쨌든 40년 동안, 외계인들은 많은 일을 했고…. 우리는 그냥 걔들에게 끌려가면서 그 떡고물을 얻어먹은 것 같기도 해. 우리가 걔들한테 '지켜보고 있다'고 매주 시위를 하는 게 뭔가 영향을 끼치진 않았겠지. 그때 갓난애들 죽었을 때 말고는 여기 누가 같이 나오지도 않았고. 지금은 그냥 미친 할망구들 취급을 당하고 있는걸."

"그러게 말이다. 예전에 그 가스통 영감님들 비슷한

느낌인 걸까."

우리는 소리 죽여 웃었다. 걸음이 많이 느려졌다. 예전에는 광화문역에서 신무문까지 30분이면 걸어갔던 것 같은데, 요즘은 그 두 배가 넘게 걸린다. 슬슬 그만둘까, 하고 몇 번이나 서로 이야기를 주고받았지만, 그래도 그때뿐이었다. 다시 토요일이 돌아오면 우리는 주섬주섬 물병과 현수막을 챙겨 들고 신무문으로 갔다. 아주 예전에는 대통령이 살고 있었고, 우리처럼 현수막을 든 사람들은 가까이 다가갈 수도 없었던 곳. 그리고 지금은 외계인 총독이 머무르고 있고, 그곳에서 일하는 외계인들이 지나가며 우리에게 알은체를 하는 그곳으로.

"지난주에 왔던 그 애, 또 올까."

담장을 따라 왼쪽으로 길을 꺾으며, 우리는 지난주에 신무문으로 나와 있던 스무 살쯤 된 아이의 이야기를 하고 있었다.

"그 애지? 사람들이 '구세주'라고 말하던."

"구세주는 무슨. 본인도 아니라고 했잖아."

"그랬지."

"구세주면 좋겠어?"

"설령 구세주라고 해도, 올봄에 겨우 대학 들어갈 어린애한테 세상을 구하라고 그러는 놈들은 양심이 없는 거지. 그 애 이야기 들었잖아. 사람들 등쌀에 얼마나 시달렸을까, 그래."

이사나 빈트 마리얌이라는 아이에 대한 소문은 우리도 보고 들은 게 있었다. 그 아이는 1세대 진화 아기가 성장해 낳은 첫 번째 자손이었다. 진화 자궁이 아닌, 첫 번째 진화 아기가 자기 몸으로 진통해 낳은 아이였고, 아버지 없이 태어난 아이라고도 했다.

"옛 바이블 속 사람들은 첫 번째로 태어난 것들은 신에게 속한 것이라고 생각했었지."

"그래. 그래서 장자권을 그렇게 중요하게 여겼잖아. 그리고 신이 분노했을 때에도 이집트 사람들의 장남들을 다 죽여 없앴지."

"그 애는, 그러니까 일종의 만물인 거야. 처음 태어난 진화 아기가 처음으로 낳은 자손. 아버지 없이 태어났든 아니든, 바로 그 이유로 사람들은 그 아이를 제물로 쓰고 싶었겠지."

"하여간 광신도들은 예나 지금이나."

윤희가 혀를 쯧쯧 찼다. 원래 광신도들이야 온갖 것에서 의미를 찾는 법이다. 간단한 일반명사의 영문 스펠에 하나하나 숫자를 대입해 더하면서 이게 악마의 숫자니, 무슨 의미니 하며 떠들어 대고, 조금 특별한 자연현상에도 종말의 징조라며 하늘을 보고 절을 한다. 그들은 현대인이라기보다는, 고대 애니미즘을 믿던 이들의 직계

자손일지도 모른다.

하지만 슈슬리사도, 말하자면 빌미를 준 게 아니었을까. 우리의 총독이 선택한 필라투사라는 이름만 해도 그렇다. 그 이름이 폰티우스 필라투스, 그러니까 바이블에 나오는 본디오 빌라도의 이름과 무관하다고 말할 수 있을까. 아마도 그들은, 아직도 신의 존재를 믿고 있는 지구인들에게 신의 대행자 행세를 하고 싶었을지도 모른다. 어쩌면 졸지에 구세주 취급을 받으며 스토커들에게 쫓겨다녔다는 그 아이의 출생에 대해서도.

"…외계인들이 오기 전에 지구에 대해 공부를 많이 했던 모양이지. 아, 오늘도 와 있구만."

고개를 들어 보니, 신무문 앞에 그 아이가 있었다. 예언자라 불리지만 예언자가 아닌, 구세주라 불리지만 구세주가 아닌, 신의 아이가 아닌 인간의 아이가 붕어빵을 들고 안절부절못하고 있었.

"애야."

"날이 추워서 안 나오시는 줄 알았어요."

"무슨 소리야. 우린 이 친구 어머니 세상 떠나신 그주에도 여기 왔었어."

"장례는 끝내고 왔다고 말 좀 해 줘. 누가 들으면 어머니 장사도 안 지내고 온 줄 알라."

"그러게, 집에 있으면 계속 울 것 같으니까 나가자고

나가자고 해서 결국 같이 나왔지."

우리는 수다스러운 할머니들답게 계속 이야기를 하고, 핸드카트에 달린 의자를 펴고 우리의 카트 사이에 현수막을 묶었다. 그리고 의자에 앉아 붕어빵을 하나씩 뜯어먹으면서, 우리 사이에서 어쩔 줄 몰라 하며 서 있는 그 아이를 사이에 두고 하던 이야기들을 계속했다.

"그러고 보니 바이블에 그 이야기가 나오잖아. 오병이어의 기적이라고, 빵하고 물고기로 사람들을 먹인 거 말이야. 이 붕어빵이야말로 오병이어의 상징물로 딱 좋지 않나?"

"그런 이야기는 아직 교회가 많던 시절에 했어야지. 지금은 몇 십 년은 지나간 농담이잖아."

"그러게나 말이야. 이사나야, 하필 네가 사 온 붕어빵을 두고 우리가 이런 농담을 하는 게 불편하긴 하겠다만, 이 붕어빵이 갑자기 마구 늘어나지 않는 걸 보면 넌 그냥 평범한 어린애야. 그런 사람들에게 쫓겨다니거나 외계인들의 감시를 받으며 살 이유가 없는 거겠지."

"그런 데다가 살던 고향에서도 쫓겨나서 여기까지 왔으니…"

"저는… 괜찮아요."

이사나는 조용히 대답했다. 우리는 잠시 서로 마주 보았다가, 그 애를 바라보았다. 그 애의 시선은 길 건너, 본관을 둘러싸고 외계인의 건축물들이 병풍처럼 둘러서 있는 청와대를 향해 있었다.

"얘야."

윤희가 조용히 말을 걸다가, 의자에서 일어나 이사나에게 다가갔다. 이사나는 제 손을 붙잡는 주름진 손길에 깜짝 놀라는가 싶더니, 시선을 피하듯이 눈을 내리깔았다. 윤희가 이사나의 어깨를 토닥거렸다.

"혹시 너는 총독을 만나고 싶은 게냐."

"…."

"우리도 총독과 이야기를 나눈 적이 있단다. 지난 40년 동안 총독은, 그래, 거의 10년에 한 번씩은 우리와 이야기를 했었지. 시원한 음료수를 들고 와서 여기서 같이 마시며 이야기를 나눈 적도 있었고."

"저 안으로 데리고 들어가서 같이 차를 마시고 산책을 한 적도 있었고."

"그런데도 왜 우리가 계속 여기로 나오느냐고 누군가 묻는다면, 글쎄, 지구인 중 누군가는 외계인이 오고, 그 이후 지구인의 삶에 대해 그냥 평범한 사람의 눈으로 보고 기억하고 기록해야 할 것 같아서야."

"누군가는 보고 있다고 말해 주어야 슈슬리사도 지구인들을 아무렇게나 대하지 않을 것 같지. 뭐, 어차피 우리가 죽으면 누가 여기 와서 더 지켜보진 않을 것 같지만."

"이사나야. 네가 총독을 만나고 싶다면, 우리는 저 길을 건너갈 거란다. 입구에 가서 총독께 면담을 신청할 거야. 그래도 된단다. 네가 방법을 모른다면 가르쳐 주고, 네가 저기까지 가는 게 두렵다면 우리가 같이 있어 주마."

"그러게 말이야, 총독은 우리보다 몇 배는 더 산 주제에, 노인 공경은 할 줄 알아서. 우리가 여기 서 있다가 뭔가 도움이 필요하거나 불편한 일이 생기면 자기 비서에게 바로 연락해 달라고 연락처도 주고 갔었지. 아마 총독도 너의 이야기는 들었을 거다. 만약 네가 그를 만나고 싶다면 방법은 있을 거야."

"저는 누군가에게든 묻고 싶었어요."

이사나가 조용히 대답했다.

"저의 출생에 대해, 제가 왜 이렇게 태어났는지에 대해. 이것이 기적인지, 우연인지, 누군가 야료를 부린 건지 왜 저는 어디에 가도 그런 미친 사람들이 쫓아오고, 어디에 가도 미움을 받아야 하는 것인지. 저는 제 출생이 아주 드문 우연에서 만들어진 일이라고, 유전자 조작을 시작한 진화 자궁 1세대에서 드물지만 발견되는 일이라고 배웠어요. 전례가 없던 일이라고. 하지만 그게 다라면, 지금 제가 겪는 이 모든 일들은, 이 지독한 우연의 장난은 대체 무엇을 위한 걸까요."

"사람들이 그럴 때 신을 찾긴 하지."

내가 대답했다. 이사나가 고개를 들었다.

"가끔은 그런 생각도 해요. 제가 정말 무슨 예언자나 신의 딸이나 그런 것이어서, 그래서 이 모든 일들이 예비된 것이라면, 그리 믿는다면 좀 더 견디기 수월할까."

"…."

"저는요, 이번에 사관학교에 합격했어요."

"그거 잘되었구나. 축하한다."

"제 꿈은 해양 연구함을 타는 건데…. 사관학교 같은 곳이 아니라면 어디를 가도 그 사람들이 쫓아오겠죠. 적어도 군인이 되면 군대 안으로 도망칠 수 있겠죠. 해군 장교가 되면 해양 연구함으로 갈 길도 있을 테니까. 그래서 그렇게 결정했어요."

"…."

"하지만 저는 제가 어떻게 살아야 할지 모르겠어요."

아이의 어깨가 흔들렸다. 슈슬리사가 이 땅에 내려오기 전에 태어난 사람들과는 결코 같지 않은, 만약 우리가 결혼을 하고 아이를 낳았다면 우리 손녀뻘은 되었을지도 모르는 아이가 어쩔 줄 몰라 하며 작은 목소리로 속삭이고 있었다. 다행히도 이제 나이가 든 우리는, 그 속삭임 너머에 홀리지 못하고 목으로 삼켜 넘긴 눈물이 더 많았음을 이해한다. 그의 사유가 우리의 사유와는 그 깊이와 폭이 다르다는 것도, 우리와 배운 것도, 앞으로 살아갈 날들도 다르다는 것도 알고 있다.

"이런 이야기를 하면 어떤 사람들은, 남들이 이미 저를 구세주니 뭐니 하며 떠받들어 주는데 뭐가 문제냐고 말해요. 그런 걸 이야기하는 게 아닌데. 누군가는 그렇게 궁금하면 총독에게 가서 따져 물으라고 말해요. 하지만 총독을 만난다고 납득할 수 있는 답이 나올까요. 저는 그냥 제가 누구인지 알고 싶은 것뿐인데."

"자기가 누구인지 알고 태어난 사람은 없지."

하지만 적어도 그 말에 대해, 나는 어리석은 구세대라 해도 조금은 들려줄 이야기가 있을지도 모른다고 생각했다. 태어날 때부터 어디에도 속하지 못했고, 언제나 이방인이었으며, 결코 가까이 하고 싶지 않은 미치광이 광신도들과 자신과는 모든 면에서 다른 외계인들 사이에서 자라야 했지만, 그럼에도 불구하고 어떤 고민은 너 혼자만의 것이 아니라고, 너는 결코 혼자가 아니라고.

"태어난 그대로의 자신을 그냥 사랑할 수 있는 사람도 없어."

"하지만…"

"총독 아니라 하느님에게 가서 물어도, 납득할 수는 없을 거야. 애초에 권위 있는 누군가가 말해 준다고 감복할 사람 같으면 그렇게 고민을 하지 않을 거고, 신이 말해 준다고 그런가 보다 하는 사람이면….”

"그런 사람들이 광신도가 되죠."

"아이고, 광신도는 신의 말을 듣는 사람이 아니야. 신의 캐릭터 해석을 잘못한 놈들이지."

캐릭터 해석이라는 말에 아이가 웃음을 터뜨렸다. 윤희가 힘주어 말했다.

"공식이 그거 아니라고 하는데도 굳이 자기 해석 밀면서 말도 안 되는 소리 하는 놈들 말이야! 우리 때는 만화 주인공을 갖고도 그렇게 고집부리면 적폐 해석이라고 했어! 그런데 하물며 신의 캐해석을!"

"고전적으로 말하면 신의 이름을 망령되게 이르는 뭐, 그런 거겠지."

"아, 저 정말… 그렇게는 생각해 보지 않아서."

아까 흘리지 못한 눈물까지 찔끔찔끔 흘리며 아이는 웃었다. 한참을 웃다가 아이는 물었다.

"언제쯤 그 답을 알게 되나요?"

"글쎄, 칠순 넘고 팔순이 다 되어도 답은 없던데. 그냥 사는 거지."

"그런가요."

"그런 거야."

"몇 년 전에, 슈슬리사가 아닌 다른 외계인 연구원을

만났었어요. 그는 슈슬리사에 동화될 것인가, 아니면 자기 종의 정체성을 유지한 채 우주로 나가는 데 필요한 만큼 선택적으로 진화할 것인가는 우리 인류의 선택이라고 했는데."

그 말에 나와 윤희의 시선이 교차했다.

"그렇게 치면, 그 광신도들 말대로 구세주가 될지, 그냥 저 자신으로 살아갈지도 저의 선택이겠네요."

나는 그 애의 마음을, 그리고 윤희의 마음을 알 것 같았다. 우리는 서로 누가 먼저랄 것도 없이 고개를 끄덕였다.

그 아이는 그래서, 정말 무엇이었을까. 바이블에 나오는 예언자, 선지자, 혹은 구세주였을까. 아니면 그저 외계인들의 과학이 빚어 낸 우연이었을까. 어느 쪽이라 해도 그 아이에게는 그동안 누구도 그런 말을 해 주었던 사람이 없었을지도 모른다. 너는 괜찮다고, 너의 선택이라고. 그 누구도 처음부터 자신을 알지는 못한다고, 사랑하는 법도 배워야 한다고. 하지만 우리는 말은 하지 않아도 깨달았다. 바로 그 아이를 만난 덕분에. 우리가 이곳에서 길 건너를 바라보던 지난 40년이, 아주 아무것도 아닌 일은 아니었으리라고, 부질없는 고집도, 시간낭비도 아니었다고. 어쩌면 아주 먼 훗날에 인간은, 인간의 어떤 마음들은 슈슬리사와 비슷하지만 다른 어떤 형태로 남을지도 모른다고. 우리는 어쩌면 그 먼 미래를 위해 이곳에 서 있었는지도 모른다고.

"원래 외계인들이 처음 왔을 때, 아무도 하지 않는다면 우리라도 여기 나오자고 처음 말했던 친구가 있었단다."

어쩌면 우리가 한 일을 과대평가하는 것일지도 모르지만, 사람이란 자신이 평생을 바쳐 해 온 일에 대해, 구슬을 꿰어 목걸이를 만들 듯이 한 줄로 엮어 아름답게 빛나는 작은 무용담을 만들고 싶은 것뿐인지도 모르지만, 그럼에도 불구하고.

"네가 그 친구를 만나 보았다면 좋았을 텐데."

그 자리에 아무것도 없지는 않을 것이다. 우리가 서 있던 이 자리가, 풀 한 포기 나지 않는 그런 황무지는 아니었을 것이다. 시간이 아주 지난 뒤에는 이 자리에, 다시 풀이 돋고 꽃이 필 것이다. 우리가 가늠할 수 없는 아주 먼 훗날에, 지구의 사람들이 우주로 나아가 먼 여행을 떠나게 될 어쩌면 그때에. 아마도 우리가 듣고 싶었던 대답은 그때가 되어서야 들을 수 있을 것이다. 우리의 흔적조차 남지 않을 아주 먼 훗날에.

6. I love you

　나는, 내가 싫었다. 내가 살아가는 이 세상이 아무래도 마음에 들지 않았다. 다들 침착하고 태연한 척해 봤자, 그거 알고 있어? 너희들 모두 다 그냥 대량 생산품이야. 하하호호 웃고 있는 아이들에게 다가가 귀를 잡아당기며 말해 주고 싶었다. 너희들 모두 공장에서 똑같이 생긴 싸구려 장난감들을 찍어 내듯이, 꼭 그렇게 생긴 아기공장에서 태어난 애들이야. 어른들은 그걸 진화 자궁이라고 부르겠지만. 해가 갈수록 인간은 더 발전할 것이고, 세대를 거쳐 갈수록 더 현명해질 것이라는 뻔한 소리들을 하겠지만. 우리와는 조금 다르게 생긴 우리 엄마 아빠와 그보다 더 이상하게 생긴 할아버지 할머니가, 부모가 자식을 질투하고 먼저 태어난 사람이 늦게 태어난 사람을 증오하는 이건 아무리 봐도 정상이 아니야. 그렇게 얼음틀에 물을 부어 냉장고에 얼리듯이 만들어진 아이들과, 진화 자궁 첫 세대라며 그렇게 태어난 것에 한없는 자부심을 품고 있는 지금의 중년들과, 길어진 여생을 저주하며 젊은 세대를 증오하는 늙은이들이 싫었다. 너무 많은 시대와 세월과 세대가 얇고 섬세한 설탕 과자를 여러 겹으로 접고 겹쳐 좁은 상자에 밀어넣은 듯이 조밀하고 연약하게 붙어 있어, 조금만 움직여도 순식간에 부서져 버릴 것 같은 상태였다.

나는 작은 눈에 어깨가 잔뜩 구부러진 초라한 노인이 자신의 증손자를 목 졸라 살해했다는 신문기사를 보면서 처음부터 이건 예견되었어야 마땅한 일이라고 생각했다. 진화 2세대였던 그 노인의 손자 부부는 대학에 다니던 중 결혼을 했고, 졸업하자마자 진화 자궁 사용 허가를 받았다. 작게는 정신 나간 노인이 갓 태어난 증손자를 목 졸라 죽인 친족 살인이고, 좀 더 크게 보면 3세대의 프로토타입인 아이가 태어나자마자 살해당한 일이었다. 언론사마다 이에 대해 논평을 내놓았지만, 어찌 생각하면 당연한 일이다. 르네상스 시대 사람이나 심지어는 중세 시대 사람이 20세기 후반에 태어난 아기와 한 집에서 살 것을 요구당하는 것이나 마찬가지인 일이었을 테니까. 축적된 지식이나 문화뿐 아니라 골격 자체도 달라지고 있는 마당에. 어디로 보아도 공존이 불가능할 것 같은 세대들이 어떻게 잘못 꼬인 시간축 탓에 서로 만난 듯한 이 상황이야말로 예견된 비극이라고 생각했다. 슈슬리사들이 인간의 진보에 공연히 힘을 쏟기 시작하면서부터, 누군가는 이런 일들에 대해 이야기를 해야만 했을 거다.

"그 이야기 들었어?"

한 번도 만나보지 않은 그에게 뭔가를 기대하게 된 것도 그 때문이었다.

"있잖아, '구세주'라는 사람 말야."

"옛날부터 말이 많았잖아. 마치 예수 그리스도처럼 처녀 수태로 태어났다는 사람."

"그게 정말일까?"

"적어도 낳은 사람 본인은 알겠지. 이름도 이사나잖아. 그게 예수라는 뜻이라던데."

사람들이 말하는 구세주, 내가 마음속으로 숭배하는 사람. 어쩌면 이런 일들에 대해, 뭔가 말하고 싶을지도 모르는, 이사나 빈트 마리얌이라는 사람.

그렇다. 나는 한 번도 만나보지 못한 그 사람을 사랑하고 갈망했다. 나는 기꺼이 내 머리카락으로 그의 발을 닦고, 그의 가장 더러운 일을 도맡는 종복이 되고 싶었다. 그의 사도가 되어 복음을 전하고 싶었다. 한 번인가, 내 이런 생각을 가장 친하다고 생각했던 아이에게 털어놓았다가, 경멸에 가까운 반응을 되돌려받은 일이 있었다. 넌 미쳤어. 아니면 아직 철이 안 들었거나. 또래보다 조숙한 척하던 그 아이는 불쾌하다는 듯이 중얼거렸다. 그런 건 사랑이나 팬의 마음이 아니라 스토킹 범죄 같다고. 그 아이는 그렇게 말하며 내 어깨를 밀치더니, 나를 경멸하듯 노려보고 자리를 떴다. 하지만 경멸하는 시선으로 상대를 바라볼 줄 아는 것이 그 아이뿐이었을까. 나도 그랬다. 나도 그 아이를 경멸했다.

"어차피 우리들 따위, 대량 생산품일 뿐이잖아."

나는 그 아이를 경멸하는 나 자신마저 조롱하며 중얼거렸다. 우리 모두는, 저 위대하신 슈슬리사가 만들어 낸 아기 공장에서 왔지. 진화 2세대네, 3세대니 해도, 본질은 대량 생산품 그 자체야. 공장에서 툭툭 찍어내는 플라스틱 필통처럼 매끈하고 날렵하게 생겼어도 가볍고 속은 텅 비어 있는걸.

나는 방구석에서 웅크린 채 끝도 없이 옛날 영화들을 보았다. 지난 세기의 영화들을, 백년도 더 된 영상물들을 들여다보며 나는 시간을 그저 흘려보냈다. 한 달에 한두 번은 내 숭배하는 이에 대해서도 찾아보았다. 그는 직접 자신의 말을 하는 사람은 아닌 듯했다. 드물게 실린, 그 흔한 사진조차 찾아볼 수 없는 인터뷰에서 그는 아주 침착하고 조용한 사람으로 비쳤다. 하지만 거름종이로 걸러내기 전의, 날것의 그는 어떤 사람일까. 나는 그를 만나고 싶었다. 모두가 인공 자궁에서 태어나는 이 시대에 유일하게 어머니의 태에서 태어난 사람, 어쩌면 구세주일지도 모른다는 그 사람을.

그런 어리석은 갈망과 부질없는 소망이 뒤엉킨 채로, 나는 스무 살이 되었다.

**

"독립하려고요."

남들은 대학에 갈 나이가 되면 다들 독립을 준비한다는 마당에, 보수적이기 짝이 없는 이 고장에서 몇 대를 살아왔다는 내 가족들은 내가 집을 나가겠다고 하자 다들 기겁을 했다. 여자애는 밖으로 내돌리면 사고가 난다는 게 이유였다. 세상에, 하늘에 슈슬리사의 우주선들이 떠오르고도 50년이 다 되어가는 이 시점에 이게 무슨 헛소리야.

"어디 밖에 숨겨 둔 사내놈팽이가 있어서, 그래서 나가는 게 아니냐! 당장 그놈 데리고 와!"

"그런 것 아니에요."

"계집아이가 갑자기 집을 나가겠다는데 그것 말고 무슨 이유가 있어!"

그렇다니까. 슈슬리사가 나타나건 뭐가 어떻게 되건, 인간이란 변하질 않는다. 지금이 20세기 후반이기만 했어도 할아버지가 이러시는 것을 이해라도 해 드렸지. 지금은 이해받지도 못할 그런 논리로 사람에게 호통부터 치시는 한없이 시대착오적인 그 모습을 그저 지켜보다가 나는 반쯤 자포자기한 심사로 대답했다.

"놈팽이가 어디 있어요, 난 여자가 좋은데."

그러자 지팡이가 내 이마를 향해 날아들었다.

"고얀 것, 어디서 몹쓸 물이 들어서!"

피하긴 했지만 제대로 맞았으면 아마도 경찰을 부를 만한 일이 일어났을 거다.

"계집아이가 공부한다고 괜히 바람이나 들어서는, 어디서 이런 헛소리를 지껄이는 게야! 당장 학교 그만두고, 선 자리 알아봐 올 테니 결혼부터 해!"

"아까는 밖에 놈팽이가 있느냐고 난리를 치더니, 이번에는 할아버지가 남자를 소개시켜 준다고요? 아, 정말. 웃기지도 않아서. 하나만 좀 하세요, 하나만."

"이것이!"

UN과 슈슬리사는 이제 차별 문제는 어느 정도 과거의 문제가 되었다고 생각하겠지만, 천만의 말씀이다. 왜, 모세가 어쩌자고 40년 동안 광야를 떠돌았겠어. 아무리 가르치고 강조하고 권위에 호소하여 그건 아니라고 말을 해서, 공적인 부분에서는 그런 말을 해서는 안 된다는 것이 자리를 잡았어도, 어떤 부분은 구세대가 전부 죽어 없어지기 전에는 해결이 되지 않기 때문이었을 거다. 나는 가방을 집어들었다. 할아버지와 맞서다 보니 엄마 아빠의 표정은 제대로 살피지도 못했다. 충격을 받으신 것은 분명했지만, 내가 집을 나가는 것과 내가 여자를 좋아한다는 것 중 어느 쪽에 더 충격을 받으신 건지는 알 수 없었다. 어느 쪽이라도, 한없이 촌스러운 감정이라고 생각했다. 한없이.

집을 나왔다고 해도 알바비가 나오려면 며칠은 더 있어야 했다. 나는 그렇게 사이가 좋은 것도 아니었던 과 동기의 자취방에 짐을 잠시 맡겨 놓은 채 꼬박꼬박 알바만 하러 갔다. 수업에 나가지 않은 지는 오래 되었다. 과 동기는 왜 수업에 나가지 않느냐고 묻지 않았다. 그 애는 일상 자체가 바빴고, 같은 과 아이가 제 집에 밀고 들어와서 짐을 맡겨 놓고 며칠만 재워 달라는 것을 매정하게 거절할 만한 아이도 아니었다. 그 애가 할 수 있었던 것은 그저 나를 공기 취급하는 것이 전부였을 거다. 우리는 모두 서툴렀으니까.

"인도나 발리에라도 간 줄 알았네."

그렇게 월급을 챙겨 가기 이틀 전의 일이었다. 언니는 내가 알바하는 가게에 찾아와서는, 우습지도 않은 농담을 하며 낄낄거렸다. 전에 집에다가 어디서 아르바이트 한다고 이야기는 했는데 귀담아 들은 사람이 없었다는 뜻이겠지. 그나마 언니가 여길 기억하고 찾아온 것도, 자기가 친구들과 가면 공짜 커피를 마시게 해 달라고 헛소리를 한 덕분일 거라고 생각하니 속이 뒤집혔다. 제일 싼 커피라면 모를까, 언니가 좋아하는 크림 듬뿍 얹고 토핑도 얹은 커피라면 한 잔이 내 한 시간 알바비야. 무슨 헛소리를 하는 거야, 정말.

"엄마가 궁금해하셔. 슈슬리사가 분명히 애들을 진화시켜 준다고 했는데, 어쩌다 저런 게 나왔을까."

"재료가 글렀나 보지."

"그 이야기 들으셨다간 정말로 너 잡으러 온다."

"못 잡을걸."

"나한테도 이렇게 잡히면서 뭘."

여기 있는 것도 모레까지라는 이야기를 할까 말까 하다가 입을 다물었다. 그래, 여기 오면 잡을 수 있다고 생각하는 편이 낫겠다 싶었다. 그러면 한참은 더 헛걸음을 칠 테니까.

"커피나 줘."

"나한테 커피 맡겨 놨어?"

"전에 나 오면 공짜로 준다고 했잖아. 안 그래?"

"너 혼자 우긴 거겠지."

"그래서 줄 거야, 안 줄 거야? 안 주면 엄마한테 여기 있다고 그냥 꼰질러 버린다?"

죽여 버리고 싶었다.

어차피 알바는 4시까지였고, 나는 주인 언니에게 양해를 구하고 10분 먼저 카운터에서 내려왔다. 제일 많이 나가는 커피 두 잔, 내 한 시간 반어치 시급에 상당하는 음료를 들고, 언니가 기다리는 테이블에 다가가 한없이 불친절하게 내려놓았다. 적어도 그중 한 잔에는 적개심을 반쯤 담아서.

"먹고 꺼져."

"원시 종교 마니아에다가 레즈비언이라. 잘도 마이너하게 섞어 놓았잖아?"

"마이너하지 않아서 좋겠네, 누구 씨는."

건너편에 앉았다. 언니는 뭐가 기분 좋은지 아주 얄미울 정도로 방글방글 웃고 있었다.

"뭘 그렇게 기분 나쁘게 웃는 거야?"

"좋아서."

"…뭐가 좋다는 건데."

"있잖아, 난 전부터 마이너한 애들한테 관심 많았거든? 신기하잖아, 그런 애들이랑 친하다고 하면 있어 보이고."

이건 대체 무슨 헛소리야.

"레즈비언이 전체 여자 인구의 10퍼센트라는데, 내 주변엔 없었단 말야. 그런데다 원시 종교 마니아라니. 확실히 독특한 캐릭터지."

"전에 여자 동기가 자기한테 반할까 봐 걱정이라면서 도망다니지 않았어?"

"그건 그거고, 이건 이거지."

"뭐가 다른데?"

"넌 나한테 반하지 않잖아? 나한테 위험할 것도 없고."

어이쿠.

"가족 중에 그런 마이너한 사람이 하나 있는 건, 나중에 애들 교육상에도 좋지. 봐라, 세상에는 너희 이모처럼 저렇게 남들과 다른 사람도 있단다, 하고서…."

"그러니까."

아주 이쯤되면, 헛짓거리도 가지가지라는 말밖에 나오지 않는다. 대체 저 작고 어여쁜 머리통 속에는 뭐가 들어있으면 저런 말이 한번의 주저도 없이 줄줄이 나오는 걸까. 남의 인생을 부끄러움으로 보는 것도 싫었지만 액세서리 하나 생긴 것처럼 자랑스러워하는 위선은 더 꼴사나웠다. 제정신이 아니라니까. 대체 무슨 짓이야. 무슨 생각이야. 그렇게, "예, 나는 소수자를 이해합니다. 소수자는 우리의 친구죠." 하는 사람들을 보면, 피부색이 다른 사람들에 대해 법적인 차별은 없어졌어도 현실적인 차별이 절절하게 남아 있던 시절, 유색 인종 친구를 두는 것이 쿨하다고 생각하던 백인 중산층 이야기를 현실에서 보는 것 같아서 한없이 기분이 더러워졌다.

"내가 지금 네 액세서리냐?"

"어머, 말이 심하잖아."

나는 커피를 그대로 언니의 머리 위에 들이부었다. 언니는 비명을 질렀다. 나는 빈정거렸다.

"꼴통 같은 대량 생산품 주제에, 지랄하네."

**

나는 그대로 해고당했다. 하지만 해고한 이상 그때까지의 시급은 분 단위까지 정확히 계산해서 즉시 지불하게 되어 있었으므로, 주인 언니는 바로 내 급료를 계산해 주었다. 마지막 그 두 잔의 커피는 서비스라고 했다. 돈을 받자마자 나는 바로 과 동기의 방에서 짐을 빼고, 내가 갈망하는 그 사람이 있는 곳, 진해로 떠났다.

진해는 해양 연구함인 자산함의 모항이었고, 그는 1년 중 대략 열 달 가까이를 바다에서 지냈지만, 나머지 기간은 이곳 진해에 머물렀다. 나는 그가 돌아오기를, 그래서 우연히라도 그의 모습을 볼 수 있기를 바라며 진해에 몸만 겨우 누일 수 있을 만큼 작은 방을 얻었다. 대학교 공부를 계속하기 위해 이 지역 대학에 등록하고, 군인들이 자주 찾는 카페에서 일을 하기 시작했다. 애초에 그곳 인구의 반은 군 관계자였다. 나는 여름이 가고 짧은 겨울이 지나고 벚꽃이 휘날리도록 그곳에 머물렀다. 수많은 배들이 항구에 들어왔다가 다시 떠나가고, 주말이면 젊은 사관생도들이 거리를 채웠다가 사라졌다. 나는 그곳에서 그 누구도 아니었다. 조용히 커피를 내리거나, 샌드위치를 만들고 서빙하는 알바생이 늦게 오면 서빙도 했다. 가끔 그에 대해 사람들에게 묻기도 했지만, 그뿐이었다. 내가 할 수 있는 일은 기다리는 것뿐이었다.

그 무렵, 나는 자산함에 타고 있는 그 연구장교에 대해 조금 더 많은 이야기를 듣게 되었다. 그가 해군에 입대하면서 이곳 진해에 웬 희한한 종파의 교회들이 잔뜩 들어섰다는 이야기부터, 그가 심심풀이로 만들어 냈다는 온갖 발명품에 대한 이야기까지.

"뭐, 이것저것 있었어. 예를 들면 신형 작전용 부츠. 이건 물 위를 걸어다니면서 작업을 할 수 있게 만든 건데, 정말 한 2, 3년 만에 전 군에 보급이 된 거야. 사실 최근에 승진한 것도 이것 덕분이었을 거야."

"우와."

"그것 말고도, 재미있는 것들이 좀 있었어. 음, 예를 들면 이거."

적당히 술에 취한 대위가 품에서 약 상자 같은 것을 하나 꺼냈다. 서로 색이 다른 열 개의 알약이 개별 포장

된 블리스터 팩을 흔들어 보이며, 그는 빙긋 웃었다.

"이거 하나면 회식 끝이지!"

"숙취 해소용인가요?"

"그 반대야. 이거 한 팩이면 1개 중대 100명이 마시고도 열두 병은 남을 만큼 술을 만들어 낼 수 있거든? 이거 봐, 보라색은 와인, 갈색은 맥주, 흰색은 보드카."

"세상에, 술집들 다 망하게 하자는 거예요?"

"아니. 하지만 배 위에서도 가끔은 축하할 일이 생기거든. 그때마다 술을 들고 다니면 아까우니까. 배에 싣는 건 여튼 무게가 시간이고 돈이야. 뭘 많이 실으면 실을수록 기동력이 떨어지니까."

"이거 꼭 그거 같네요. '바이블'에 나오는 거요, 예수의 기적."

"아아."

"물 위를 걷기도 하고, 물을 포도주로 바꾸기도 하고."

"그런 이야기 많이 하지. 그런데 사실은 말이야."

대위는 재미있다는 듯 나를 바라보았다. 옅은 금빛을 띤 그의 올리브빛 피부가 아무래도 낯익었다. 안경을 벗자 어디선가 본 듯한 얼굴이 드러났다. 나는 입을 꾹 다물었다. 입을 뗄 수가 없었다.

"사실은 이것저것 정말 많이 발명하고 아이디어도 많이 내는데, 사람들이 기억하는 건 아무래도 바이블과 겹

치는 것들이야. 크리스마스에 태어난 이사나, 광신도들이 어쩌면 재림예수일지도 모른다고 쫓아다니는 그 이미지에서 벗어나질 못하는 거지."

"당신."

"이사나 빈트 마리얌."

평생 숭배하던 사람의 이름이 내 귓바퀴에 감겼다. 나는 눈을 깜빡였다. 마술처럼 그가 내 앞에 있었다. 반쯤 술에 취한 표정은 사라지고 매서운 눈매가 드러났다.

"정보부 사람한테서 들었거든. 네가 내 이야기를 캐묻고 다닌다면서?"

나는 얼굴이 벌겋게 달아오른 채 입술만 달싹거렸다. 죽고 싶을 만큼 부끄러웠다. 10대 중반부터 동경하고 숭배했던 사람인데도, 사진과 달리 안경을 쓰고 머리를 풀어헤친 채 술에 취해 있다는 이유만으로 못 알아보다니.

"으아아아…."

나는 손으로 머리를 감싼 채 신음했다. 누군가를 좋아하고 동경하는 마음에 자격이라는 게 있다면, 지금 상황은 아마도 실격에 해당할 것이다. 나는 창문을 열고 뛰어내려 도망치고 싶은 마음을 꾹 참으며, 손가락 틈으로 그의 얼굴을 슬쩍 바라보았다.

"…혹시 광신자야?"

이사나는 손으로 턱을 괸 채 나를 바라보았다.

"아니거든요!"

"전공이 그쪽이 아니라면야, 굳이 그 두꺼운 바이블을 챙겨 읽진 않았을 텐데."

"할아버지가 성당에 다니셨어요. 슈슬리사가 지구에 오기 전에"

"집에 책이 있어서 봤던 것뿐이라는 거야?"

"그것도 그렇지만, 원래 신화 같은 것에 관심이 많아요. 원시 종교 마니아라는 소리도 들었어요. 학교는… 그쪽 전공으로 진학하진 못했지만."

"광신자가 아니라면, 나를 왜 찾은 거지?"

나는 침을 삼키고 싶었지만, 입안은 어느새 바싹 말라붙어 있었다. 나는 나직하게 속삭였다.

"당신이라면 답을 알고 있을 것 같았어요."

**

그를 만나고, 싸구려 모텔에서 그와 함께 뒹구는 데까지 걸린 시간은 불과 네 시간. 내게 대체 무슨 일이 벌어진 것인지 이해할 수 없었다. 다만 돌아앉은 이사나의 등을 보며 겨우, 무슨 염치로 그랬는지는 모르지만 입을 뗀 것이 고작이었다.

"나랑 사귈래요?"

"이봐, 나 이래 봬도 군바리야."

안경을 집어 들며 이사나는 대꾸했다. 이 평화로운 시기, 대체 군대라는 조직이 어디에 쓸모가 있는지는 알 수 없지만, 주말마다 거리를 메우는 군인과 사관생도들 그 누구와 비교해 보아도 한없이 빈약한 것이 어디로 보아도 사람 때려잡게 생긴 구석이라고는 없는 여자는 웃음기 없는 얼굴로 나를 돌아보며 머리를 묶었다. 흘러내린 머리카락 아래, 초저녁 햇살을 받은 올리브빛 같은 몸은 보기 좋게 탄력이 있었지만, 딱히 꾸준히 단련한 듯 보이지는 않았다.

"네가 원하기도 하고 나도 싫진 않았어. 아니, 좋았는데, 그거랑 별개로 스테디한 관계를 생각하기엔 조건이 나빠. 난 한번 바다에 나가면 반년은 기본이라고. 배 타는 동안에 연애 같은 걸 시작하면 공연히 서로 마음만 상해. 그런 건 자주 만날 수 있는 사람과 하라고."

"대체 이 시대에 군대가 왜 필요한 거죠? 전쟁을 할 것도 아니잖아요. 슈슬리사가 다 통제하고 있는데."

"설명하기 복잡한 사정이란 언제나 있는 법이니까. 슈슬리사에 대해 반기를 드는 반군들도 있고. 물론 해군 연구함이라는 건, 해군 조직에 그냥 연구집단을 끼워넣은 거긴 하지만."

이사나는 셔츠 한 장만 입은 채 다시 침대에 벌렁 드

러누웠다. 나는 이사나의 머리카락을 만지작거리며, 그의 얼굴을 물끄러미 들여다보았다.

"사실 군대라는 조직 자체는 아직 꽤 유용하거든. 탐사라든가."

"탐사라니, 고색창연하네요."

나는 데이비드 리빙스턴이 아프리카 훑고 다니던 시대를 떠올리며 대답했다. 그는 웃었다.

"땅 위를 다 돌아봤다고 해도, 지구의 30퍼센트일 뿐이잖아. 아직 지구인도, 슈슬리사도 알지 못하는 세계가 남아 있다는 것이 좋은 거지. 그건 그렇고."

"예?"

"아까 답을 알고 있을 것 같아서 찾고 있다고 했는데. 그렇다면 네 질문은 뭔데?"

타인에게 열광하는 사람 중, 누군가는 마니아라 불리고 누군가는 팬, 누군가는 광신도라고 불린다. 그 광신도라는 말에는 조롱과 비난이 얹혀 있었지만, 그럼에도 나는 그 말이 처음부터 아주 마음에 들었다. 미친다는 것은, 자기 자신을 잃어버린다는 뜻이다. 자기 자신을 잃어버릴 만큼 누군가에게 몰두한다는 것보다 더 깊은 사랑이 있기는 한 걸까.

나는 그를 숭배하고 있었다. 그에 대한 아주 짧은 기사와 인터뷰를 스크랩하고, 그의 흔적을 찾아 온 인터넷을 뒤지고, 이사나 빈트 마리얌이라는 여자의 삶에 대한 파편들을 주워 모아, 그의 삶을 내 멋대로 재구성하고 사랑에 빠졌다. 선지자이며 예언자이자 구세주였던 남자가 태어났다는 바로 그날에, 세 종교의 성지인 곳에서 모든 아이들이 진화 자궁에서 태어나는 것이 당연해진 그 시대에 여자의 몸에서 태어난 아이. 그것만으로도 누군가를 숭배할 이유는 충분했다. 충분하다고 여겼다. 나는 그를 사랑했고, 그를 위해 순교하고 싶었다. 붕어빵조차 속에 팥을 가득 채우고 만들어지는 마당에, 나를 포함해서 모든 아이들이 속 빈 플라스틱 필통처럼 영혼 없이 태어나는 이 시대에, 그라면 내가 알지 못하고 느끼지 못하는 모든 것들을 알고 있을 것 같아서. 그라면 영혼에 대해 내게 말해 줄 수 있을 것 같아서.

"대답해 줄 수 있어요?"

"제대로 된 질문이라면."

신은 어디에 있는지, 구원은 어디에 있는지, 슈슬리사에 의해 만들어진 아이들에게도 과연 영혼이 자리잡을 곳은 남아 있는 것인지. 진화 자궁을 빙자한 아기 공장에서 태어나는 우리가, 알을 잘 낳도록 품종 개량되어 부화기에서 대량으로 깨어나는 양계장 닭들과 다른 것은 대체 무엇인지. 나는 알고 싶었다. 묻고 싶었다. 그 누구도 대답해 주지 않는 질문과 답들을. 슈슬리사보다 열등한 인간이 슈슬리사가 이끌어 주는 대로 진화를 거듭하여 우주 시대로 나아가야 한다는 헛소리와, 우리는 사육당하는 가축이 아니니 그저 자연으로 돌아가야 한다는 극단적인 주장들이 아닌, 조금 더 진실에 가까운 무언가를 알고 싶었다. 양계장의 닭처럼 태어난 우리와 달리 인간의 아이로 태어나, 슈슬리사의 손에서 자란 그라면 알 수 있을 거라고 생각했다. 우리가 무엇을 해야 하는지. 우리가 대체 누구인지를.

"너도 내가 구세주이기를 바라는 거니?"

나는 고개를 들었다. 이사나가 냉담한 눈으로 나를 바라보고 있었다.

"너도 내가 이사 알 마시, 혹은 예수 그리스도처럼 되기를 바라는 거니?"

"저는…."

"죄값은 셀프야."

그는 단호하게 말하며 고개를 돌렸다.

"사람의 죄를 양에게 뒤집어씌우는 건, 고대 종교의 제의라는 점을 감안하더라도 너무 뻔뻔하지 않아? 죄 지은 사람은 떳떳이 살고 있는데, 엉뚱한 양이 속죄양이랍시고 벌을 받는 것은. 그렇다고 지은 죄가 사라지는 것도 아닌데, 한없이 비논리적인 짓이지. 그런데 2천 년 전에는 하느님의 아들이라는 젊은 목수를 십자가에 매달아 죽여 버리고는 주님의 어린 양이니 뭐니 하더니, 그도 부족해서 또 멀쩡한 사람보고 구세주니 뭐니 하는 건 무슨 심리들이야. 고개를 들면 우주선이 떠 있는 시대에 사람에게, 다른 사람의 죄를 뒤집어쓰고 죽으라고 말하는 거야? 정작 내가 태어났을 때는, 슈슬리사의 인공 자궁에서 사람이 태어나기 시작한 지 고작 15년밖에 안 됐는데도 뭔가 비정상적이고 불결한 아이 취급을 받았는데. 그 불결한 아이에게 죄를 대속시키면 편안하게 발들 뻗고 잘 수 있는 모양이지."

그는 화를 내지 않았다. 담담하게. 그냥 그리만 말하고 입을 다물었다. 마치 내 대답, 또는 질문을 기다리는 것처럼 나를 바라보다가 옷을 꿰어입고 밖으로 나갔다. 퍼뜩 정신이 들었다. 뒤따라 달려나갔지만 그는 이미 보이지 않았다.

꿈이었을까. 이사나 빈트 마리얌, 또는 이사나 알 마시라 불리는, 내가 숭배하던 그 사람이 잠시나마 내 곁에 있었던 것은. 나는 모텔 입구에 붙어 있는 거울을 향해 다가갔다. 때가 탄 셔츠의 제대로 여미지 못한 옷깃 사이로 붉은 자국이 드러났다. 나를 온통 뒤흔들었던 그 선명한 감각들이 떠올랐다. 나는 모텔 문을 열고 휘청거리며 밖으로 나갔다. 하늘은 어두웠고, 별은 드물었다. 슈슬리사의 우주선들이 희미한 빛을 내며 하늘을 가렸고, 그 사이 손톱 같은 달 한 조각이 걸려 있었다. 태어나서 한 번도 슈슬리사의 우주선이 보이지 않는 하늘을 본 적이 없다는 사실을 새삼 깨달으며 몸을 떨었다. 기실, 저 위에 올라가 본 사람조차도 거의 없을 테다. 슈슬리사가 오기 전까지 인류는 인공위성을 쏘아올리고 달에도 가 보았지만, 그들이 온 이후로 우리는 우주를 빼앗겨 버렸다. 인간에게 아직 허락되지 않은 슈슬리사의 우주선 그 너머로, 끝없이 펼쳐져 있었을 하늘과 우주는 이제 닿지 않았다.

**

두 달 만에 이사나가 다시 나타났을 때, 하늘은 흐렸다. 곧 비가 올 것 같았다. 여름은 길었고, 걸핏하면 소나기가 쏟아졌다. 나는 습기 때문에 곱슬거리는 머리카락을 잡아당기며 중얼거렸다.

"전능하신 슈슬리사는 모처럼 지구까지 왔으면 이 날씨부터 어떻게 좀 하지 말이에요. 1년 내내 봄이라든가."

"일단 슈슬리사는 전능하지 않고, 날씨 같은 건 바꾸고 싶어도 쉽게 바꿀 수 없어. 전 세계가 유기적으로 연결된 부분이라서."

"그렇게 진지한 대답을 듣자고 한 말은 아니었는데."

"뭐, 그래도 슈슬리사가 지구에 온 뒤로 더 이상 온난화가 진행되진 않잖아."

그런 이야기를 하다 말고 그가 물었다.

"밥이나 같이 먹자."

"내 이름은 알아요? 같이 잤으면 이름 정도는 물어보라고요."

"알면 뭐해. 사귈 것도 아닌데."

"나랑 사귈래요?"

"됐어, 난 그냥 네 질문이 궁금해서 온 거니까."

"두 달 내내요? 내가 보고 싶었던 건 아니고요?"

"글쎄."

그는 맛있는 걸 먹으러 가자고 했지만, 나는 모텔로 가자고 졸랐다. 포장해 온 음식과 음료수를 내려놓고, 우리는 지난번 그 모텔의 좁은 화장대 앞에 나란히 앉아 식사부터 했다.

"꼭 소풍 도시락 같네."

그는 밥을 먹다 말고 문득 언젠가 소풍을 갔을 때, 자신을 맡아 길러 주던 신부님 댁의 언니가 싸 주었던 도시락 이야기를 했다. 감나무와 벚꽃나무, 인천 앞바다. 어두운 진초록과 하늘거리는 엷은 분홍빛, 갓 씻어 놓은 조생귤처럼 선명한 주홍빛이 어우러진, 이사나의 소녀 시절을 채우던 색채를. 가장 넓은 면적을 칠하는 것은 회색이었다. 어두운 회색, 황토빛이 얼룩진 잿빛 바닷물.

"지금도 인도양 쪽을 지나다 보면, 이 새파란 바닷물이 내가 아는 바다가 맞나 싶을 때가 있어. 그 인천 앞바다 똥물과 자꾸 비교가 되어서."

그 잿빛 바다처럼 찡그리며 그는 인천 앞바다가 얼마나 구질구질했는지 강조했다. 마치 무언가를 떨쳐 내고 싶은 사람처럼.

"똥물이라니."

"왜, 말이 거칠어서? 군인들은 원래 말이 좀 거칠지. 참고로 나는 아홉 가지 말로 능수능란하게 욕을 할 수 있어."

"욕 말고, 그냥 잘 하는 건 몇 나라 말인데요?"

"어디 보자, 네 가지."

"우와."

"놀랄 건 아냐. 영어는 다들 배우는 거고, 어릴 때 예루살렘 쪽에서 살았고, 그다음에는 한국에 왔고. 거긴 이스라엘과 팔레스타인이 맞닿아 있으니까, 아랍어를 하거든. 어릴 때 몇 년 살았던 거라서 영영 잊어버린 줄 알았는데, 다시 공부하니까 그래도 남들보다는 빨리 돌아오더라. 감이라는 게 있어서."

"대단하네요. 근데 정말 소문처럼 구세주 같은 그런 사람은 아니어서 좀 놀랐어요. 일단 말도 막 하고."

"구세주 치고는 섹스도 잘 하지 않았어? 이렇게 또 만나자고 매달릴 만큼은?"

"그렇다고 쳐 둘게요."

놀리고, 복수하듯 간지럽히고, 숨이 턱에 차도록 낄낄거리다가 서로를 끌어안았다.

4세기의 교부 에피파니우스는 "막달라 마리아의 위대한 의문"이라는 글을 인용하며, 옆구리에서 여자를 만들어 낸 예수가 막달라 마리아가 보는 앞에서 섹스를 하고, 막달라 마리아가 충격을 받자 요한복음에 나오는 말 그대로, "내가 땅의 일을 말하여도 너희가 믿지 아니하거늘 하물며 하늘의 일을 말하면 어떻게 믿겠느냐?"고 말했다고 했다. 나는 탈진한 채 고개만 돌려, 내 옆에 똑바로 누워 있는 사람의 옆모습을 바라보며 그 이야기를 떠올렸다.

말끝마다 "구세주로 오인받는"다고 말하는 당신은 누구일까.

그러면 대답해 줄 수 있을 것 같았던 수많은 의문들이 겨우 혀끝에 돌기 시작했다. 갈피를 잡지 못하는, 방향이 없는, 그래서 이제 겨우 말할 수 있을 것 같으면서도 바로 꺼내 놓지 못할 의문들이.

"너 말고도 많이들 궁금해하더라."

"당신이 구세주인지 아닌지를?"

"아니, 슈슬리사가 인류를 진화시킨다고 했는데, 이 공차들은 뭔지. 왜 우리는 이렇게 불안하고, 우리는 이렇게 완벽하지 못한지."

"정답이 있어요?"

"확률 문제지. 배합하다 보면."

나는 그의 팔을 풀며 어깨를 으쓱거렸다.

"우리들은 꼭 플라스틱 필통 같아요. 영혼이 없이. 껍데기만 매끈하게 뽑혀져 나오니까."

"누가 영혼이 없다고 그래?"

"우린 슈슬리사가 붕어빵 찍듯이 만들어 낸 애들이잖아요."

"그 촌스러운 소리는 뭐야. 이봐, 1978년에 시험관 아기가 처음 태어났을 때, 사람들은 영혼이 없는 시험관 아기가 인류의 종말을 불러올 거라고 했어. 우습지 않아? 넌 지금 그것과 똑같은 말을 하고 있는 거야. 무슨. 슈슬리사가 지구에 내려오기 전에 이미 백만 명이 넘는 시험관 아기들이 세상에 태어났는데, 그랬으면 진작 종말이 일어나고도 남았겠지."

웃음이 났다. 그동안 인생이 뒤틀릴 정도로 고민하던 것을 순식간에 정리해 버리는 그 말에.

"그래서 날 찾았던 거야? 엄마가 아홉 달 배 아파서 낳은 아이는 뭐가 달라도 다를 것 같아서?"

"…아니라고 못해서 죄송해요."

"진작 알았다면 도망칠걸 그랬군."

"하지만 영혼이 있을 거라고 생각했어요."

"네게는 영혼이 없고?"

"…제대로 된 영혼이 있다고 생각할 수가 없었어요."

속삭였다. 가슴이 욱신거렸다. 한 번도 느껴 본 적 없는 감각. 두 발이 중력을 잃은 채 결코 바닥에 닿지 못하는 감각. 한 번도, 무언가가 나를 단단히 잡아 주고 있다고 생각해 본 적이 없다. 언제나 자기 자리가 없이, 먼지처럼 부유하고 있다고 생각했다. 나는.

"나는, 내가 뭔가 잘못된 거라고 생각했어요. 하지만… 다들 잘못될 리 없다고 그러는 거죠, 슈슬리사가 만들어 낸 아이들인데 설마 불량품이 있겠느냐는 식으로. 그러면서도 자연 출산으로 태어난 사람들, 지금 50대 넘어가는 할아버지 선생님들은, 무슨 장인 정신이나 그런 것이 교과서에 나오면 늘 습관처럼 그러시는 거예요. 열 달 배 아파서 태어나지 못한 애들은, 장인 정신 없이 대충 찍어 낸 공장 물건 같은 거라고."

"그건 선생이 나쁜 거네."

그래서 이사나 빈트 마리얌을 만나면 뭔가 답을 찾을 수 있을 거라고 믿었다. 아무리 애를 써도 발밑을 단단하게 지탱해 줄 무언가를 만날 수 없으리라는 두려움,

슈슬리사가 만들어 냈는데도 마치 공장에서 물건을 만들다가 불량품이 생긴 것처럼 동성을 좋아하게 되어 버린 나 자신에 대한 혐오. 그 모든 것을 영혼의 탓으로 돌리고, 슈슬리사의 탓으로 돌린 채로, 나는 내가 생각한 그 답이 맞다는 것을 증명받기 위해 그를 찾았다. 어쩌면 나는 정말로, 그를 구세주라고 생각했을지도 모른다. 내 눈물과 내 머리카락으로 그의 발을 씻고, 그의 사도, 가장 비천한 종이 되어, 결국은 가장 낮은 곳에 있는 아무것도 아닌 사람이 세상을 바꾸어 내리라는 어떤 희망처럼, 마음속에 멋대로 만들어 낸 그를 숭배했는지도 모른다. 이렇게 간결하고 어쩌면 내가 조금만 더 주위를 살펴보았다면 진작에 들을 수 있었을지도 모르는 단순한 답을 앞에 두고, 나는 조금 기뻤고 많이 아팠다.

"군에 몸담고 있는 것은, 내가 하고 싶은 연구와 맞아 들어가는 부분이 많기 때문이야."

"뭘 연구하는데요? 무기?"

"심해 어류."

"바다 물고기요? 생선?"

"뜻밖에도, 인간은 우주보다도 깊은 바다에 대해 더 무지했거든."

잠깐 잠들었나 보다. 내가 눈을 뜨자 나를 들여다보던 그는 얼른 고개를 돌리며 일어났다. 나는 웃었다. 눈물자국이 남아 있었다는 것은 그다음에, 눈가가 유난히 당기는 것을 느끼고서야 알았다. 뺨을 손바닥으로 비비는데, 그는 먼저 일어나 옷을 입기 시작했다.

"난 먼저 씻었어. 씻고 나오든가."

"바다 이야기, 더 듣고 싶어요."

"뭐, 별건 아냐. 지구와 비슷한 행성들도 없지 않았겠지만, 적어도 지구의 바닷속에 무엇이 있는지는 슈슬리사들도 아직 정확히 알지 못하잖아? 다른 분야는, 그러니까 수학이나 물리나 화학 같은 것은 슈슬리사가 이미 거둔 성과가 있는데도, 지구인들이 따라와 주길 기다리는 게 있는데, 적어도 지구의 해양생물학은 슈슬리사든 그 어떤 외계의 지성체든 여기 와서야 시작한 거니까, 그들과 나란히 연구할 수 있는 분야인 거지."

"그래서예요? 이기고 싶어서?"

나는 홑이불로 몸을 감싸며 일어나 앉아 물었다. 그의 목에는 얇은 사슬에 매달린 새끼손가락만 한 시험관 같은 것이 걸려 있었다. 그는 셔츠 단추를 마저 채우며 쓸쓸히 대답했다.

"동등해지고 싶어서."

**

씻고 나와서 함께 걸었다. 모텔 거울 앞에서 나란히 선 우리 둘의 모습은 낯설면서도 어쩐지 따뜻했다. 나는 그에게 다시 만날 수 있느냐고 묻지 않았고, 그는 내게 정말로 사귀고 싶으냐고 다시 묻지 않았다. 그는 그저 나직한 목소리로 그 심해의 어족들에 대해, 아직 사람들과 슈슬리사들의 손이 닿지 않은 세계에 대해 이야기할 뿐이었다.

"감나무 밑에서 입을 벌리고 기다리듯이, 진화 자궁으로 뇌내 시냅스만 착실하게 늘리면서 어차피 슈슬리사가 다 발견했을 지식들을 그냥 그대로 전수받을 궁리만 하고 있으면, 인류의 종으로서의 정체성이라는 것은 아주 사라진다고 생각해. 결국은 그 지식과 문명을 전달받겠지만 우리 스스로 생각할 수 있는 힘을 잃어버린다면 학교 졸업할 때까지 암기만 착실하게 하다 나온 꽉 막힌 모범생처럼 되어 버릴 테니까."

"그래서 자산함에 타는 거예요?"

"…아마도."

"언제부터 그런 생각을 했어요?"

"원래 생물을 좋아했어. 이것저것, 성게나 작은 새들의 유전자를 조작하기도 했고."

"난 하고 싶은 게 없었어요."

"찾아보면 되지 않을까."

"그런 게 처음부터 없는 사람도… 있을 거예요, 아마. 하고 싶은 것도, 잘 하는 것도. 재능이라는 게, 누구에게나 다 있으면 재능이라고 부르는 게 아니잖아요. 아닌가요?"

"그래, 가로 세로 높이 1미터 되는 시멘트 덩어리가 있는데, 그 어딘가에 다이아몬드가 박혀 있어. 그게 깨알만 한지 콩알만 한지는 누구도 모르는 상태로 사포질을 해서 그걸 찾아내는게 재능을 찾는 일이긴 하지. 하지만 그걸 사포로 밀어보기 전에 재능이 없다는 말부터 하는 것은 이상하지 않아?"

"모르겠어요. 난."

"지금 몇 살이지?"

"스물한 살."

"뭐, 범죄를 저지른 것은 아니니 다행이네. 어려 보여서 걱정했는데."

그는 모텔 간판을 돌아보며 웃었다. 비가 내릴 듯한 하늘을 올려다보다, 나는 조심스레 손을 내어 이사나의 손가락을 건드렸다. 피하지 않았다. 나는 천천히, 검지 손가락으로 그의 검지 손가락을 걸었다. 그의 시선이 잠시 뺨에 닿았지만, 그뿐이었다. 거부는 없었다. 나는 그대로 좋았다. 내가 생각하던 그런 어떤 진리를 내 앞에 꺼내 주지 않았다 해도. 처음으로, 천천히 조심스레 내 두 발이 땅을 향해 내려오는 느낌이 들었다. 마치 중력처럼 처음으로 균형을 잡을 수 있을 것만 같았다.

그때 멀리서 낯선 사람들이 다가왔다. 이사나는 갑자기 손에 힘을 주어 내 손을 잡더니, 나를 등 뒤로 돌려 세웠다. 광신자. 그 단어를 떠올리기도 전에 다가온 그들은 내 머리카락을 쥐어뜯으며 나와 이사나 사이로 끼어들었다. 구세주를 타락시키는 음녀가 나타났다는, 정말 수천 년 전에나 통했을 것 같은 헛소리과 함께.

"시끄러워, 이 할망구들아. 닥치지 못해!"

이사나는 내 머리를 쥐어뜯던 광신자의 손을 잡아 비틀고 나를 벽 쪽으로 돌려세웠다. 그러고는 서둘러 경찰을 불렀다.

"음녀라니… 저거 지금 나보고 하는 소리예요?"

"…이래서 내가 연애를 못 하는 거야."

"저 사람들 설마 이 시대에, 여자끼리 섹스했다고 저러는 거예요?"

나는 대체 언제 적 사고방식을 가진 사람들인가 싶어서, 이사나의 어깨 너머 모여드는 사람들을 흘끔거렸다. 이사나가 한숨을 쉬었다.

"아냐, 원래 시도 때도 없이 스토킹인데… 사실은 내가 누구와 데이트를 하거나 섹스라도 한 낌새가 보이면 특히 상태가 안 좋아. 자기네 무리들 죄 다 불러서 쫓아다니고, 난리도 아니야. 여자라서 특히 더 그러는 건 아니고…. 그런 점에서는 의외로 공평해서 상대가 인간이기만 하면 성별은 상관없이 저러긴 해."

"뭐 저런…."

"동정녀에게서 태어난 구세주니까 섹스하지 말라는 게 저 사람들 주장인데… 대체 누구 마음대로 구세주라는 거야."

광신자들이 십자가를 꺼내 들고 음산한 목소리로 이상한 노래들을 부르기 시작했다. 구경하며 몰려든 사람들 중에 한두 명이 그들 틈에 끼어들었다. 그중에는 내 또래인 젊은 사람들도 있었다. 이사나는 기막히다는 듯 가장 젊은 사람을 쳐다보았다.

"당신, 정말로 믿는 거야? 슈슬리사가 가득한 지금에 와서도? 누군가 신이 빛이 있으라고 한마디한 것만으로 세상이 생겨나고 누군가 진흙을 집어던진 것만으로 생명이 생겨났다고 생각해? 무지했던 시절, 어떻게든 세상을 이해해 보고 싶은 마음에 만들어 낸 그 당시 논리 안에서만 합당했던 설명을, 2천 년도 더 지난 지금까지 끌고 오는 건 대체 뭐하자는 거야?"

"우리를 구원해 주세요."

"우리를 저 외계인들에게서 구원해 주세요."

"우리의 죄를 사해 주세요."

"주님의 어린 양인 당신께서…."

기도하듯 읊조리는 광신자들의 목소리 속에서 이사나는 눈을 감았다. 그가 만약에 정말로 구세주였다고 해도, 마치 그에게 뭔가를 맡겨 놓은 것처럼 구는 이런 사람들을 위해 희생하고 싶을 리 없겠지. 내 손을 잡은 그의 손에 힘이 들어갔다. 나는 가만히, 자유로운 다른 한 손을 그의 등에 얹었다. 심장 소리가 들렸다. 치밀어오르는 화를 애써 억누르는, 그러나 임계점에 다가간 격렬한 고동이 손바닥에 닿았다.

"이봐, 당신들."

경찰차는 아직 멀었을까, 생각하는데 이사나가 품에서 테이저를 꺼냈다. 쏘려는 것일까. 정당방위일 거야. 괜찮아. 그는 테이저를 손에 쥔 채, 그 광신자들에게 다가갔다.

"주님의 어린 양이 무슨 뜻인지 알기는 알아? 그 말이 무슨 뜻인지 안다면 그걸 이리 쏴 봐."

뒤로 물러서려는 광신자의 손에, 억지로 테이저를 쥐어주었다. 이사나는 그 테이저의 끝을 제 가슴에 꾹 누른 채 광신자를 노려보았다.

"자기가 하는 말이 무슨 뜻인지는 생각을 하고 살지 그래. 주님의 어린 양이라는 것은, 그런 구세주라는 것은, 당신들의 죄를 모두 대신 지고 죽어 달라는 뜻이잖아. 그래, 내가 죽어서 당신들의 죄가 씻은 듯이 없어진다고 정말로 믿는다면, 쏘지 못할 게 없잖아, 안 그래?"

한 걸음, 광신자가 뒤로 도망치듯 물러섰다. 이사나는 비웃었다.

"어디 할 수 있으면 해 봐. 못 해? 못 하겠으면 내 앞에 다시 나타나지 마. 꺼져. 남의 귀한 목숨을 멋대로 자기들 죄값을 치우는 데 쓸 테니 내놓으라고 갖은 지랄은 다 해놓고, 이제 와서 주겠다는데 못 하겠어? 자기 손에 피 묻히기는 싫은 모양이지? 우리는 죄 없는 사람들이에요, 그렇게 남에게 피해 준 일 없는 척, 그렇게 살고 싶은 모양이지? 말해 봐. 내가 죽는 것으로 당신들의 죄가 씻겨진다면, 그런 것을 원해? 그런 것이 정말로 공정하다고 생각해?"

"나는… 하늘로부터 내려온 산 떡이니…."

테이저를 든 광신자가 울먹이듯 중얼거렸다.

"사람이 이 떡을 먹으면 영생하리라. 나의 줄 떡은 세상의 생명을 위한 내 살이로라…."

"떡 줄 놈은 생각도 않는데 아주 지랄하고 자빠졌구만."

"당신은 무염시태, 성령에 의해 동정녀가 낳은 분…."

"그게 정말로 하느님의 뜻이라면, 당장 저 위에 있는 슈슬리사들부터 치워 보지 그래. 아니면 다른 종류의 멍청이들처럼, 슈슬리사가 하느님의 명을 받아 내려온 천사들이라고 착각하고 행복하게 살든가. 왜, 스스로도 믿지 못할 것들을 믿으라고 하면서 애먼 남의 운명을 좌지우지하려는 거야. 헛짓거리 하지 말고 꺼져. 당장 꺼지라고. 당장…."

그리고 이사나는 그대로 그 자리에 주저앉았다. 이사나의 셔츠 깃에 꽂힌 핀과 테이저건 사이로 새파란 빛을 띤 방전이 일었다. 무너지는 이사나의 뒤쪽으로, 달려오는 경찰차가 보였다. 경찰이 이사나의 테이저를 쥔 여자를 체포하는 사이 다른 이들은 뿔뿔이 흩어져 도망쳤다. 나는 그를, 주저앉아 내 품에 안기듯 기댄 이사나를 들여다보며 소리쳤다.

아아.

나는 정말로, 그를 위해 무엇이라도 하고 싶었다.

그가 나의 죄를 사하지 않고, 그가 나의 죄를 대신 감당하지 않는다 해도, 나는 그를 위해 대신 죽어도 좋다고 생각했다. 진심이었다. 이사나의 무너지는 어깨를 가슴으로 받아 안는 그 짧은 순간, 이 세상 전부가 사라진 듯한 가없는 고요가 순간 내 모든 감각을 사로잡은 그 순간에, 그런 것을, 그런 마음을, 누군가 엿듣는다면 광신적이라고 비웃을 그런 감정을, 사실은 사랑이라고 이름붙여야 한다는 것을 나는 깨달았다.

**

"내가 미쳤냐, 광신도에게 무기를 건네주는데 출력도 안 줄이고 줄 리가 없잖아."

이사나는 아이스티를 마시며 웃었다. 그날, 그 순간, 테이저의 충격으로 잠깐 주저앉았던 그는 자신을 쏘았던 광신자가 경찰을 밀치고 도망치는 것을 보고는 그대로 경찰의 허리춤에 꽂혀 있던 테이저를 '빌려'서 정조준, 단발로 잡아 버리며 군인으로서의 유능함을 증명했다. 세상에. 죽은 줄 알았는데. 한순간이지만 그와 함께 죽지 못한 것이 원망스러웠는데, 사흘은 고사하고 30초 만에 정신을 차린 이, 구세주로 종종 오인받는 분께서는 반쯤 빈정대는 미소를 가득 머금은 채 사흘 만에 카페에 나타났다.

"대체 뭐 하자는 거야. 수천 년 전에 세상이 어떻게 만들어졌는지 이해해 보려고 짜맞춘 이론에 아직까지 기대고 있다니, 제발 업데이트 좀 하라고 해. 2천 년 전에 그 남자는 잡다한 계명 필요 없이 사람들끼리 사랑하고 살라고 했더니만, 그걸 핑계로 시도 때도 없이 전쟁질이지 않나, 이제는 멀쩡한 사람보고 또 남의 죄를 대신 지고 죽으라고 길바닥에서 난리를 치지 않나. 뭐 하자는 거야, 대체."

"그러다 정말 죽었으면 어쩌려고 그래요."

"그랬으면, 쏜 놈이 살인자가 되었겠지? 손쉽게 자기 죄를 남에게 뒤집어 씌우려고 한 삼류 악당의 말로치고는 나쁘지 않잖아."

"아니, 당신 말이에요, 당신. 이사나 빈트 마리얌."

"글쎄? 그 사람들 말마따나 내가 정말 구세주라면 사흘쯤 두면 어떻게 일어나지 않을까? 아, 요즘같이 고온다습할 때는 좀 곤란하겠네. 사흘이면 뭐 이미 푹 썩어서 파리가 드글드글 하지 않을까 싶은데."

"말을 해도 어떻게 그렇게 못된 말만 골라서 해요."

"내가 뭘?"

이사나는 웃었다. 그의 올리브빛 피부를, 검은 머리카락을, 나는 만져 보고 싶었다. 무사하다는 것을 확인하듯 다시 한 번 등에 손을 대고 가슴의 고동을 느껴 보고 싶었다. 끌어안고 싶었다. 갑자기 얼굴이 확 달아올랐다. 이사나는 소리내어 웃었다.

"왜. 뭐 찔리는 생각이라도 한 거야?"

"그런 것 아니거든요."

"있잖아. 나는 구세주도 무엇도 아냐. 어떤 의미에서는 잉여 생산물에 가깝지. 생물학적 아버지 없이 아이를 잉태하는 것도, 사실은 기적도 무엇도 아냐. 확률 문제지. 진화 자궁 초기 단계에, 새로 만난 종의 유전자를 분석해서 1차 진화를 시키는 중에 아주 드물게, 아주 가끔 발생하는 그런 일이야. 단성 생식이라고 하는데, 사실 인간 정도로 복잡한 생물에게서는 자연적으로 일어날 확률이 0에 가깝지만, 아무래도 인위적으로 손을 대다 보면 가능성이 높아지기도 하고."

"그런 거였군요…."

"자연 상태에서 그런 일이 생겼을 때 무사히 태어나기도 쉽지 않지만 생긴다고 다 낳는 것은 아니니, 만삭이 되도록 잘 숨기고 다니다가 끝내 낳아 버린 내 어머니의 고집이 기적이라면 기적일까."

"그럼 정말로 신의 자손 같은 것은 아니었네요."

"그러길 바라?"

"아뇨."

이사나는 아이스티를 몇 모금 마셨다. 꼴깍. 나도 모르게 침을 삼켰다. 다가가고 싶은, 닿고 싶은 무언가가, 벽에 가로막힌 채 그를 안타깝게 바라보고만 있었다. 동경했던 사람. 닿고 싶은 사람. 알아가고 싶은 그 사람은, 내가 아닌 창문 너머 먼 어딘가를 바라보며 중얼거렸다.

"처음에는 내가 너무 하찮아서 차라리 구세주라도 나쁘지 않겠다 생각한 적도 있었어. 내 목숨이 너무 하찮고도 버거워서 감당이 되지 않을 것 같았어. 나조차도 납득하지 못한 내 존재를, 태어나면서부터 불길한 아이라고 불려 온 이 생을, 어디든 매달아서 사람들을 구원할 수 있다면 그것도 나쁘지 않을 것 같았지. 하지만 말야, 난 그런 게 아니라는 것을 알고서야 비로소 살아갈 수 있었다고 생각해. 내가 태어난 것이 신의 장난이나 기적이 아니라, 열다섯 살밖에 안 되었던 내 어머니의 의지였다는 것을 알았을 때, 나는 어쨌든 살아가기로 했어. 내 자신이 별로 소중하지 않건, 잉여 생산물이건 상관없이. 이왕 이렇게 태어난 거라면, 슈슬리사의 세계에서 인간으로서 지식의 진보를 이루고 싶으니까. 낡은 육분의를 별을 향해 고정하고, 그 별을 향해 계속 나아가듯이. 지금까지 내가 만나왔던, 나보다 훨씬 더 긴 세월을 살아갈 먼 별의 이들이, 가끔은 수십 광년의 시간을 넘어 이 지구의 역사 속에서 희미하게 남을 나의 흔적을 더듬어 기억할 수 있도록. 내가 찾을 진리는 그런 데 있을 거야. 그러니까 난 계속 배를 탈 거고. 1년에 이렇게 뭍에서 지내는 기간은 다 합쳐도 석 달도 안 될 텐데. 그래도 괜찮겠어?"

이사나는 빈 아이스티 잔을 내려놓고, 셔츠 밖으로 비어져 나온 시험관을 손끝으로 어루만지며 나를 돌아보았다. 날은 덥고 습했고, 빈 잔에는 방울방울 물기가 맺혔다. 나는 영문 모르고 복받쳐 오르는 묘한 울음을 애써 참으며 그를 바라보았다. 그는 아이스티 잔 위에 손가락으로 격자 무늬를 두어 개 그리다가, 대답을 촉구하듯 내 뺨을 건드렸다.
 "괜찮겠느냐고."
 "뭐가요."
 "지금 묻고 있잖아. 너, 네 이름."

[끝]

작가의 말

시작은 네이버 〈오늘의 문학〉이었다. 당시 〈오늘의 문학〉에서는 장르소설에도 그 문호를 개방하며 활발하게 다양한 작가의 신작들을 선보이고 있었는데, 시공사 최원택 님의 추천으로 단편 소설을 발표할 기회를 얻었다. 의뢰를 받자마자 바로 몇 장면이 머릿속에 떠올랐다. 청와대와 경복궁 사이에 내려앉은 거대한 우주선이라든가, 어렸을 때 보았던 드라마 〈브이V〉의 다이애나, 그리고 "성모 마리아가 생물학적 아버지 없이 아이를 낳았다는 것은 단성 생식이란 말일 텐데. 줄기세포로 난자를 만드는 게 가능하다면 난자 두 개로 단성 생식을 하는 건 어떻게 되지?" 같은 생각들. 그 무렵에 노무라 미즈키가 쓴 라이트노벨 『문학소녀』 시리즈에 나오는, 세 가지 단어로 이야기를 만드는 산다이바나시(三題噺)가 유행하고 있었는데, 나는 산다이바나시를 하듯이 단숨에 초고를 써 버렸다. 그러니까 그때까지만 해도 이 이야기의 주인공은 이사나가 아니었다. 「다시 한 번 크리스마스」는 신과 같은 존재가 하지 말라고 한 짓, 그 금기를 넘어서 아이를 낳는 투쟁을 눈 앞에서 본, 모든 것으로부터 마냥 도망치던 사람의 이야기였다.

몇 년 뒤, SF 잡지인 〈미래경〉에서 청탁이 들어왔을 무렵, 문득 「다시 한 번 크리스마스」의 그 아이가 생각났다. 「다시 한 번 크리스마스」의 진화 1세대인 마리얌은 성관계 없이 아이를 임신하고, 슈슬리사 몰래 낳은 아이에게 이사 알 마시의 이름에서 따온 이사나라는 이름을 붙인다. 이사 알 마시(Isa Al-Masih)란 메시아 예수라는 뜻으로, 이슬람 문화권에서 예수를 부르는 말이다. 슈슬리사의 명령을 거역하고 태어난 저주받은 아이이자, 신의 아들과 같은 방식으로 수태되고, 신의 아들의 이름을 물려받은 또 다른 신의 아이. 그런 취급을 받으며 성장한 아이가, 그런 기대와 상관없이 살고자 하면 어떤 일이 일어날까 하고. 그러니까 나는 그때에야 내가 썼던 이야기가 이사나라는 아이의 이야기를 하기 위한 프리퀄이라는 것을 알 수 있었다. 어떤 이야기들은 그렇게, 작가 본인도 모르는 사이에 뭔가가 결정되는 법이다. 이를테면 지구에 온 총독 '필라투사'의 이름만 해도 그랬다. 처음에는 적당히 느낌 좋게 붙인 이름이었는데, 나중에 생각해 보니 폰티우스 필라투스(Pontius Pilatus)의 여성형이었다. 하필 그 시기에 부임해서 예수에게 법대로 십자가형을 선고했다가 2천 년 동안 신도들이 사도신경을 읊조릴 때마다 "본디오 빌라도에게 고난을 받으사"라고 매번 언급되는 그 본디오 빌라도 말이다.

물론 이 이야기는 신앙과는 상관이 없다. 종교 경전들을 찾아본다고 해서 그 종교를 믿는 것은 아니기도 하고, 애초에 기독교계 종교에는 큰 관심도 없으며, 결혼식이나 장례식 외에는 예배나 미사에 참석하는 일도 없다. 애초에 이런 이야기는 믿음이 깊은 사람이 만들 법한 이야기도 아니다. 다만 때때로 헤르만 헤세의 『데미안』을 읽다가 그 마지막 부분인 데미안과 싱클레어의 키스에서 불교에서 말하는 "자기 자신을 등불로 삼은" 사람이 자신의 등불을 기울여 다른 사람에게 옮겨 붙이는 이미지를 떠올리곤 했는데, 그 역시도 종교적이라기보다는 어떤 사람이 죽어도 그의 진심이나 신념이 다른 사람에게 전해지며 계속 이어지는 것이라고 생각했다. 첫 단편집 『홍등의 골목』을 출간하면서 아예 이 연작소설을 완성해서 수록하자는 취지로 쓰게 되었던 「홍등의 골목」과 「I Love You」에는 그런 생각들이 반영되어 있었다. 이들 두 이야기는 사랑 이야기지만, 그보다는 앞선 문명을 지닌 슈슬리사의 인도를 받아 그와 닮은 존재가 되는 것이 아니라, 오해와 터무니없는 기대들을 넘어 그저 자기 자신으로, 자신이 선택한 모습으로 살아가는 것에 대한 이야기라고 생각한다. 그리고 이번에, 그때는 어디에 넣어야 좋을지 몰라 쓰지 못했던 두 편을 추가했다.

첫 단편집에 수록했던 첫 연작들을 오랜만에 들여다보고 한 줄 한 줄 고쳐 나가고, 그때 쓰지 못했던 이야기들을 마저 채워넣는 여정은, 때로는 어처구니없을 만큼 엉망이거나 겉멋 든 문장에 머리를 쥐어뜯으며 수치심과 싸우는 과정이었고, 때로는 지난 18년 동안 써 왔던 이야기들의 기저를 찾는 모험이었다. 사람이 그저 온전히 자기 자신이 되고자 하는 것, 무언가를 알고자 하는 것, 그리고 새로 추가한 두 편에서 조금 구체적으로 이야기했던, 가장 평범한 사람들이 그래도 아무것도 안 하고 손 놓고 바라볼 수만은 없어서 무언가를 하기 위해 용기를 내는 이야기들. 그것들은 사실 지난 18년 동안 내가 계속 써 왔던 이야기의 가장 기저에 놓인 것들이었다. 이 이야기들을 다시 정리하고 새로 쓰는 것은, 그것이 무엇인 줄도 모르고 용감하게 내지르듯 쓰고 있었던 스물 몇 살의 나와, 이것들을 어떻게 해야 노련하게 이야기로 엮을 수 있을지 몰라 쩔쩔 매던 서른 몇 살의 나와, 그것들이 문장 속에 이렇게까지 노골적으로 튀어나와 있었던 것에 새삼 당황해서 어쩔 줄 몰라 하는 마흔 몇 살의 내가 이 이야기들을 다시 읽고 다시 쓰고 또 고치는 내내 수도 없이 싸움을 거듭하는 과정이었고, 그러는 동안 나 스스로도 알지 못했던 내 이야기의 기저를 한참 동안 들여다 보았다. 언제 생겼는지도 모를 이런저런 흉터들을 찾아보듯이.

2025년 6월
전혜진

이사나, 두 개의 세계에서

ⓒ 전혜진, 2025

1판 1쇄 인쇄 2025년 6월 18일
1판 1쇄 발행 2025년 6월 30일

지은이 전혜진

발행인 김지아
표지 및 본문 디자인 풀밭의 여치

펴낸 곳 구픽
출판등록 2015년 7월 1일 제2015-27호
주소 서울시 광진구 동일로 459, 1102호
전화 02-491-0121
팩스 02-6919-1351
이메일 guzma@naver.com
홈페이지 www.gufic.co.kr

ISBN 979-11-93367-16-2 03810

※ 이 책은 구픽이 저자와의 계약에 따라 발행한 것이므로 본사의 서면 허락 없이는 어떠한 형태나 수단으로도 이 책의 내용을 이용하지 못합니다.
※ 책값은 뒤표지에 있습니다.